人民共和國文化與文學叢書

六　編

李　怡　主編

第 5 冊

1976 年前後文學的異同與演進

李　旺　著

花木蘭文化事業有限公司

國家圖書館出版品預行編目資料

1976 年前後文學的異同與演進／李旺 著 — 初版 — 新北市：
花木蘭文化事業有限公司，2018〔民 107〕
目 4+214 面；19×26 公分
（人民共和國文化與文學叢書 六編；第 5 冊）
ISBN 978-986-485-464-6（精裝）
1. 中國當代文學 2. 文學評論
820.8　　　　　　　　　　　　　　　　107011334

ISBN-978-986-485-464-6
9 789864 854646

人民共和國文化與文學叢書
六　編　第五冊　　　　　ISBN：978-986-485-464-6

1976 年前後文學的異同與演進

作　者　李　旺
主　編　李　怡
企　劃　四川大學中國詩歌研究院
總編輯　杜潔祥
副總編輯　楊嘉樂
編　輯　許郁翎、王　筑　美術編輯　陳逸婷
印　刷　普羅文化出版廣告事業
出　版　花木蘭文化事業有限公司
發行人　高小娟
聯絡地址　235 新北市中和區中安街七二號十三樓
　　　　　電話：02-2923-1455／傳真：02-2923-1452
網　址　http://www.huamulan.tw 信箱 hml 810518@gmail.com
初　版　2018 年 9 月
全書字數　181701 字
定　價　六編 7 冊（精裝）台幣 13,000 元

1976 年前後文學的異同與演進

李旺 著

作者簡介

李旺，內蒙古包頭人，南京大學文學博士，現供職於內蒙古大學文學與新聞傳播學院，主要研究方向爲中國現當代文學，在《揚子江評論》、《民族文學研究》、《文學評論叢刊》、《中國現代文學論叢》等學術期刊發表學術論文多篇。

提　　要

　　文革文學是非常態歷史與非常態政治中的非常態文學，曾以創作無產階級文藝新紀元爲標榜，並一再論證十七年文學的不合法性。新時期文學是在政治改革與思想啓蒙雙重合力影響下產生的文學形態，批判文革文學是其主要特徵，同時恢復、重建、發展了十七年文學體制。文革文學與新時期文學向來是被文學史斷然兩分的，其實，文革文學與新時期文學都是 1949 年後開始成型的當代文學體制的組成部分，存在斷裂性的同時，也具有體制方面的連續性。論文借助於文學制度研究的方法，以跨界作家與跨界刊物爲考察核心，描述文革文學、新時期文學的寫作、編輯、出版、閱讀，復原文革文學與新時期文學的跨界生產，並涉及文革文學對十七年文學的批判者繼承現象，新時期文學對文革文學的批判者繼承現象，新時期文學新變的歷史痕跡諸方面。論文主體從文革與新時期文藝刊物的生產，文學編輯機制的慣性因素在文革與新時期文學中的作用、無產階級文藝創作主體——工農兵業餘作者、無產階級群眾文藝的代表形式——革命故事、文革與新時期對十七年文學傳統的接受與變異、文革結束後作家形象塑造的意識形態性六個層面探討 1976 年前後文革文學與新時期文學的異同與演進。

人民共和國時代的文學史料與文學研究
——《人民共和國文化與文學》第六輯引言

李　怡

　　人民共和國文學的研究同樣以文學史料工作爲基礎，這些史料既包括共和國時代本身的文學史料，也包括在共和國時代發現、整理的民國時代的史料，後者在事實上也影響著當前的學術研究。

　　討論共和國文學的問題，離不開對這些史料工作的檢討。

　　中國新文學創生與民國時期，其文獻史料保存、整理與研究、出版工作也肇始於民國時期。不過，這些重要的工作主要還在民間和學者個人的層面上展開，缺乏來國家制度的頂層擘劃，也未能進入當時學科建設的正軌。

　　作爲國家層面的新文學文獻史料的搜集整理工作始於新中國成立以後。

　　十七年間，作爲新文學總結的各類作家文集、選集開始有計劃地編輯出版。如在周揚主持下，由柯仲平、陳湧等編輯了《中國人民文藝叢書》。該工作始於 1948 年，1949 年 5 月起由新華書店陸續出版。叢書收入收作家創作（包括集體創作）的作品 170 餘篇，工農兵群眾創作的作品 50 多篇，展現了解放區文學，特別是自《在延安文藝座談會上的講話》以來的文學成果，從此開啓了國家政府層面肯定和總結新文學成績的新方式。此外，開明書店、人民文學出版社等也先後編選了一些現代作家的選集、文集，通過對新文學「進步」力量的梳理昭示了新中國所認可的新文學遺產。

　　除了文學作品的選編，文學研究史料也開始被分類整理出版，如上海文藝出版社影印了二、三十年代的革命文學期刊四十餘種，編輯了《魯迅研究資料編目》、《中國現代文學期刊目錄》等專題資料，還創辦了《中國現代文藝資料從刊》；作爲「內部讀物」，上海圖書館在 1961 年編輯出版了《辛亥革

命時期期刊總目錄》。這樣的基礎性的史料工作在新文學的歷史上，都還是第一次。第二年 5 月，在《中國現代文藝資料叢刊》的創刊號上，周天提出了對現代文學資料整理出版的具體設想，包括現代文學資料的分類法：「一、調查、訪問、回憶；二、專題文字資料的整理、選輯；三、編目；四、影印；五、考證。」〔註1〕標誌著中國新文學史料文獻研究之理論探討的起步。

作家個人的專題資料搜集、整理開始受到了重視，在十七年間，當然主要還是作爲「新文學旗手」的魯迅的相關資料。1936 年魯迅逝世後即有不少回憶問世，新中國成立後，又陸續出版了許廣平、馮雪峰、周作人、周建人、唐弢等親友所寫的系列回憶，魯迅作爲個體作家的史料完善工作，繼續成爲新文學史料建設的主要引擎。

隨著新中國學科規劃的制定，中國新文學（現代文學）學科被納入到國家教育文化事業的主要組成部分，對作爲學科基礎的文獻工作的重視也就自然成了新中國教育和學術發展的必然。大約從 1960 年代開始，部分的高等院校和國家研究機構也組織學者隊伍，投入到新文學史料的編輯整理之中。1960 年，山東師範學院中文系薛綏之等先生主持編輯了「中國現代作家研究資料叢書」，名爲內部發行，實則在高校學界傳播較廣，影響很大。叢書分作家作品研究十一種，包括《郭沫若研究資料彙編》、《茅盾研究資料彙編》、《巴金研究資料彙編》、《老舍研究資料彙編》、《曹禺研究資料彙編》、《夏衍研究資料彙編》、《趙樹理研究資料彙編》、《周立波研究資料彙編》、《李季研究資料彙編》、《杜鵬程研究資料彙編》、《毛主席詩詞研究資料彙編》等；目錄索引兩種，包括《中國現代作家著作目錄》、《中國現代作家研究資料索引》；傳記一種，爲《中國現代作家小傳》；社團期刊資料兩種，有《中國現代文學社團及期刊介紹》和《1937～1949 主要文學期刊目錄索引》。全套叢書共計 300 餘萬字。以後，教研室還編輯了《魯迅主編及參與或指導編輯的雜誌》，收錄了十七種期刊的簡介、目錄、發刊詞、終刊詞、復刊詞等內容。這樣的工作在當時可謂聲勢浩大，在整個新文學學術史上也是開創性的。另據樊駿先生所述，中國社會科學院文學研究所現代文學研究室在五十年代末也做過類似工作。〔註2〕

〔註 1〕 周天：《關於現代文學資料整理、出版工作的一些看法》，載《中國現代文藝資料叢刊》第 1 輯，上海文藝出版社 1962 年版。

〔註 2〕 《這是一項宏大的系統工程——關於中國現代文學史料工作的總體考察》上，《新文學史料》1989 年 1 期。

　　當然，這些文獻史料工作在奠定我們新文學學術基礎的同時也構製了一種史料的「限制性機制」，因爲，按照當時的理解，只有「革命」的、「進步」的文獻才擁有整理、開放的必要，在特定政治意識形態下，某些歷史記敘和回憶可能出現有意無意的「修正」、「改編」，例如許廣平 1959 年「奉命」寫作的《魯迅回憶錄》，1961 年 5 月由作家出版社，周海嬰先生後來告訴我們：「這本《魯迅回憶錄》母親許廣平寫於五十年前的 1959 年 8 月，11 月底完成，雖然不足十萬字，但對於當時已六十高齡且又時時被高血壓困擾的母親來說，確是一件爲了「獻禮」而「遵命」的苦差事。看到她忍受高血壓而泛紅的面龐，寫作中不時地拭擦額頭的汗珠，我們家人雖心有不忍，卻也不能攔阻。」「確切地說許廣平只是初稿執筆者，『何者應刪，何者應加，使書的內容更加充實健康』是要經過集體討論、上級拍板的。因此書中有些內容也是有悖作者原意的。」〔註3〕

　　而所謂「反動」的、「落後」的、「消極」的文獻現象則可能失去了及時整理出版的機會，以致到了時過境遷、心態開放的時代，再試圖廣泛保存和利用歷史文獻之時，可能已經造成了某些不可挽回的物理損失。

　　1950 年代中期特別是「大躍進」以後，以研究者個人署名的文學史著作開始爲集體署名的成果所取代，除了如復旦大學中文系、吉林大學、中國人民大學、北京大學師生先後集體編著出版的《中國現代文學史》外，以「參考資料」命名的著作還包括東北師範大學中文系中國現代文學教研室《中國現代文學參考資料》（1954）、北京師範大學中文系編《中國現代文學史參考資料》（高等教育出版社 1959）、吉林師範大學中文系現代文學教研室《中國現代文學參考資料》（1961）等，所謂「資料」其實是在明確的意識形態框架中對文藝思想鬥爭言論的選擇和截取，東北師範大學中文系中國現代文學教研室《中國現代文學參考資料》在文學史的標題上彙編理論批評的片段，讀者無法看到完整的論述，而其他保留了完整文章的「資料」也對原本豐富的歷史作了大刀闊斧的刪削，甚至還出現了樊駿先生所指出現象：

　　　　「大躍進」期間，採用群眾運動方式編輯出版的一些「中國現代文學參考資料」書籍，有的不知是因爲粗心大意，還是出於政治需要，所收史料中文字缺漏、刪節、改動等，到了遍體鱗傷的地步，

〔註 3〕周海嬰、馬新云：《媽媽的心血》，見許廣平《魯迅回憶錄：手稿本》1～2 頁，長江文藝出版社 2010 年。

叫人慘不忍睹，更不敢輕易引用。理論上把堅持階級性、黨性原則
和爲無產階級政治服務的要求簡單化、絕對化了，又一再斥責史料
工作中的客觀主義、「非政治傾向」，也導致了人們忽略這個工作必
不可少的客觀性和科學性。〔註4〕

不過，較之於後來的「文革」，新中國十七年間得文獻工作還是值得充分肯定
的，新文學的史料整理和出版在此期間的確在總體上獲得了相當的發展，——
雖然「大躍進」期間也出現過修正歷史的史料書籍，不過，比起隨之而來
的十年文革則畢竟多有收穫，在文革那浩劫的歲月了，不僅大量的文學文獻
被人爲地破壞，再難修復和尋覓，就是繼續出版的種種「史料」竟也被理直
氣壯地加以增刪修改，給後來的學術工作造成了根本性的干擾，正如樊駿痛
心疾首的描述：

> 「文化大革命」後期，有的高校所編的現代文學參考資料，竟
> 然把胡適的《文學改良當議》和陳獨秀的《文學革命論》，與林紓等
> 守舊文人反對新文學的文章一起作爲附錄。這就是說，他們不但不
> 是「五四」文學革命最早的倡導者，而且從一開始就是這場變革的
> 反對者、破壞者。顛倒事實，以至於此！不尊重史料，就是不尊重
> 歷史；改動史料，就是歪曲歷史眞相的第一步。這樣的史料，除了
> 將人們對於歷史的認識引入歧途，還能有什麼參考價值呢？

> 「文化大革命」期間，朝不保夕的「黑幫」和準「黑幫」、他們的
> 膽戰心驚的親屬友好、還有「義憤填膺」的「革命小將」，從各不相同
> 的動機出發。爭先恐後地展開了一場毀滅與現代歷史有關的事物的無
> 比殘酷的競賽。很少有人能夠完全逃脫這場劫難。不要說不計其數的
> 史料在尚未公諸世人之前，或者尚未爲人們認識和使用之前，就都化
> 爲塵土，連一些死去多年的革命作家的墳墓之類的歷史文物都被搗毀
> 了。江青、張春橋等人爲了掩蓋自己三十年代混跡文藝界時不可告人
> 的行徑，更利用至高無上的權力查禁、封鎖、消滅有關史料，連多少
> 知道一些當年剛青的人也因此成了「反革命」，甚至遭到「殺人滅口」
> 的厄運。眞可以說是到了「上窮碧落下黃泉」的乾淨徹底的地步。

> 這類出於政治原因、來自政治暴力的非正常破壞所造成的損

〔註 4〕樊駿：《這是一項宏大的系統工程——關於中國現代文學史料工作的總體考
　　　　察》上，《新文學史料》1989 年 1 期。

失，更是不知多少倍於因爲歲月消逝所帶來的自然損耗。試問有誰
能夠大致估計由此造成的史料損失？更有誰能夠補救這些損失於萬
一呢？」〔註5〕

至此，我們可以說，中國新文學的文獻史料工作出現了中斷。

中國新文學文獻史料工作的再度復蘇始於新時期。隨著新時期改革開放
的步伐，一些中斷已久的文化事業工作陸續恢復和發展起來，中國新文學研
究包括作爲這一研究的基礎性文獻工作也重新得到了學界的重視。1980 年，
在中國現當代文學研究剛剛恢復之際，作爲學科創始人的王瑤先生就提醒我
們，「必須對史料進行嚴格的鑒別」，「在古典文學的研究中，我們有一套大家
所熟知的整理和鑒別文獻材料的學問，版本、目錄、辨僞、輯佚，都是研究
者必須掌握或進行的工作，其實這些工作在現代文學的研究中同樣存在，不
過還沒有引起人們應有的重視罷了。」〔註6〕

新時期的文獻史料工作首先體現在一系列扎扎實實的編輯出版活動中。
其中，值得一提的著作如下：

作爲文獻史料的最基礎的部分——作家選集、文集、全集及社團流派爲
單位的作品集逐漸由各地出版社推出，人民文學出版社與各省級出版社在重
編作家文集方面作了大量的工作，中國社會科學院文學研究所現代文學研究
室主編的《中國現代文學創作選集》叢書，人民文學出版社編輯出版的《中
國現代文學流派創作選》叢書，錢穀融主編的《中國新文學社團、流派叢書》
等都成爲學術研究的重要文獻，大型叢書編撰更連續不斷，如《延安文藝叢
書》、《上海抗戰時期文學叢書》、《抗戰文藝叢書》、《中國抗日戰爭時期大後
方文學書系》、《中國解放區文學研究叢書》、《中國淪陷區文學大系》等，《中
國新文學大系》的續編工作也有序展開。

北京魯迅博物館於 1976 年 10 月率先編輯出版不定期刊物《魯迅研究資
料》，人民文學出版社於 1978 年秋季也創辦了《新文學史料》季刊。稍後，
各地紛紛推出各種專題的文學史料叢刊，包括《東北現代文學史料》〔註7〕、

〔註 5〕 樊駿：《這是一項宏大的系統工程——關於中國現代文學史料工作的總體考
　　　　察》上，《新文學史料》1989 年 1 期。
〔註 6〕 王瑤：《關於中國現代文學研究工作的隨想》，載《中國現代文學研究叢刊》
　　　　1980 年第 4 期。
〔註 7〕 黑龍江、遼寧社會科學院文學研究所共同編印，不定期刊物，1980 年 3 月出
　　　　版第一輯。

《抗戰文藝研究》、〔註8〕《延安文藝研究》、〔註9〕《晉察冀文藝研究》〔註10〕等，創刊於六十年代初期的《中國現代文藝資料叢刊》於七十年代末期復刊〔註11〕，創刊較早的《文教資料簡報》也繼續發行，並影響擴大。〔註12〕

　　1979 年中國社會科學院文學研究所現代文學研究室發起編纂大型史料叢書《中國現代文學史資料彙編》，該叢書包括甲乙丙三大序列，甲種爲「中國現代文學運動、論爭、社團資料彙編」30 卷，乙種爲「中國現代作家研究資料叢書」，先後囊括了 170 多位作家的研究專集或合集近 150 種，丙種爲「中國現代文學期刊目錄彙編」、「中國現代文學總書目」等大型工具書多種。甲乙丙三大序列總計劃五六千萬字，由 70 多所高校和科研機構的數百位研究人員參加編選，十幾家出版社分擔出版事務。這是自中國新文學誕生以來規模最大的一項文獻整理出版工程。2010 年，知識產權出版社將已經面世的各種著作盡數搜集，在《中國文學史資料全編・現代卷》之名下再次隆重推出，全套凡 60 種 81 冊逾 3000 萬字，蔚爲大觀。

　　一些較大規模的專題性文學研究彙編本也陸續出版，有 1981～1986 年天津人民出版社出版的由薛綏之先生主編的《魯迅生平史料彙編》，全書分五輯六冊計三百餘萬字，是對於現存的魯迅回憶錄的一種摘錄式的彙編。除外，先後上海社會科學院文學研究聽主編的《上海「孤島」時期文學資料叢書》、廣西社會科學院主編的《抗戰時期桂林文化運動史料叢書》、中國社會科學院文學研究所魯迅研究室主編的《1923～1983 年魯迅研究學術論著資料彙編》以及《中國人民解放軍文藝史料叢書》、《新文學史料叢書》、《江蘇革命根據地文藝資料彙編》等。

〔註 8〕 四川省社科院文學所與重慶中國抗戰文藝研究會聯合編輯，1981 年底開始「內部發行」，至 1983 年 1 期起公開發行，到 1987 年底共出版 27 期，1988 年 3 月起改由四川省社科院出版社出版，重新編號出版了 3 期，1990 年由成都出版社出版 1 期。

〔註 9〕 陝西省社會科學院文學研究所和陝西延安文藝學會合辦的《延安文藝研究》雜誌，於 1984 年 11 月創刊。

〔註 10〕 天津社科院文學所創辦，最初作爲「津門文藝論叢」增刊，1983 年 10 月出版第一輯。

〔註 11〕 上海文藝出版社 1962 年 5 月創刊，出版 3 輯後停刊，第 4 輯於 1979 年復刊。

〔註 12〕 最初是南京師範學院內部編印的資料性月刊，創辦於 1972 年 12 月，1～15 期名爲《文教動態簡報》，從第 16 期（1974 年 3 月）起更名爲《文教資料簡報》，並沿用至 1985 年底。1986 年 1 月該刊改名《文教資料》，1987 年 1 月改爲公開發行。

　　上述「文學史資料彙編」中涉及的著作、期刊目錄可謂是文獻史料工作的「基礎之基礎」，在這方面，也出現了大量的成果，除了唐沅等編輯的《中國現代文學期刊目錄彙編》〔註 13〕外，引人注目的還有董健主編的《中國現代戲劇總目提要》，〔註 14〕賈植芳等主編的《中國現代文學總書》，〔註 15〕《中國現代作家著譯書目》，〔註 16〕郭志剛等編《中國現代文學書目匯要》〔註 17〕，應國靖《現代文學期刊漫話》，〔註 18〕吳俊、李今、劉曉麗等編《中國現代文學期刊目錄新編》等。〔註 19〕此外，來自圖書館系統的目錄成果也為釐清文學的「家底」提供了幫助，如國家圖書館、上海圖書館編《1833～1949 全國中文期刊聯合目錄》（補充本）、〔註 20〕《民國時期總書目》〔註 21〕等。

　　隨著史料文獻的陸續出版，文獻工作的理論探索與學科建設工作也被提上了議事日程。

　　20 世紀 80 年代以來，學術界即不斷有人發出建立「中國現代文學文獻學」的呼籲。《中國現代文學研究叢刊》1985 年第 1 期刊登了馬良春《關於建立中國現代文學「史料學」的建議》，他提出了文獻史料的七分法：專題性研究史料、工具性史料、敘事性史料、作品史料、傳記性史料、文獻史料和考辨性史料。《新文學史料》1989 年第 1、2、4 期連續刊登了著名學者樊駿的八萬字長文《這是一項宏大的系統工程——關於中國現代文學史料工作的總體考察》。樊駿先生富有戰略性地指出：「如果我們不把史料工作僅僅理解為拾遺補缺、剪刀漿糊之類的簡單勞動，而承認它有自己的領域和職責、嚴密的方法和要求、特殊的品格和價值——不只在整個文學研究事業中佔有不容忽視、無法替代的位置，而且它本身就是一項宏大的系統工程，一門獨立的複雜的學問；那麼就不難發現迄今所做的，無論就史料工作理應包羅的眾多方

〔註 13〕上下冊，天津人民出版社，1988 年。

〔註 14〕南京大學出版社，2003 年。

〔註 15〕福建教育出版社，1993 年。

〔註 16〕兩冊（含續編），書目文獻出版社分別於 1982、1985 年出版。

〔註 17〕小說卷、詩歌卷各一冊，書目文獻出版社，1994 年。

〔註 18〕花城出版社，1986 年。

〔註 19〕上海人民出版社出版，2010 年。

〔註 20〕中央民族大學出版社，2000 年。

〔註 21〕北京圖書館編，書目文獻出版社 1986 年～1997 年陸續出版。它以北京圖書館、上海圖書館、重慶圖書館的館藏為基礎，收錄了 1911 年至 1949 年 9 月間出版的中文圖書 124000 餘種，基本反映了民國時期出版的圖書全貌。

而和廣泛內容，還是史料工作必須達到的嚴謹程度和科學水平而言，都還存在許多不足。」

1986 年北京語言學院出版社出版了朱金順先生的《新文學資料引論》，這是關於中國現代文學史料學的第一部專著。

1989 年，中華文學史料學學會成立，著名學者馬良春任會長，徐迺翔任副會長，並編輯出版了會刊《中華文學史料》，〔註22〕2007 年，中華文學史料學會在聊城大學集會成立了中國近現代文學史料學分會，標誌著新文學（現代文學）文獻學學科的建設又上了一個臺階。

進入 1990 年代，從學術大環境來說，新文學研究的「學術性」被格外強調，「學術規範」問題獲得了鄭重的強調和肯定，應當說，文獻史料工作的自覺推進獲得了更加有利的條件。近 20 年來，我們的確看到有越來越多的學者自覺投入了文獻收藏、整理與研究的領域，河南大學、清華大學、中國現代文學館、重慶師範大學、長沙理工大學等都先後舉辦了現代文學文獻史料研討的專題會議。2004 年至 2007 年，《學術與探索》、《中國現代文學研究叢刊》、《河南大學學報》、《汕頭大學學報》《現代中文學刊》等刊物闢專欄相繼刊發了專題「筆談」，《中國現代文學研究叢刊》還在 2005 年第 6 期策劃了「文獻史料專號」，《現代中國文化與文學》設立「文學檔案」欄目，每期發表新文學史料或史料辨析論文。新文學文獻史料的一系列新的課題得以深入展開，例如版本問題、手稿問題、副文本問題、目錄、校勘、輯佚、辨偽等等，對文獻史料作為獨立學科的價值、意義及研究方法等多個方面都展開了前所未有的研討。

陳子善先生及其主編的《現代中文學刊》特別值得一提。陳子善先生長期致力於中國現代文學史料研究，尤其對張愛玲佚文的搜集研究貢獻良多。2009 年 8 月，原《中文自學指導》改刊成為《現代中文學刊》，由陳子善先生主持。這份刊物除了對中國現代文學研究突出「問題意識」之外，最引人矚目之處便是它為現代文學的史料文獻研究提供了大量的篇幅，不僅有文獻的考辨、佚文的再現，甚至還有新出版的文獻書刊信息及作家家故居圖片，《現代中文學刊》的彩色封底、封二、封三幾乎成為學人愛不釋手的歷史文獻的櫥窗。

劉增人等出版了 100 多萬字的《中國現代文學期刊史論》，既有「中國現代文學期刊敘錄」，又有「中國現代文學期刊研究資料目錄」的史料彙編，從

〔註22〕《中華文學史料（一）》由上海百家出版社 1990 年 6 月推出。

「史」的梳理和資料的呈現等方面作了扎實的積累。〔註23〕2015 年 12 月，劉增人，劉泉，王今暉編著的《1872～1949 文學期刊信息總匯》由青島出版社推出，全書分四巨冊，500 萬字，包括了 2000 幅圖片，正文近 4000 頁，涵蓋了 1872～1949 年間中國文學期刊的基本信息。

一些著名學者都在新文學的文獻學理論建設上貢獻了的重要意見。楊義提出「文獻還原與學理原創」的「八事」：1、版本的鑒定和對這些鑒定的思考；2、作家思想表述和當時其他材料印證；3、文本眞僞和對其風格的鑒賞；4、文本的搜集閱讀和文本之外的調查；5、印刷文本和作者手稿，圖書館藏書和作家自留書版本之間的互補互勘；6、文學材料和史學材料的互證；7、現代材料和古代材料的借用、引申和旁出；8、圖和文互相闡釋。〔註24〕

徐鵬緒、逄錦波試圖綜合運用文獻學、傳播學、闡釋學、接受美學等理論方法，對中國現代文學文獻學的基本概念進行界定，嘗試建構中國現代文學文獻學理論體系的基本模式。〔註25〕

2008 年，謝泳發表論文《建立中國現代文學史料學的構想》，〔註26〕先後出版《中國現代文學史料概述》（廈門大學出版社 2009 年版）和《中國現代文學史料的搜集與應用》（臺北秀威信息科技股份有限公司 2010 年版）、《中國現代文學史研究法》（廣西師範大學出版社 2010 年版），就「中國現代文學史料學」問題闡述了自己的詳盡設想。

劉增傑集多年現代文學史料研究和研究生教學成果而成《中國現代文學史料學》，〔註27〕此書被學者視爲 2012 年現代文學史料考釋與研究方而的「重大突破」。

最近十多年來，在新文學文獻理論或實際整理方面做出了貢獻的學者還有孫玉石、朱正、王得后、錢理群、楊義、劉福春、吳福輝、林賢次、方錫德、李今、解志熙、張桂興、高恆文、王風、金宏宇、廖久明、李楠、魏建等。

隨著中國文學傳播與研究的國際化，境外出版機構也開始介入到文獻史料的整理與出版活動，如香港牛津大學出版社出版蕭軍《延安日記》、《東北

〔註23〕新華出版社，2005 年。
〔註24〕楊義：《文獻還原與學理原創的互動》，《河南大學學報》2005 年 2 期。
〔註25〕徐鵬緒、逄錦波：《中國現代文學文獻學之建立》，《東方論壇》2007 年 1～3 期。
〔註26〕《文藝爭鳴》2008 年 7 期。
〔註27〕中西書局 2012 年。

日記》，臺灣秀威信息科技出版的謝泳整理現代文學史稀見資料，臺灣花木蘭文化事業有限公司自 2016 年起推出劉福春、李怡主編《民國文學珍稀文獻集成》大型系列叢書。

在中國現代文學的史料文獻意識日益強化的同時，當代文學的史料文獻問題也被有志之士提上了議事日程，洪子誠、吳秀明、程光煒等都對此貢獻良多，〔註 28〕這無疑將大大的推動新文學學科的文獻研究，更爲新文學研究走向深入，爲現代新文學傳統的經典化進程加大力度，甚至有人據此斷言中國新文學研究已經出現了現代文學研究的「文獻學轉向」〔註 29〕

但是，與之同時，一個嚴峻的現實卻也毫不留情地日益顯現在了我們面前，這就是，作爲新文學出版的物質基礎——民國出版卻已經逼近了它的生存界限，再沒有系統、強大的編輯出版或刻不容緩的數字化工程，一切關於文獻史料的議論都會最終流於紙上談兵，對此，一直憂心忡忡的劉福春先生形象地說：「歷史正在消失」：「第一，我們賴以生存的紙質書報刊已經臨近閱讀的極限；第二，歷史的參與者和見證者現在很多都已經再沒有發言的機會了。2005 年，《人民日報》海外版的消息，國家圖書館民國文獻，中度以上破壞已達 90%。民國初期的文獻已 100%損壞。有相當數量的文獻，一觸即破，瀕臨毀滅。國家圖書館一位副館長講：若干年後，我們的後人也許能看到甲骨文，敦煌遺書，卻看不到民國的書刊。而更嚴重的是，隨著一批批老作家的故去，那些鮮活的歷史就永遠無法打撈了。」〔註 30〕

由此說來，中國新文學的文獻史料工作不僅僅是任重道遠的沉重感，而且另有它的刻不容緩的緊迫性。

2018 年 6 月 28 日成都

〔註 28〕 參見洪子誠《當代文學的史料問題》(《長沙理工大學學報》2016 年第 6 期)、吳秀明、章濤《當代文學文獻史料研究的歷史與現狀——基於現有成果的一種考察》(《文藝理論研究》2012 年 6 期)、吳秀明、章濤《當代文學文獻史料研究的歷史困境與主要問題》(《浙江大學學報》2013 年 3 期) 等。

〔註 29〕 王賀：《現代文學研究的「文獻學轉向」》，《長沙理工大學學報》2016 年第 6 期。

〔註 30〕 劉福春：《尋求中國現代文學文獻學學科的獨立學術價值》，《長沙理工大學學報》2016 年第 6 期。

目次

緒　論

一、研究綜述

　　目前，研究者對文革與新時期文學異同性研究的興趣主要集中在兩大領域：第一是通過具體作家作品進行個案研究（作家作品角度）。第二是觀察二者整體上的連續性、前者對後者的影響（文學史角度）。

　　日本學者瀨戶宏《試論劉心武——止於〈班主任〉》從作家創作的貫穿性這一角度分析了劉心武十七年、文革時期的寫作對他日後寫作的影響，作者認爲「劉心武七八年度發表作品的圖式之一，就是讓文革前就已經形成了的世界觀的教師和家長來關懷在文革期間受了傷的青少年。」〔註1〕瀨戶宏把《班主任》看作是劉心武對文革文學模式突破與妥協結合的產物。〔註2〕梁麗芳《從紅衛兵到作家——覺醒一代的聲音》以訪談形式首次展現了新時期知青作家的創作前史和生活前史，如鐵凝、王小鷹的文革創作經歷和張承志的「紅衛兵」生涯等。〔註3〕另一位日本學者安本實對路遙1976年之前的社會活動和文藝創作進行了細緻考察。路遙在紅衛兵造反奪權中獲得成功但在縣革委會班子中被排擠，安本實認爲路遙這段政治上的失敗經歷激發了他的寫作激情。〔註4〕王堯《遲到的批判》在瀨戶宏的思考路徑下進行了擴展

〔註1〕瀨戶宏：《試論劉心武——止於〈班主任〉》，王再清譯，《鍾山》1982年第3期。
〔註2〕瀨戶宏：《試論劉心武——止於〈班主任〉》，王再清譯，《鍾山》1982年第3期。
〔註3〕梁麗芳：《從紅衛兵到作家——覺醒一代的聲音》，萬象圖書股份有限公司1993年版，第194頁。
〔註4〕安本實：《路遙的初期文藝活動——以「延川時代」爲中心》，魏進，梁向陽譯，見李建軍、邢小利編選《路遙評論集》，人民文學出版社2007年版，第

研究，以一個作家一篇（部）作品的專題形式探討了新時期作家的文革寫作和老作家的複雜心理，作者重心在於討論「知識分子的文化境遇、思想命運與文學創作的關係」。〔註5〕張紅秋《文革後期主流文學研究（1972～1976）》從兩個方面展開論述。外部研究針對文革後期的文學出版環境，內部研究討論作家作品。作者把 1972 年到 1976 這段歷史又細分為 1974 年「文藝黑線回潮」和 1975 年「文藝政策調整」兩個階段。〔註6〕該論文在文革後期主流文學資料的整理、統計方面多有貢獻，在作家作品分析方面有待繼續深入。肖敏《20 世紀 70 年代小說研究》探討文革主流小說的演變史，在挖掘作家身世資料和分析小說的角度這兩個方面，論者表現出自己的特色。諶容在文革時期發表的小說《萬年青》和文革時期創作新時期出版的小說《光明與黑暗》被文革文學研究者所熟知，但諶容文革中的人生經歷在肖敏之前還沒有研究者詳細提及。〔註7〕這也表明這一時段的文學還有大量材料隱藏於幽暗之中，亟待探索。該論文沒有規定論域的時間下限。

　　楊素秋《「文革」文學與「新時期文學」的關聯研究》再次面臨時間劃分問題。論題沒有注明時間下限，但在具體論述中其實是截止於 1985 年，其中原因，論者認為這一年先鋒小說出現，現代主義式的敘述打破原來現實主義一統天下的文學局面。〔註8〕楊素秋也是以外部和內部研究結構論文篇章。由於作者拒絕以題材劃分小說類型，且不區分寫作、發表於新時期的小說與先有文革手抄本再有新時期公開發表版本這兩類文本，所以在舉證中略有蕪雜之弊。論者以主題、人物和情節三個角度來辨析文革小說和新時期小說關係的方法，值得借鑒。

　　李楊《沒有「十七年文學」、「文革文學」，何來「新時期文學」》〔註9〕否定了「新時期文學」對「文革文學」的超越與掙脫，他認為「十七年文學」

374～391 頁。

〔註5〕王堯：《遲到的批判》，大象出版社 2000 年版，第 4 頁。

〔註6〕張紅秋：《文革後期主流文學研究（1972～1976）》，北京大學博士學位論文，2005 年。

〔註7〕肖敏：《20 世紀 70 年代小說研究——「文化大革命」後期小說形態及其延伸》，中國社會科學出版社 2012 年版，第 189 頁。

〔註8〕楊素秋：《文革文學與新時期文學的關聯研究》，蘇州大學博士學位論文，2010 年。

〔註9〕李楊：《沒有「十七年文學」、「文革文學」，何來「新時期文學」》，《文學評論》，2001 年第 2 期。

「文革文學」表現出了「社會主義現代性」。他的觀點已引起學界批評：「用一種高度抽象化的手法，抽掉不同歷史階段歷史文化內涵的差異性，直接否定『十七年文學』、『文革文學』和『新時期文學』這三者在文化觀念藝術價值取向、人的精神狀態等各個方面的不同，」〔註10〕「以時間上的先後關係來替代邏輯上的因果關係，進而以邏輯上的因果關係來替代價值上的認同關係，」〔註11〕從而爲文革和文革文學尋找合法性。

除了上述與本書論域直接相關的前期研究成果外，由於論文涉及「文革」後期和「新時期」兩個時段的文學，是建立在對「文革文學」分析判斷基礎上的研究，所以對「文革文學」研究也需梳理考察。

對「文革文學」進行總體研究的著作主要有楊鼎川《1967：狂亂的文學年代》（山東教育出版社，1998），孫蘭、周建江《「文革文學」綜論》（遠方出版社，2001），黃擎《廢墟上的狂歡——文革文學敘述研究》（作家出版社，2004），張閎《烏托邦的狂歡：1966～1976》（廣東教育出版社，2009）。楊鼎川與孫蘭、周建江的論述模式是全景式的掃描，楊著強調文革文學沉淪中的反抗，這種反抗主要指向民間力量。此外，楊著關注了文革初期的文藝現象如文革小報、紅衛兵文藝等。孫、周合著則考察了文革中另外兩種文藝現象，評《紅樓夢》和評《水滸》運動，論者從評古典名著與文革政治運動的有機聯繫方面做出了分析。〔註12〕

黃擎是較早運用敘事學理論對文革小說進行進行解讀的作者，但她的研究略顯遺憾的問題在於：敘事學理論並未與文革文學作品解讀完全貼合，敘事學理論的引進並未讓作者得出更爲獨到的見解。這方面的研究做得較好的是戴清，她分析了文革時期長篇小說在情節模式和敘事方式兩方面的特徵。認爲文革長篇小說在情節方面的特點是戲劇化——樣板戲化傾向和對話功能的強化，並且表現爲「衝突在對化中展開、衝突在對話中激化並最終得到解決」的對話衝突「共生」模式。〔註13〕這是有概括力的分析。武善增《文學話語的畸變與覆滅——文革主流文學論》不以史料見長，他主要著眼於對文

〔註10〕董健、丁帆、王彬彬主編《中國當代文學史新稿》，人民文學出版社 2005 年版，第 7 頁。

〔註11〕張閎：《烏托邦文學狂歡》，廣東教育出版社 2009 年版，第 13 頁。

〔註12〕孫蘭、周建江：《「文革文學」綜論》，遠方出版社 2001 年版，第 304 頁。

〔註13〕戴清：《歷史與敘事：20 世紀中國文學與文化批評》，學苑出版社 2002 年版，第 113 頁。

革文學精神根源的發掘:「中國的文革運動,正是價值理性壓倒工具理性走向膨脹所帶來的文明災變。馬克思主義所稟有的價值理性——社會主義精神、共產主義道德、共產主義理想,它的壓倒工具理性的自我膨脹,使它變成了一位專橫肆虐的精神暴君。」〔註 14〕在具體的文革小說故事分析中,他發現了兩種故事模式,即「聖物傳遞」與「神魔對立」模式。

　　廖述毅《「文革」十年小說研究》(南京大學,2001 年),論文突出的特點是無一字一句西方理論的援引,以社會心靈史的方法對文革農村小說、文革教育小說、文革戰爭小說、文革工業小說做出了精彩解讀,完全沒有大部分文革研究著述如同文革文學一樣枯燥乏味的通病。此外作者對文革小說偵探模式及其背後蘊含的政治文化心理的透視富有創見:「文革戰爭小說開創的執行錯誤路線的人極有可能是叛徒的意象,源於中國傳統的政治遊戲習慣和中共革命戰爭年代獲得的『堡壘最容易從內部攻破』的慘痛教訓以及冷戰格局下對敵方『裏應外合』的警惕,而革命政權內部清洗異己分子,卻包含一黨之內出身知識分子和出身工農兵兩大群體之間,以及黨務官僚和技術官僚之間的衝突。至於全社會性的『陰謀恐懼』心理和『偵破』欲望,又是暴力革命後遺症(被鎮壓的敵特分子妄圖反攻倒算)使然。」〔註 15〕董建輝《文化大革命時期主流小說研究》(山東師範大學,2007 年)以人類學中的儀式理論分析了文革小說中訴苦、鬥爭大會等場景敘述。

　　王家平《文化大革命時期詩歌研究》在紅衛兵詩歌的研究方面首開先例。林寧《文革文學批評研究》(南京大學,2011 年)專門探討文革文學批評。祝克懿《語言學視野中的樣板戲》從音韻角度入手研究樣板戲,對八個樣板戲的音韻作了詳細統計,進而得出樣板戲「音韻風格單一,……韻律一邊倒」〔註 16〕的結論。文革文學研究者大都是致力於現當代文學研究的學者,關注文革文學屬於本色當行,但祝克懿以語言學視野進入,讀來具有別開生面之感。惠雁冰《「樣板戲」研究》從 1949 年後的「戲改」入手探討了它與樣板戲的淵源關係,書中的常識性錯誤和認同文革時期的樣板戲評論引起研究者批評。〔註 17〕李松《樣板戲編年史》是 2012 年新出的一本關於樣

〔註 14〕武善增:《文學話語的畸變與覆滅——「文革」主流文學話語研究》,河南大學出版社 2011 年版,第 179 頁。

〔註 15〕廖述毅:《「文革」十年小說研究》,南京大學博士學位論文,2001 年。

〔註 16〕祝克懿:《語言學視野中的樣板戲》,河南大學出版社 2004 年版,第 88 頁。

〔註 17〕王彬彬:《惠雁冰〈「樣板戲」研究〉雜議》,《文藝研究》2011 年第 6 期。

板戲發展演變的資料彙編，內容詳實。

　　文革文學的國外研究要早於中國本土，理查德‧奧利弗（King, Richard Oliver）《破碎的鏡子：文化大革命文學》。以社會戰勝自我的觀點爲文革文學定性，認爲當時的小說寫作有兩種，一是在黨的監督下眾多作者齊心合力的寫作，一是農民作者浩然的《金光大道》。〔註18〕邢帆（Xing Fan）《傳統與創新：京劇樣板戲的藝術》。作者認爲「樣板戲追求盡可能的最高的藝術想像力，藝術創新被貫徹到樣板戲的各個方面。」〔註19〕「在劇本方面，樣板戲的鬥爭衝突緊密圍繞無產階級革命和勝利來寫作，普通話代替了傳統京劇的舞臺語言，但傳統的唱腔被保留下來。京劇中以詩的形式進行換場的方式被散文式的朗讀代替。」〔註20〕「在表演方面，京劇中原有的角色類型不再被樣板戲所採用，而是表現主要的英雄人物。樣板戲的舞蹈融合了民間舞蹈動作、打鬥動作和軍人的姿勢動作。」〔註21〕在音樂方面，中國與西方的管絃樂器相結合，英雄人物個性通過音樂表現出來。〔註22〕在導演方面的創新表現在對每一個場景、燈光都給與特別的注意，化妝和戲服根據現實而定不再是程序化的。〔註23〕作者完全從樣板戲的藝術方面考慮，對其與文革政治的關聯沒有發表看法，對樣板戲的高度讚揚恐怕很難被瞭解文革歷史的讀者認同。朱莉婭‧安德魯斯（Julia F. Andrews）《文化大革命的藝術》則表達了對文革的批判。作者認爲「無產階級文化大革命是中國人在二十世紀經歷的一件讓他們深感震驚的事情。極端醜惡的集權，也許只有德國的納粹可以與之相比。然而中國人遭受的精神創傷要比德國人的更大，原因是中國人在面對過去歷史時與施虐者站在一起的天真幼稚。德國那個犯過罪行的黨承認了錯誤，在世的領導被迅速判刑。然而，中國的領導人卻不承認文化大革命，

〔註18〕King, Richard Oliver, *A Shattered Mirror：The Literature of The Cultural Revolution*, The University of British Columbia（Canada） ph.D, 1984,

〔註19〕Xing Fan, *Tradition and Innovation： The Artistry in JINGJU YANGBAN XI*, doctor philosophy 2010, P430.

〔註20〕Xing Fan, *Traditionand Innovation： The Artistry in JINGJU YANGBAN XI*, doctor philosophy 2010, P430

〔註21〕Xing Fan, *Tradition and Innovation： The Artistry in JINGJU YANGBAN XI*, doctor philosophy 2010, p431.

〔註22〕Xing Fan, *Tradition and Innovation：The Artistry In JINGJU YANGBAN XI*, doctor philosophy 2010, p432.

〔註23〕Xing Fan, *Tradition and Innovation：The Artistry In JINGJU YANGBAN XI*, doctor philosophy 2010, P433.

用委婉的詞語諸如『迷途的十年』來形容，演講時談到文革時也用抽象的術語。」〔註24〕她認為文革中的藝術分為兩個時段，以 1971 為界。前期的藝術毀壞舊有的文學和制度，主要是表現鐵路工人和郵遞員形象的素描、木刻等視覺藝術。第二階段由於江青的出現，又恢復了官僚主義式的藝術形式，如油畫，水墨畫。〔註25〕作者對比了 1967 年油畫《毛澤東去安源》和 1961 年油畫《劉少奇和安源工人》，認為前者對後者的改寫意在「增強對劉少奇的不信任。」〔註26〕作者對文革中大量存在的由集體創作的油畫和木刻、國畫的分析富有洞見，她對政治權利鬥爭改寫藝術內容的解讀在文學研究中也是適用的。

　　文革文學與新時期文學親歷者的回憶錄，出版社、雜誌社出版的史料叢書、文集為我們進入這一時段的文學現場提供了較為可信的史料。《朝霞》主編陳冀德的回憶錄《生逢其時：文革第一文藝刊物〈朝霞〉主編回憶錄》〔註 27〕提供了《朝霞》創刊親歷者的視角，有助於我們瞭解文革文學發生期的政治語境。參與過文革後期《朝霞》創辦與《人民文學》復刊的施燕平的《塵封歲月》〔註28〕史料更為詳實，敘述更為客觀冷靜。因為文革文學、新時期文學與十七年文學有著很強的聯繫性與延續性，所以有關十七年文學現場的史料記載與相關研究也是不能忽視的參考資料。比如李輝主編的多種叢書如「大象人物自述文叢」、「中國往事系列」，邢小群進行的口述史，陳徒手在作協原始材料基礎上進行的作家心態分析，都是具有拓展性的研究。吳俊主編的「中國當代文學批評史料編年」〔註29〕囊括了 1949 年至今的絕大多數當代文學批評原始文獻，是迄今最權威的當代文學批評的原景呈現，而中國當代文學的諸多批判運動、文學事件就是以文學批評的名義展開的。貫穿當代文學全過程的著名文學期刊的編輯的回憶錄也是我們觀察文學編

〔註24〕 Julia F. Andrews，「*The Art of Cultural Revolution*」，Art in Turmoil：The Chinese Cultural Revolution，1966～1976， UBC Press， 2010， p27.

〔註25〕 Julia F. Andrews， 「*The Art of Cultural Revolution*」， Art in Turmoil ：The Chinese Cultural Revolution， 1966～1976， UBC Press， 2010，P30.

〔註26〕 Julia F. Andrews， 「*The Art of Cultural Revolution*」， Art in Turmoil ：The Chinese Cultural Revoliton，1966～1976， UBC Press， 2010， P43.

〔註27〕 陳冀德：《生逢其時：文革第一文藝刊物〈朝霞〉主編回憶錄》，時代國際出版有限公司 2008 年。

〔註28〕 施燕平：《塵封歲月》，華東師範大學出版社 2014 年。

〔註29〕 吳俊主編《中國當代文學批評史料編年》，華東師範大學出版社 2017 年。

輯與文學出版的重要窗口，如李頻《龍世輝的編輯生涯：從〈林海雪原〉到〈芙蓉鎮〉的編審歷程》〔註30〕，石灣《紅火與悲涼：蕭也牧與他的同事們》〔註31〕王維玲《歲月傳眞：我和當代作家》〔註32〕《守望歌樂山》〔註33〕，這些著作詳細記錄了當代文學編輯對當代文學經典生成的重要參與，可以看到當代文學編輯制度的形成。錢振文《〈紅岩〉是怎樣煉成的：國家文學的生產和消費》〔註34〕以個案研究的方式對「紅色經典」生產機制做了全面分析，是研究國家意志、文學創作之間尋喚、呼應、「商榷」的領先之作。斯炎偉、王秀濤等人在 1949 年前後文學會議、文學期刊的研究方面做了富有啓發性的探討。《小說評論》開設的「七十年代文學研究」專欄匯聚了對文革時期一些文學文本的解讀，《中國現代文學研究叢刊》闢出「延川《山花》研究」〔註35〕專欄，對文革後期陝西延川地區的知識青年創作群體與新時期文學的關係做了可貴的開創性探索研究。洪子誠先生對於當代文學一體化的研究與思考形成了一種 90 年代以來當代文學史研究範式，王本朝、張均分別對中國當代文學的制度形成做了細緻描述，丁帆先生主持的課題「中國現當代文學制度史」對現代、當代文學的發生場域、現當代文學的他律性生產做一透視性的全面解讀。

二、問題的提出、研究方法及意義

　　對文革文學與新時期文學的異同與演進研究無法繞開年代劃分問題，爲什麼是 1971 年和 1979 年？1971 年作爲文革文學的起點，主要是因爲 1971 年 9 月 13 日林彪事件發生，「儘管全國開展『批林整風』運動，也不能掩飾這一事件作爲文革失敗的一次表徵。」〔註36〕林彪事件前召開、事後發揮效

〔註30〕 李頻：《龍世輝的編輯生涯：從〈林海雪原〉到〈芙蓉鎮〉的編審歷程》，河南大學出版社 1992 年版。
〔註31〕 石灣：《紅火與悲涼：蕭也牧與他的同事們》，上海錦繡文章出版社，2010 年版。
〔註32〕 王維玲：《歲月傳眞：我與當代作家》，首都師範大學出版社 2009 年版。
〔註33〕 王維玲：《守望歌樂山》，中國青年出版社 2012 年版。
〔註34〕 錢振文：《〈紅岩〉是怎樣煉成的：國家文學的生產與消費》，北京大學出版社 2011 年版。
〔註35〕 《中國現代文學研究叢刊》，「延川《山花》研究」專欄，2018 年第 2 期。
〔註36〕 董健、丁帆、王彬彬主編《中國當代文學史新稿》，人民文學出版社 2005 年版，第 275 頁。

力的全國出版工作座談會使得停刊多年的各地文藝刊物得以復刊，出版社開始出版除毛澤東語錄和樣板戲之外的其他文藝作品，文革主流文學的生產有了可能。以 1979 為界則主要是因為：1978 年中共十一屆三中全會召開，改變了 1976 年後凡是派與改革派之間的政治角力，華國鋒對毛澤東時代治國方式的遵循顯然不適合於尋求政治改革與思想啟蒙的新時期，鄧小平時代開始。1979 年召開的第四次文代會重新賦予專業作家寫作的權利，在反右、文革等歷次政治運動中被打倒的作家陸續得到改正獲得平反，寫作者群體較之於文革時期進行了重新組合。較之於第一次文代會對參會作家做出的嚴苛的政治身份審核，第四次文代會集結了最大多數的作家，讓當代文學的組織、制度獲得了恢復與重建，是八十年代文學的事實起點。在時代的概念上，1979 年也是七十年代文學的最後一年，同時也是八十年代的開始之年。當然，1979 年以後的文學也並非完全抹除了文革文學的影響，從八十年代文學的演變中可以更清楚充分地看到當代文學制度的延續性。本文在討論十七年敘事詩在文革和新時期的延異時就越過了 1979 年。

不論是文革文學還是文革文學與新時期文學的關係，目前學界已經注意到這類研究之於當代文學研究的不可或缺。就文革文學與新時期文學關係的研究來說，作家作品研究居多，並且主要關注幾位作家，如張抗抗、路遙、蔣子龍等，本書將在上述研究成果的基礎上，從文學制度性因素著手，嘗試探討文革文學與新時期文學的異同性與演進。在具體的研究中把研究重心放置到文學期刊、文學出版、文學現象方面，當然也包括作家作品，但對研究者已經做過較為詳細考察的作家作品不再涉及。

不論是毛澤東時代、華國鋒時代抑或是鄧小平時代，國家政治體制是一致的，依存於上的文藝路線和文藝制度也有著一以貫之的貫穿性。許子東認為談當代文學傳統對後來文學的影響時既要注意遺產也要分析債務，〔註 37〕文革文學之於新時期文學即是遺產與債務同一。十七年文學與文革文學之間也不只是批判與被批判的關係。《林彪同志委託江青同志召開的部隊文藝座談會紀要》（簡稱《紀要》）是文革文學的總綱領，林彪事件後，把林彪字眼去掉繼續發揮神力。《紀要》對「十七年文學」宣判了死刑，但只要閱讀文革文學，瞭解文革文學的發生和生產就可明白，文革文學與十七年文學的緊密聯繫。號稱開闢了「無產階級文藝新紀元」的樣板戲也無法避免從十七年文學

〔註37〕許子東：《許子東講稿（卷二）》，人民文學出版社 2012 年版，第 314 頁。

脫胎而來的印跡。就小說來講，文革時期的工業題材小說除了演示工廠生產
的具體細節外幾乎無所作為，與同時期的文革農村題材小說相比，質量差距
較大，後者雖然也多敘述農田水利建設緊跟政治，但有些作品表現出一定的
可讀性。這和十七年文學農村題材小說和工業題材小說藝術水平的高低之別
不無關係。十七年文學中艾蕪《百鍊成鋼》、蕭軍《五月的礦山》、草明《火
車頭》等工業題材敘事模式遠遠遜色於柳青、周立波的農村題材敘事模式。
此外，十七年文學以潛隱的方式存在於文革文學之中也表現在文學生產的其
他環節，比如文學編輯機制等方面。新時期文學明確倡導對十七年文學的恢
復，於是潛隱存在於文革文學中的十七年文學質素便完全釋放出來。

　　「文變染乎世情」，全國各地的文藝刊物在 1970 年代經歷了 1971 年和
1976 年兩次復刊行動。從征文作為一種政治動員的延續性到讀者在刊物生產
過程中的作用變化，從鄙棄資產階級名利思想到以建設四化名義廣泛徵求企
事業單位廣告，1970 年代的文藝刊物可以在眨眼間發生巨變，但這卻又完全
依據政治走向而進行。1971 年文藝刊物在統計出刊數量時是把十七年計算在
內還是完全剔除？映現文革語境中文學刊物對十七年文學歷史的態度。同
樣，1976 年文學刊物的卷、期數目也都表明對文革的態度，文革與新時期文
藝刊物意識形態性表現在各個方面。論文第一章探討文革與新時期文藝刊物
的生產方式。

　　文藝刊物在生產方式中的延續與變異是訴諸文字可以看得見的，而在文
革與新時期文學中具有舉足輕重作用的文學編輯機制卻是隱藏在幕後的。在
當代文學高度組織化的運作過程中，文學編輯的作用不可低估，編輯從作者
培養和稿件修改兩方面參與了文學的生產。論文第二章在回顧十七年文學編
輯機制形成過程的基礎上，探討十七年文學編輯機制在文革與新時期文學跨
界生產中的作用。

　　第三章討論文革時期無產階級文藝創作主體——工農兵業餘作者譜系。
從 1958 年大躍進新民歌、1965 年全國業餘作者積極分子大會到文革時期業餘
作者一統天下，再到文革結束後工農兵業餘作者何去何從的爭論，工農兵業
餘作者的身份隨政治風向的變化不斷變更。正如中國歷史上少數民族政權入
侵中原的結果是臣服於被征服者的文化一樣，工農兵業餘作者不斷被無產階
級意識形態告誡，警惕資產階級名利思想，其結果卻遠不盡如人意。1950 年
代工人胡萬春成為著名工人作家後，金絲邊眼鏡和儒雅穿著，一副文人氣派，

工人模樣已經不復存在。新時期以後，成為專業作家是業餘作者的首要目標，歷史就是這樣詭秘。

第四章討論文革時期無產階級群眾文藝形式——革命故事的演變史，本文討論的故事不是敘事學中的故事，而是特指易聽易記易傳播開來的可以演說的故事，和小說已經沒有太大關係。文革中各地出版社出版了大量革命故事，綜合性文藝刊物和群眾文藝刊物都把革命故事看作一種獨立的文類、體裁。革命故事的重要參與者——革命故事員類似於 1949 年後的農村電影放映員，擔負著傳播政治意識形態的責任。由於口頭演講革命故事較之於書面寫作更為簡便易行，革命故事員遍佈城鄉，於是，文革時期的中國成為了一個遍地意識形態喇叭的革命擴音器。1976 年以後，革命故事被新時期文學賦予了新的闡釋。

第五章探討十七年文學中的小說、詩歌傳統在文革與新時期的變異與演進。十七年農村題材小說代表著十七年文學的主要成就，文革後的農村題材小說對十七年文學表現出明顯的繼承性。十七年間有過創作準備的作者在文革時期獲得認可，新時期後有更多新的表現。十七年時期湖南作家周立波和陝西作家柳青作為農村題材小說的典範對後世的影響不容忽視。除小說外，敘事詩是十七年文學追求史詩性在詩歌領域的表現，文革時期敘事詩的不絕如縷也可說明十七年敘事詩熱潮在文革中的隱性滲透，而梅紹靜在文革時期和新時期的敘事詩創作則是觀察敘事詩在文革和新時期變化的難得個案。

第六章討論作家形象塑造在文革與新時期轉換過程發揮的獨特作用，本章主要考察文革時期當紅作家浩然在文革結束後的形象問題和在反右以及文革時期落馬的作家在新時期語境中對文革的看法、態度。闡釋過去決定怎樣面對現在，新時期初年受難作家的文革記憶與國家主流意識形態告別文革走向新時期的話語訴求表現出驚人的一致性，完成了國家話語與個人話語的合謀。

第一章　文革與新時期文藝刊物的生產方式

　　彼埃爾・馬歇雷（Pierre Macherey）認為「文學藝術不是一種創造，而是一種生產。這個生產者不是一個以作品為中心的主體，而是生產系統中的元素之一。」〔註1〕「在文學生產賴以進行的全部材料中，馬歇雷把意識形態視為作品所由產生的直接母體，因而文學和意識形態的相互關係成為其文學生產理論的中心論題。」〔註2〕他以科學主義的「文學生產」概念取代人本主義的「文學創造」概念，把文學置於生產、傳播等社會政治語境中，於是，文學不再是具有藝術自律性的存在，而是與歷史、意識形態同構的他律性文本。文學生產理論對文學完全進行技術性分析有其矯枉過正之處，但它關注意識形態對文學生產的作用，有助於我們分析與政治關係密切的文革文學與新時期文學。

第一節　文革文藝刊物的政治試探：試刊號

　　根據出版史料我們可以得知：「文化大革命前，期刊出版每年都有變化。僅據一九六四年《全國總書目》所收公開發行的期刊，共有 735 種。」〔註3〕

〔註 1〕 Pierre Macherey, *A theory of literary Production*, London: Boston: Routledge & Kegan Paul, 1978, p68.

〔註 2〕 王雄：《試論彼埃爾・馬歇雷的「文學生產理論」》，《外國文學評論》1994 年第 2 期。

〔註 3〕 《文化大革命前期刊出版情況和現在復刊情況》（1973 年 5 月 18 日），《中華人民共和國出版史料》第 14 輯，中國書籍出版社 2013 年版，第 134 頁。

1966 年文革發動後，全國範圍內的期刊基本全部停刊。「據版本圖書館不完全統計，大部分期刊是在一九六六年六月文化大革命開始後停刊的，其中爲廣大讀者所熟悉或發行量比較大的已停刊 217 種。」〔註4〕1971 年之後，隨著文革後期政治局勢的變化，包括文學期刊在內的期刊雜誌開始恢復。「根據版本圖書館一九七二年收到的樣本（包括一九七三年創刊的個別期刊），目前正在出版的期刊全國共有 581 種，其中公開發行的 145 種，內部發行 436 種，佔百分之七十五。」〔註5〕在這些刊物中，包括：

一、政治理論刊物 5 種。

二、社會科學和文化教育刊物 11 種。其中公開發行的 9 種，內部發行的 2 種，即今年〔註6〕創刊的北京大學和遼寧大學的學報。

三、文學藝術刊物 45 種。其中公開發行的 31 種，包括《解放軍文藝》《中國文學》（對外發行）《北京新文藝》，以及《人民畫報》等 15 種畫刊；內部發行的 14 種，多爲地方文藝刊物，如《貴州文藝》、《長沙文藝》等。

四、自然科學和各種技術科學刊物 459 種，佔全部刊物的百分之八十。其中公開發行的 408 種（佔這類刊物的百分之八十）〔註7〕

期刊方面：要辦好現有刊物，恢復或創辦哲學社會科學、文學藝術和自然科學等門類或以工、婦、青（包括少年兒童）爲對象的各種刊物。出好各種譯叢。〔註8〕

從中可以發現，1971 年以後恢復的刊物中自然科學與技術科學刊物居多，這類刊物政治危險性較小。哲學社會科學、文學藝術刊物開始恢復，分爲內部發行與外部發行兩種，可以見出政治試探期刊物的政治謹愼。

1971 年 3 月 15 日至 7 月 22 日周恩來主持召開的全國出版工作座談會爲

〔註4〕《文化大革命前期刊出版情況和現在復刊情況》（1973 年 5 月 18 日），《中華人民共和國出版史料》第 14 輯，中國書籍出版社 2013 年版，第 134 頁。

〔註5〕《文化大革命前期刊出版情況和現在復刊情況》（1973 年 5 月 18 日），《中華人民共和國出版史料》第 14 輯，中國書籍出版社 2013 年版，第 135 頁。

〔註6〕1973 年。

〔註7〕《文化大革命前期刊出版情況和現在復刊情況》（1973 年 5 月 18 日），《中華人民共和國出版史料》第 14 輯，中國書籍出版社 2013 年版，第 135 頁。

〔註8〕《國家出版局關於出版事業十年規劃的出版設想》（1975 年 9 月至 10 月），《中華人民共和國出版史料》第 14 輯，中國書籍出版社 2013 年版，第 278 頁。

文學期刊與出版社的恢復提供了政治支撐與依據。會後形成的《關於出版工作座談會的報告》經毛澤東批示同意，於 1971 年 8 月 13 日開始傳達，該報告允許傳達到出版部門的各級幹部和編輯人員，發到縣、團級。報告第六條：「根據需要和可能，逐步恢復和創辦一些理論、文學藝術、科學技術、藝術研究、文教衛生、體育等期刊，首先要注意恢復和創辦工農兵、青少年迫切需要的期刊。屬於社會科學方面的期刊，報中央組織部宣傳組批准；屬於文學藝術方面的期刊，報國務院文化組批准；其他方面的期刊，報國務院有關部門批准。」〔註9〕一個月後，林彪事件發生，文革迷信從此開始鬆動。1971年 12 月 16 日《人民日報》發表《發展社會主義的文藝創作》，「凡是內容革命、形式健康的作品，都要鼓勵。業餘創作，專業創作，都要提倡。各種文藝形式的創作，都要發展。」〔註10〕「社會主義的文藝是無產階級專政下繼續革命事業的一條重要戰線，文藝領域是社會主義歷史階段階級鬥爭的一個重要戰場。這條戰線上的鬥、批、改任務還很艱巨，這個戰場上兩個階級、兩條道路、兩條路線的鬥爭還將是長期的。」〔註11〕在文革後期，不同政治力量之間的鬥爭、毛澤東對於不同政治力量之間較量的挾制、文革的持久性對社會生活的嚴重影響在高級幹部中引發的不同看法，都程度不同地都影響到文革後期的社會生態、政治生態與文學生態。1972 年 2 月 20 日國家出版口因未對國內讀者發售古典文學書籍做了檢討，並承諾出版或再版現代小說：「在保證出好馬列著作的同時，努力爭取多出一些革命文藝書。計劃上半年出版或再版十部現代小說。」〔註12〕比如我們可以從回憶文章中獲知這樣的訊息，1973 年 4 月，陳景潤的情況經新華社記者一份內參被毛澤東知道，毛澤東作了指示要恢復哲學研究、歷史研究，也談到有些學報，也可以公開。〔註13〕姚雪垠寫作《李自成》的願望通過上書毛澤東獲得批准，這直接促成了中國青年社的恢復出版〔註14〕，這一例子說明了出版界借助政治緩衝期為

〔註9〕　中共中央辦公廳：《關於出版工作座談會的報告》，中發〔1971〕43 號，編號0009118，1971 年 8 月 16 日，第 16 頁。

〔註10〕《發展社會主義的創作》（社論），《人民日報》1971 年 12 月 16 日第 1 版。

〔註11〕《發展社會主義的創作》（社論），《人民日報》1971 年 12 月 16 日第 1 版。

〔註12〕《出版口領導小組關於幾種古典文學書籍只賣給外國人不供應國內讀者的錯誤做法的檢查報告》，《中華人民共和國出版史料》（第 14 輯），中國書籍出版社 2013 年版，第 88 頁。

〔註13〕方厚樞、魏玉山《中國出版通史》（中華人民共和國卷），中國書籍出版社 2008年版，第 163～164 頁。

〔註14〕石灣：《紅火與悲涼：蕭也牧與他的同事們》，上海錦繡文章出版社 2010 年版，

出版尋找契機。電影《創業》的導演張天民也向毛澤東上書〔註15〕，毛澤東
關於電影《創業》的批示促成了 1975 年後文革結束之前文學、藝術活動的
相對幅度較大的鬆動。文學出版政策的實施貫徹部門在遵循政策中的顧此失
彼、難以兩全，作家藝術家不約而同選擇上書形式表達看法，這些都說明了
文革時期意識形態管控系統的嚴酷，也是文學存在環境嚴酷的間接證明。這
些歷史事實也讓我們看到文革後期存在著不同力量與聲音之間的博弈，這些
博弈為文革主流文學生產提供了些許的政治空間。我們通過 1966 年到 1976
年間的全國期刊出版統計可以看到 1971 年之後的期刊恢復情況：

1966～1976 年全國期刊出版統計〔註16〕

年　份	種數（種）	總印數	總印張（千印張）
1966	191	23441	414828
1967	27	9084	326304
1968	22	2755	106478
1969	20	4589	233521
1970	21	6898	377567
1971	72	16019	737167
1972	194	23156	947177
1973	320	32231	1199695
1974	382	40034	1474718
1975	476	43928	1473208
1976	542	55783	1806621

文學刊物就包括在這些恢復的期刊之中，既包括國家一級文學刊物，如《人
民文學》《詩刊》，也包括地區、地方一級的文學刊物，如各省、自治區的文
學刊物。這些文學刊物相對成系統、覆蓋面較為寬廣的恢復，為我們研究文
革後期文學創作的實際形態提供了樣本支持，也是我們觀察文革文學與新時
期文學異同與演變的具體窗口。同時也是我們觀察十七年文學生產、傳播制
度對文革文學生產、傳播發生制度性影響的重要脈絡。當然，我們不需要對
文革後期的期刊恢復做過多樂觀估計，僅就數量而言，「到 1976 年只達到 542

　　　　第 206 頁～219 頁。

〔註15〕吳俊：《〈人民文學〉復刊和編輯日記劄記（一）——解放軍文藝社學習毛主
　　　　席關於《創業》批示的情況紀要（1975 年）》，《揚子江評論》，2016 年第 1 期。
〔註16〕方厚樞：《中國當代出版史料文叢》，中國書籍出版社 2007 年，第 256 頁。

種（其中中央級期刊 294 種，地方期刊 248 種），還沒有達到『文革』前 1965年出版 790 種的水平。」〔註17〕

　　停刊 6 年之後，刊物對國家政策、主管部門意見無法確知，如何順應文化大革命的時代政策實在是不好解決的政治難題，辦刊方向只能摸索，以試刊號來進行試探不失為一條可進可退的保全之路。文革時期最早復刊的《北京新文藝》（1971 年 12 月試刊第 1 期，1972 年 3 月試刊第 2 期，1972 年 5月試刊第 3 期，1972 年 10 月試刊第 4 期，1972 年 12 月試刊第 5 期）出版了近一年的試刊號，《山東文藝》、《內蒙古文藝》等較早復刊的地方文藝刊物也陸續出版了試刊號，在試刊號運行一段時間後，方正式出版，刊物期數也重新統計。《北京新文藝》試刊號編者的話寫道：「在毛主席的革命文藝路線指引下，《北京新文藝》試刊第一期出刊了。要使這個刊物又要有大方向，又要新鮮活潑，需要工農兵群眾、革命幹部、革命知識分子等方面的關心，望各單位為刊物積極組稿供稿。」〔註18〕在翻閱《北京新文藝》的時候，我發現了一封《北京新文藝》的主管部門北京市文化局給南京大學圖書館採購組的信件，這封信夾在期刊的扉頁中，從這封信或許也可讀出《北京新文藝》試刊期間徵求意見的謹慎狀態，這封信措辭的謙和與當時文藝刊物上的廝殺之聲形成了鮮明的對比：

　　　　你校期刊組寫信，蓋採購組章，編號為 72—18 來信已收到。《北京新文藝》由新華書店（北京）郵購辦理，我□（字跡不清，作者注）只有很少一點，作為徵求意見交換資料用，現把 1、2、3 期各送上一本，請批評，你校有何資料，希准予購置。

文革時期的文藝刊物明確標明限國內發行，跨省市流通一般通過省新華書店和高校圖書館以互贈的方式進行。

　　《天津文藝》在 1972 年試刊兩期後，1973 年出版創刊號。它的試刊號稿約對刊物的性質、辦刊思想、稿件類型以及投稿者注意事項都作了詳細說明：

　　　　《天津文藝》是綜合性的文藝刊物，是天津市廣大工農兵群眾和革命文藝工作者的共同陣地。

〔註17〕 方厚樞、魏玉山：《中國出版通史》（中華人民共和國卷），中國書籍出版社 2008年版，第 163 頁。
〔註18〕 《編者的話》，《北京新文藝》1971 年試刊第 1 期。

《天津文藝》堅決貫徹執行毛主席的無產階級革命文藝路線，大力宣傳馬列主義、毛澤東思想，堅持爲工農兵、爲社會主義、爲無產階級政治服務的方向，爲發展我市的社會主義文藝創作和評論而努力。

《天津文藝》大力貫徹「百花齊放，推陳出新」，「古爲今用，洋爲中用」，「我們的提高，是在普及基礎上的提高；我們的普及，是在提高指導下的普及」等一系列方針政策，積極發表內容革命、形式健康的文藝作品，如短篇小說、報告文學、散文、詩歌、戲劇、故事、曲藝、音樂、美術、攝影等。要以深厚的無產階級感情歌頌偉大領袖毛主席，歌頌偉大、光榮、正確的中國共產黨，歌頌毛主席的無產階級革命路線的偉大勝利；要以路線爲綱，反映半個世紀以來在中國共產黨領導下的中國人民的革命鬥爭，特別是無產階級專政下繼續革命的鬥爭，努力塑造戰鬥在各條戰線上的工農兵英雄人物。

《天津文藝》歡迎革命的戰鬥的群眾性的文藝評論，凡學習馬列主義文藝理論、毛澤東文藝思想的心得，學習革命樣板戲創作經驗的體會，社會主義文藝創作的探討研究，對劉少奇一類騙子的假馬克思主義觀點的批判，以及對形形色色的資產階級和修正主義文藝思想的批判等文章，均所歡迎。

《天津文藝》提倡生動活潑、新鮮有力的無產階級文風，特別歡迎好而短的作品。〔註 19〕

這份試刊稿約在文革時期的文藝刊物中非常典型，首先，對文藝作品進行統一要求：內容革命，形式健康。其次，強調文藝評論和文藝創作並駕齊驅。再次，體現出強烈的群眾文藝色彩：故事、曲藝、音樂、美術、攝影作品都在歡迎之列。此外，文革時期倡導、實行開門辦刊：

《遼寧青年》雜誌第一期（試刊）現在和大家見面了。

毛主席說：「我們的報紙也要靠大家來辦，靠全體人民群眾來辦，靠全黨來辦，而不能只靠少數人關起門來辦。」戰鬥在全省各條戰線的廣大青年是本刊主要讀者。我們希望廣大青年積極爲本刊

〔註 19〕《稿約》，《天津文藝》1972 年試刊第 1 期。

提供情況，撰寫稿件，我們希望得到廣大工農兵群眾的關心和支持。〔註20〕

　　文革時期各省派系鬥爭情況不同，各地文化部門對文藝刊物的態度也不盡相同，各地文藝刊物復刊有先後之別。如《浙江文藝》直到1975年才出版第1期，但如履薄冰的辦刊狀態較之於1971年未減絲毫，即使是可以表露看稿意見的「編後」也充滿了撻伐之聲：

　　　　經上級批准，《浙江文藝》（月刊）正式創刊了。

　　　　《浙江文藝》將遵循黨的基本路線，以《講話》爲指針，以革命樣板戲爲榜樣，堅決執行毛主席的革命文藝路線和政策，堅持文藝爲工農兵、爲社會主義、爲無產階級政治服務的方向。《浙江文藝》將高舉革命的批判的旗幟，堅持文藝戰線的批修鬥爭。在文藝領域裏，兩個階級、兩條路線的鬥爭，將長期存在，有時甚至是很激烈的。我們同修正主義的鬥爭，不是一兩次較量，而是長期的鬥爭。本刊將堅持對修正主義文藝路線的批判，對形形色色資產階級文藝思想的批判，把文藝戰線的社會主義革命進行到底，實現無產階級在上層建築中包括各個文化領域對資產階級實行全面專政。〔註21〕

　　1971年後，除上述提到的文藝刊物外：《四川文藝》1973年1月出版創刊號，《福建文藝》1973年4月出版試刊號，《湖北文藝》1973年5月出版創刊號，《陝西文藝》1973年7月出版創刊號，《雲南文藝》1973年8月出版創刊號，《學習與批判》1973年9月15日出版創刊號，《遼寧文藝》、《四川文藝》也在這年相繼出版。《江西文藝》1974年1月出版創刊號，《江蘇文藝》1975年1月出版創刊號，除西藏外，全國各省、自治區、市都出版了文藝刊物。大部分地區既有省一級文藝刊物也有市一級文藝刊物，如浙江省既有《浙江文藝》也有《杭州文藝》，湖北省既有《湖北文藝》也有《武漢文藝》，福建省既有《福建文藝》也有《廈門文藝》，黑龍江省既有《黑龍江文藝》也有《哈爾濱文藝》，還有一些省同時出版兩份省級文藝刊物，如湖南省既出版《湘江文藝》也出版《湖南群眾文藝》，山西省既出版《山西文藝》也出版《山西群眾文藝》，陝西省既出版《陝西文藝》，也出版《群眾文藝》。

〔註20〕　《稿約》，《遼寧青年》1972年試刊第1期。
〔註21〕　《編後》，《浙江文藝》1975年第1期。

以這些刊物為中心，各地形成了穩定的作者群，學界一般關注這類作者群之中那些在新時期文學伊始獲得文名的少數人，其實，這些作者大多在新時期文學初期幾乎沒有影響，他們直到 1980 年代後期甚至 1990 年代之後才為文學界所注意，如《杭州文藝》的莫小米，《廈門文藝》的朱蘇進與陳仲義，《新疆文藝》的周濤、易中天，《四川文藝》的沈奇、劉毅然，《安徽文藝》的謝昭新等，他們從文革到新時期創作的持久性與貫穿性也許更能說明文革文學與新時期文學生產的一致性。

1973 年以後，各地大學學報的哲學社會科學版開始復刊、創刊，1973年 9 月《安徽勞動大學學報》（不定期綜合性學報）創刊，1973 年 10 月《中山大學學報》、《吉林大學學報》、《吉林師範大學學報》、《陝西師大學報》陸續創刊，1973 年 11 月《文史哲》復刊，同一年《南京大學學報》、《杭大學報》、《北京師院學報》、《雲南大學學報》相繼出版，《南京師院學報》1974年 3 月出版，《安徽師大學報》1974 年 2 月出版，《甘肅師大學報》1974 年 3月出版。「當年受『以階級鬥爭為綱的影響』，刊物處於風口浪尖上，我們動輒得咎，還有沒完沒了的檢查，所以整天如履薄冰，提心弔膽。」〔註 22〕不過，這些大學學報哲學社會科學版的復刊、創刊為文革後期高校教師和工農兵大學生撰寫文藝評論提供了發表空間。如藍棣之的最早文學評論是對艾蕪小說的批評，就發表於 1974 年的《四川師範學院學報》〔註 23〕又如《山東師範學院學報》刊發的對於魯迅小說的闡發文章，雖然都是在當時政治口徑下的論說，但文革結束之後的幾年，山東師院學報成為魯迅研究最早恢復的陣地，刊發了大量魯迅研究文章。我們從中可以看到兩個歷史時期的連續性。〔註 24〕

1973 年 10 月，上海圖書館主編的《全國主要報刊資料索引》改名為《全國報刊索引》復刊，這份索引對全國各地報刊、雜誌文章逐月統計匯總，可以說，此後各地刊物在政治正確的保全中進入相對有序的階段。

〔註 22〕 劉光裕：《〈文史哲〉復刊的回憶》，《文史哲》2011 年第 3 期。
〔註 23〕 藍棣之：《評〈高高的山上〉》，《四川師範學院學報》，1974 年第 2 期。
〔註 24〕 朱德法：《從魯四老爺看封建理學的反動性──讀〈祝福〉札記》，《山東師院學報》，1975 年第 1 期。文革結束後，《山東師院學報》刊載過魯迅的系列研究文章。

第二節　新時期文藝刊物的歷史過渡與改革

如上一節所述，1971 年召開的全國出版工作座談會以及陸續出現的各類政策，1975 年 7 月 25 日毛澤東有關《創業》的批示傳達後引發的影響，都促成「文革」時期的文學走向開始出現相對較為複雜的聲音，雖然改變暫時還不可能。〔註25〕從 1971 年最早嘗試恢復辦刊的《北京新文藝》到 1975 年後恢復辦刊的《浙江文藝》、《江蘇文藝》等，再到 1976 年恢復辦刊的《詩刊》、《人民文學》等，截止到 1976 年 10 月之前，從省、自治區一級到國家一級都陸續恢復了文學刊物的編輯出版，形成了一套符合「文革」時期政治和文學刊物運行體系的辦刊方式，產生了大批「文革」文學作品。

「四人幫」被抓，持續了十年的「文革」運動結束。依託「文革」政治慣性、「文革」文學慣性的文學刊物面臨政治語境與文學語境的轉折。1976 年底到 1979 年之間的文學刊物以最富症候性的方式攜帶著歷史過渡時代的豐富信息，我們通過對「文革」結束、「新時期」之初文學刊物歷史過渡與改革方式的考察，可以觸摸到時代轉換之際文學變遷的軌跡。

一、文藝刊物的原罪、功過與編輯檢討

「四人幫」被抓以後，在「文革」後期較多介入政治鬥爭的文學刊物停刊檢查是必不可免的事情，最有代表性的就是隸屬於上海市委寫作組的《朝霞》文藝叢刊、《朝霞》月刊的停刊。除《朝霞》叢刊、月刊停刊之外，由各省級出版社在「文革」後期主辦出版的文藝叢刊大部分也陸續停刊了。其中出刊時間較長的有山西人民出版社出版的「山西文藝叢書」，陝西人民出版社出版的「百花文藝叢刊」，江蘇人民出版社出版的「鍾山文藝叢刊」，新疆人民出版社出版的「紅哨文藝叢刊」，天津人民出版社出版的「今朝文學叢刊」，山東人民出版社出版的「戰地黃花文藝叢刊」。除「戰地黃花文藝叢刊」在 1978 年 10 月停刊，「《紅哨》文藝叢刊」1979 年起更名《邊塞》外，其他叢刊都在 1976 年 10 月後停刊。文藝叢刊的出版週期一般是一年一期或者一年兩期，類似於當下以書代刊的文學集刊形式，刊物稿件的組織過程長、編輯出版週期也緩慢。在政治變動相對平緩的時段內，文藝叢刊的內容可以做到與時俱進，出版不會受到影響。但一旦遇到巨大政治變動，比如「四

〔註25〕吳俊：《〈人民文學〉復刊和編輯日記劄記（一）——解放軍文藝社學習毛主席關於《創業》批示的情況紀要（1975 年）》，《揚子江評論》，2016 年第 1 期。

人幫」被抓「文革」結束，那些積累好的符合「文革」後期政治路線的作品突然就變得不合時宜了。很難與時代變化密切保持同步，是文藝叢刊在「四人幫」被抓之後基本全部停刊的最主要原因。此外，隨著出版社出版工作恢復正常，專業作家的寫作普遍獲得可能，文藝叢刊填補出版空白與閱讀空白的功能就由文學出版社出版的「新時期」文學作品與大量恢復出版的文學經典取代了。

「文革」後期恢復辦刊的省級、國家級文學期刊在「文革」結束後大都沒有停刊。這些刊物首要做的事情就是批判「四人幫」的陰謀，對路線錯誤做出檢討檢查。「一九七六年元月，《人民文學》正式出版。眾所周知，一九七六年初，『四人幫』向黨發動了猖狂進攻，全面推行修正主義極右路線。他們借著《人民文學》復刊的問題欺世盜名，惡毒進行煽動。」〔註 26〕「《北京文藝》是在一九七三年正式恢復出刊的，幾年來，由於『四人幫』革命修正主義路線的干擾破壞，我們曾經盲目地緊跟形勢，在刊物上發表了一些毒草和許多有嚴重政治錯誤的作品和文章，爲『四人幫』的反黨篡權陰謀造了輿論，給革命帶來了無法彌補的損失。這怎能不使得我們感到如芒在背，愧對黨和人民呢？我們深感應當徹底清算自己的錯誤，誠懇地向黨、向人民、向廣大讀者和作者作出公開的檢查。」〔註 27〕文學刊物對「四人幫」的批判，是政治慣性決定下的必然。一種政治運動或政策被判定爲不合法之後，文學界都習慣於在主流話語引導下做出批評與批判。我們看《人民文學》、《北京文藝》刊發的「反擊右傾翻案風」文章與批判「四人幫」文章的用語方式與大批判姿態是非常相似的。

不過，文學刊物對「四人幫」的批判確實說出了一些實情。「文革」後期文學刊物的恢復過程的確經歷過不同政治力量、不同思想之間的較量、博弈。有些刊物在 1972 年有過復刊的準備，但失敗了，直到 1976 年左右才復刊，比如《人民文學》與《江蘇文藝》。這說明在 1972 年，對「文革」政治、「文革」時期文藝現狀的歧見還不足以形成一種統一的力量，但到了 1975年、1976 年，情況則發生了很大的變化。根據吳俊教授的研究，可以看到1975 年下半年毛澤東對電影《創業》的批示傳達後各地反應激烈，「對文革

〔註 26〕 《人民文學》編輯部：《〈人民文學〉復刊的一場鬥爭》，《人民文學》，1977
　　　　年第 8 期。
〔註 27〕 《編者按》，《北京文藝》，1978 年第 4 期。

政治、文革文藝的不滿已經相當普遍。」「文革使政治神話達到巔峰，也使
政治神話最終遭遇破產。」〔註28〕在對「文革」政治、「文革」文藝的不滿
一定程度上已經公開化的前提下，《人民文學》這樣的國家級刊物在1976年
初復刊。文學刊物的復刊時間先地方而後中央的順序也說明，越是級別高的
文學刊物，引發政治敏感地帶的可能性越大，遇到的政治阻力也越多，復刊
時間就越晚。「四人幫」被抓以後，文學刊物的批判、檢查呈現了一部分在
「文革」時期不能言說的事實。

　　《北京文藝》處於政治中心，參與「文革」後期政治鬥爭的程度較其他
刊物而言更深，在「四人幫」被抓以後政治壓力很大，《北京文藝》編輯部的
檢討檢查也更富有典型性。

> 　　我們組織並在第六期上發表了大毒草《嚴峻的日子》。這篇小
> 說顛倒黑白，混淆是非，無中生有，胡編亂造，把在天安門廣場悼
> 念周總理的革命群眾污蔑為「反革命」，影射攻擊敬愛的鄧副主席是
> 「黑後臺」。

> 　　我們為什麼會出現這樣一些錯誤呢？究其原因，主要是我們階
> 級鬥爭、路線鬥爭覺悟不高，遲遲識不破「四人幫」的反革命陰謀。
> 其次，我們鬥爭性不強，有嚴重的「怕」字。

> 　　有些作者，在「四害」橫行時，寫了一些錯誤的文章和作品，
> 但它們有許多都是我們組織和參加修改的，有的甚至是由於我們的
> 「加工」而使錯誤加重的。這些文章所產生的惡劣影響，應由我們
> 編輯部負主要責任。〔註29〕

　　《北京文藝》編輯部對編發了具體錯誤作品進行了檢討，這也是各地文
學刊物「文革」結束後必須要回答的問題。編輯部認為之所以發表「毒草」
作品，是由於階級鬥爭、路線鬥爭覺悟不高，識不破陰謀和有嚴重的怕字。
其實，作為政治極端年代的文學編輯，他們做了當時只能如此的事情。隸屬
於政治的文學刊物編輯不可能預判和公開指認權力中心領導者的錯誤。所
以，心中有怕字真是說出了編輯們的心聲。與此同時，編輯部檢討了編輯的
組稿與改稿行為。當代文學編輯在政治和文學的窄門中獲取生存，既要具有

〔註28〕吳俊：《〈人民文學〉復刊和編輯日記劄記（一）——解放軍文藝社學習毛主
　　　　席關於《創業》批示的情況紀要（1975年）》，《揚子江評論》，2016年第1期。
〔註29〕《編者按》，《北京文藝》，1978年第4期。

較深的文學素養，還要具有敏銳的政治知覺，需要盡到文學上輔導與政治上把關的雙重職責。隨著當代文學對專業作家的排斥的程度日漸誇張，特別是「文革」後期，刊物作者大部分是寫作水平並不高明的工農兵業餘作者，這就要求編輯付出更大的精力修改文學腳本，當然，更要符合「文革」政治的要求。「文革」後期文學刊物的編輯，既是「文革」文學的隱性合謀者，同時也是「文革」文學的受害者。但在歷史和政治的變換中，編輯必須做爲罪錯的承擔者出現。在需要對「四人幫」的非法性國家政治的一貫正確性作出說明之際，文學編輯充當了歷史的罪人。

　　「文革」結束後「新時期」之初的幾年裏，文學刊物對「文革」後期復刊後的辦刊方針、路線的態度倒並不是完全持批判態度。很多文學刊物在1977 年、1978 年兩年對「文革」後期辦刊方針是既有否定也有認同的，會依然把「文革」後期的復刊與「新時期」開始的整改兩個時段無縫對接。這種複雜性顯示出歷史過渡時期文學話語、主流話語的紛繁交錯甚至相互牴牾的情形。「《江蘇文藝》也不是全部錯誤，也有值得肯定的地方。」〔註30〕雖然 1977 年 8 月召開的十一大的會議文件認爲粉碎「四人幫」標誌著「文革」結束「新時期」開始，但如何評價「文革」，其實在「文革」結束後的最初幾年並沒有形成最終意見。1977 年 1978 年，「凡是派」與「改革派」兩方力量的主導性還並沒有釋放出明確的信息。主流話語的模糊性導致了文學刊物運語的「新」「舊」混用，立場態度的模糊不明。1978 年上半年《文藝報》在上海召開的一次短篇小說座談會就聲明：「要把文化大革命和『四人幫』區分開來，決不能把這兩者混爲一談，不能把揭露『四人幫』說成是暴露文化大革命。《傷痕》、《班主任》、《哥德巴赫猜想》等是揭露四人幫的，而不是反對文化大革命的，當然『四人幫』的興亡主要發生在文化大革命期間，是文化大革命中的一個現象。」〔註31〕《河北文藝》直到 1979 年第 1 期依然可以看到「文革」主流話語的繼續沿用，當然，也有重新開始的辦刊決心：

　　　　從一九七三年出刊到現在，走過了七年的路程。這七年的路是
　　不平坦的。我們在毛主席革命文藝路線的照耀下，反映了河北省工

〔註30〕何曉魯：《意見與希望——本刊恢復〈雨花〉刊名座談記錄》，《江蘇文藝》，
　　　　1978 年第 10 期。
〔註31〕《解放思想，衝破禁區，繁榮短篇小說創作——記本刊在上海召開的短篇小
　　　　說座談會》，《文藝報》，1978 年第 4 期。

　　業學大慶、農業學大寨、根治海河、抗震救災及其他戰線的革命鬥
　　爭生活，……但是，由於林彪、「四人幫」反革命修正主義路線的干
　　擾破壞，刊物也存在不少缺點和錯誤，有的錯誤是嚴重的。

　　　　……我們決心吸取教訓，振奮精神，努力使刊物在新的躍進形
　　勢下，以新的面貌和讀者見面。〔註32〕

　　從《河北文藝》這份遲到的「覺悟」我們可以看到，即使在 1978 年 12
月十一屆三中全會召開前後，文學刊物在「文革」後期的復刊與在「新時期」
之初的「新的面貌」之間也還沒有被判定一個斷然的分水嶺，這確實說明了
「新時期文學」之「新」的緩慢性與艱難性。與此同時，從《河北文藝》這
份接受時代變化訊息最晚的省級文學期刊來看，長期在政治浪潮中求生存的
當代文學刊物，既具有迅速捕捉時代信息的敏銳性，同時，也有把握與跟隨
時代信息的滯後性與保守性。

二、文藝刊物的去污名化、回歸「百花」時代與改革步伐

　　總體而言，進入 1978 年之後，爲「文革」時期受到嚴酷迫害、被打爲
「毒草」的作品平反的呼聲越來越有了力量，對「文藝黑線專政論」的不滿
的聲音也有了公開發表的機會。「文革」時期的辦刊路線越來越受到刊物本
身的質疑，雖然輿論有時候還並沒有明確指出「文革」時期的辦刊路線或者
辦刊本身是一種錯誤，但文學刊物日益表現出切除「文革」時期的存在歷史
然後重新出發的辦刊意願。如《天津文藝》的表現：

　　　　我們雖已做了初步的檢查和清理，但還是不夠的。爲了集中精
　　力，積極投入揭批「四人幫」的偉大鬥爭，進一步對刊物進行檢查
　　和清理，總結經驗教訓，提高路線覺悟，以便今後辦好刊物，決定：
　　自今年十月起《天津文藝》停刊。

　　　　爲了實現華主席抓綱治國的戰略決策，宣傳和貫徹黨的十一大
　　路線和適應新時期總任務的需要；爲了繼續深入揭批「四人幫」，肅
　　清其流毒和影響，落實英明領袖華主席提出的「堅持毛主席的革命
　　文藝路線，貫徹執行百花齊放、百家爭鳴的方針，爲繁榮社會主義
　　文藝創作而奮鬥」的偉大號召，積極反應和熱情歌頌各條戰線的廣

〔註32〕《致讀者》，《河北文藝》，1979 年第 1 期。

> 大群眾，在華主席爲首的黨中央領導下，實現「四個現代化」的宏
> 偉目標進行英勇鬥爭的光輝業績，繁榮文藝創作，將於明年恢復《新
> 港》文學月刊。〔註33〕

《天津文藝》停刊，《新港》月刊恢復。《新港》是在 1956 年 7 月由中國作協天津分會創辦的文學刊物。恢復《新港》刊名，表達了接續「十七年」文學刊物辦刊路線的願望。這是割除「文革」時代辦刊歷史，回歸「百花」時代辦刊歷史最明確的表達與做法。這不是一種孤立的現象，而是「新時期」之初文學刊物非常普遍的做法，絕大多數文學刊物選擇了向「十七年」時期的「百花時代」看齊。

> 爲適應新時期總任務的需要和滿足廣大讀者、作者的要求；爲
> 徹底批判「文藝黑線專政論」，撥亂反正，經上級黨委批准，《奔流》
> 文藝月刊，將從一九七九年的一月起恢復。《河南文藝》同時終止。

> 《奔流》創刊於我國社會主義革命取得偉大勝利的一九五七
> 年。……《奔流》也橫遭污蔑和攻擊，被迫停刊。現在，華主席、
> 黨中央徹底推翻了「文藝黑線專政」論，「四人幫」及我省推行「四
> 人幫」極右路線的掛帥人物等，對《奔流》的一切誣陷不實之詞都
> 應徹底推倒。《奔流》的復刊，是粉碎「四人幫」，文藝得解放的又
> 一生動體現。〔註34〕

如果說《天津文藝》停刊、恢復《新港》是對刊物創刊原點的一種追溯，因爲《新港》創辦之初就叫做《新港》，《河南文藝》停刊、恢復《奔流》刊名就更能說明文學刊物對百花時代的有意選擇，因爲河南省文聯的刊物《河南文藝》在 1950 年 3 月就創刊了，但 1978 年底的《河南文藝》並沒有追溯到 1950 年，而是特意標出《奔流》創刊的 1957 年。1949 年第一次文代會之後特別是建國之後，各省、自治區都創辦了隸屬於文聯、作協的機關刊物，刊名大部分都是省份名稱與文藝二字的組合，如《河北文藝》《河南文藝》《山西文藝》《吉林文藝》《內蒙文藝》等，1956 年「雙百」方針之後，各地文學刊物掀起了改革的浪潮，表現出對地方性、文學個性的追求，改革最突出的標誌就是刊名的改變，《河北文藝》改名爲《蜜蜂》，《河南文藝》改名爲《奔

〔註33〕 《重要啓事》，《天津文藝》，1978 年 8、9 期合刊。
〔註34〕 《爲〈河南文藝〉恢復〈奔流〉刊名致讀者》，《河南文藝》，1978 年第 10 期。

流》,《山西文藝》改名為《汾水》,《內蒙文藝》改名為《草原》。〔註 35〕與此同時,1956 年 1957 年也有新的文學刊物創辦,比如《收穫》。文學刊物在 1956 年 1957 年的做法在 1978 年 1979 年重現,幾乎所有文學刊物都停止使用「文革」時期的刊名,恢復使用「百花時代」的刊名,並同樣伴隨大量文學刊物的創辦。

　　1977 年 8 月在北京召開了中共第十一次代表大會,華國鋒在會上所作報告出現了「新時期」的表述。1978 年 2 月 26 日至 3 月 5 日召開了第五屆全國人大第一次代表會議,華國鋒的政府工作報告提出「新時期總任務」。在這個報告中「四個現代化」以政府報告的形式被提出。《天津文藝》、《河南文藝》改革刊名的聲明都明確提到了十一大和「新時期總任務」,與這些富有新可能的詞匯同時存在的還有「提高路線覺悟」這樣的「舊」詞匯。在一個亦舊亦新的時間段裏面,會出現多種話語系統重疊的局面。但我們看到文學刊物以極其迅速的姿態吸納任何一種新的因素來獲得文學新變的可能。中共中央是遲至 1979 年 5 月 3 日才批轉同意總政治部撤銷「紀要」的,但在此之前,已經有過幾次發生過較大影響的對「文藝黑線專政論」的批判活動了。1977 年 11 月 21 日《人民日報》報導該報邀請文藝界人士參加的批判「文藝黑線專政論」座談會,從 11 月 21 日到 12 月 27 日進行了連續報導。同年 12 月 28 日到 31 日《人民文學》編輯部召開在京文藝工作者向「文藝黑線專政論」猛烈開火座談會,參與人數空前,影響很大。1978 年 5 月 27 日中國文聯第三屆第三次(擴大)會議舉行,推翻「文藝黑線專政論」的呼聲很高。〔註 36〕在促成推翻「文藝黑線專政論」的過程中,文學藝術界、國家級的文學刊物起到了最早破除堅冰的作用,地方文學物應聲而起,起到了呼應支持擴大影響的作用。「新時期」之初的文學刊物表現出了突破禁區的勇氣與探索性。

　　從 1978 年第 5 期起《湖北文藝》改名為《長江文藝》。「以文藝黑線刊物的罪名而停刊的《長江文藝》,廣大讀者和作者,早就熱切要求它恢復出刊,可是,某些文藝領導人宣稱:要求恢復《長江文藝》,不只是一個刊名問題,而是一個路線問題。」〔註 37〕《長江文藝》放棄《湖北文藝》刊名的

〔註 35〕潘旭瀾主編《新中國文學詞典》,江蘇文藝出版社 1993 年版,第 1310～1330 頁。
〔註 36〕閻綱:《江青的背後——文藝黑線專政論的破滅和它所引起的嚴重課題》,《新文學史料》,1999 年第 4 期。
〔註 37〕《堅決為批錯的作品和作者平反》,《長江文藝》,1979 年 4、5 月號。

決絕態度，會在所有恢復「百花時代」刊名的刊物中聽到回應。「現在恢復《東海》，這不僅是恢復一個刊物名稱的問題，而是撥亂反正，分清是非，落實黨的文藝政策的大問題。」〔註38〕《江蘇文藝》1975 年恢復辦刊，1979年改名爲《雨花》。對於恢復《雨花》刊名，編者鄭重強調「現在恢復《雨花》名稱這件事，實在不只是一個叫什麼名稱的問題。……這樣做，有利於貫徹執行毛主席制定的「百花齊放、百家爭鳴」的方針，有利於調動一切積極因素爲繁榮社會主義文藝創作而奮鬥，因而也就有利於在實現新時期總任務中充分發揮文藝的作用。」〔註39〕刊物專門在 1978 年 8 月 26 日於長江路292 號西花園召開了座談會，編者、作者齊聚一堂共商刊物改革方式，刊物發表了座談會與會人員的詳細發言。這份詳細記錄表明編輯部希望留下一份歷史記錄的嚴肅與鄭重。這份記錄爲「新時期」之初文學刊物對更改刊名的重視留下了檔案。

1979 年第四季度，文藝雙月刊《南京文藝》改名爲《青春》，《青春》第一期命名爲創刊號，徹底斷絕與之前《南京文藝》的關係，「《青春》歡迎忠實生活、敢於說眞話的作品；歡迎各種體裁、各種風格流派的作品爭奇鬥豔。我們既歡迎金戈鐵馬、狂飆吶喊的篇什，也歡迎晶瑩清新、給人美感的佳作，既歡迎雍容華貴的牡丹，也歡迎帶刺的玫瑰。青年作者要朝氣蓬勃，干預生活，觸及時事，要滿腔熱情歌頌人民的英雄業績，無情蕩滌阻礙歷史前進的腐朽勢力和不良思想作風。從一泓清泉看出海洋的本相。我們要努力塑造典型的生動的藝術形象，來深刻地多側面地反映時代的風貌，教育人們向前看，促進四化的偉大事業，充分發揮文學的戰鬥作用。」〔註 40〕叢維熙、王蒙、劉紹棠、陸文夫、高曉聲發表了結合自己創作經歷和人生遭際的文章表達對《青春》的祝福。《青春》對叢維熙、王蒙、劉紹棠因「干預生活」而落難的青年作家和陸文夫、高曉聲等「探求者」集團作家的選擇，更明確表現出它以「百花時代」文學爲方向的辦刊路線。

1979 年 6 月號《甘肅文藝》重新發表了劉賓雁《在橋樑工地上》，並重新發表了《人民文學》1956 年 4 月號發表《在橋樑工地上》時的編者按：「我們

〔註38〕黃源：《祝賀〈東海〉復刊》，《浙江文藝》，1978 年第 10 期。

〔註39〕龐瑞垠：《意見與希望——本刊恢復〈雨花〉刊名座談記錄》，《江蘇文藝》，1978 年第 10 期。

〔註40〕《青春獻詞》，《青春》，1979 年第 1 期。

期待這樣尖銳地提出問題的、批評性和諷刺性的特寫已經很久了，希望從這篇《在橋樑工地上》發表以後，能夠更多地出現這樣的作品。」〔註41〕《甘肅文藝》也發表了直面現實的編者按：「隨著社會主義現代化建設的迅速發展，全部社會生活必將發生深刻的變化，社會化大生產與表現於經濟管理以及交換、分配等方面的小生產習慣勢力的矛盾，社會主義的經濟基礎與帶有封建主義烙印的官僚主義的矛盾，以及反映著落後的經濟關係的一切保守、僵化、狹隘、迷信的意識形態的矛盾，勢必日益尖銳和計劃。……有鑑於此，本刊特向讀者推薦劉賓雁同志的特寫《在橋樑工地上》，以期引起我省文藝界對這個問題的注意。」〔註42〕遠在西北的《甘肅文藝》在「新時期」之初直陳時弊的勇氣現在回頭看來依然令人尊敬。1956年《人民文學》的改革舉措是「十七年文學」乃至當代文學中濃墨重彩的時刻，當時主政《人民文學》的秦兆陽在推動文學藝術的探索性、作家干預生活的勇氣方面展示了最大的可能。《甘肅文藝》對「百花時代」《人民文學》的追溯與回歸表達了「新時期」之初文學刊物的改革努力。

　　1956年到1957年上半年的「百花時代」政策相對寬鬆，作家的精神自由和作品質量獲得了部分生長空間。「新時期文學」對「十七年文學」中這段曇花一現時段的追溯表明，這份體制內的異端成為「新時期」之初的文學能夠汲取的重要思想資源。一段一度被隱去的歷史再次出現時成為了文學改革的動力。

　　有些刊物在以啟事的形式公佈改名之後，會以編輯部的名義發表一篇富有感情色彩的「致讀者」或「編者的話」。我們可以從這些極富有感情色彩的「致讀者」與「編者的話」中看到「新時期」文學刊物敘述歷史的浪漫與理想化。這些表達可以看作是文學刊物的「傷痕」敘事。刊物的「傷痕」敘事與「傷痕小說」一樣，以控訴和淚水為敘述表徵，對歷史和政治錯誤的反思非常稀薄。1979年4月《青海文藝》改名為《青海湖》後的「編者的話」寫道：

　　　　大上的雷聲響了，
　　　　　湖水解凍的時刻到了；
　　　　布穀鳥咕咕叫著，

〔註41〕　《甘肅文藝》編輯部：《編者按》《甘肅文藝》，1979年6月號。
〔註42〕　《甘肅文藝》編輯部：《編者按》《甘肅文藝》，1979年6月號。

播種的日子到了。

《青海湖》文藝月刊，隨著高原春天的到來，從本期起恢復了
她原來的名稱。她被迫停刊了十二年。

高原上的寒風是凜冽的，但青海湖水卻是頑強的，就是在酷寒
的嚴冬日子裏，也很難將整個的湖面結上一幅冰層。

《青海湖》創刊於一九五六年，停刊於一九六六年。十二年後
的今天她又得以和廣大讀者、作者見面，這怎能不讓人心情激動。
回顧她崢嶸的過去，展望她美好的未來，我們希望同廣大讀者、作
者一起，努力把《青海湖》辦成紮根在青海湖高原上的一束絢麗的
鮮花；〔註43〕

文學刊物以一個曾經受傷但在「新時期」迎來重生的女性形象出現，以
冬天與春天的自然更迭喻指「文革」與「新時期」的關係，抹除了人為製造
的政治更迭的殘酷性。與此同時，更改刊名後的刊物會大量發表作者的詩詞
唱和與祝賀文章，慶祝刊物新生。營造出冬去春來苦盡甘來的道德劇場景
〔註44〕。「新時期」之初的文學刊物之間，歷史過渡的快慢、對歷史的認知
呈現出參差不齊的局面。

從刊名的改變開始，文學刊物的新變日益增多，我們可以從當時同一份
文學刊物上下兩期的對比中體會到時代變化的迅速。比如各地文學刊物開始
標明價格，並且主動呼籲讀者訂閱：

《河南文藝》……每本定價 0.20 元，每季訂費 0.60 元，半年
1.20 元。各地郵局（所）均可訂閱。十一月份是收訂 1978 年刊物的
時期，請讀者及時去郵局（所）訂閱。以免延誤。〔註45〕

1979 年 12 期《長江文藝》取消限額擴大發行。每季 0.75 元，
半年 1.50 元，全年 3.00 元。可以破季訂閱。武漢郵局發行，國外總

〔註43〕 王亞平：《賀〈青海湖〉復刊》：「誰說高原無寒風；青海湖水也結冰。忽然一
朝春光好，頓見遍山草春。欄外初聞征鼓震，園內爭羨百蕾紅。莫笑詩短賀
忱重，鴻飛輕雲向西寧。」《青海湖》，1979 年 4 月號。

〔註44〕 郭仲選：《訴衷情祝〈東海〉復刊》：「浩歌一曲訴衷情，東海喜重逢。展望風
光無限，邁步新長征。青山翠，碧水澄，花正紅。創作園地，芳草勻勻，百
花豔濃。」《浙江文藝》，1978 年第 10 期。

〔註45〕 《〈河南文藝〉改刊、徵稿、徵訂啟事》，《河南文藝》，1977 年第 5 期。

發行。〔註46〕

　　《青海湖》月刊每期六十四頁，定價二角。熱切地希望廣大讀
者、作者同志，踊躍訂閱、投稿。〔註47〕

　　終於不再「談錢色變」，對於「新時期」的文學刊物來說是一個極為重要
的觀念轉變，它公開地表明文學刊物不僅和政治掛鈎，更和費用與市場流通
相關。文學刊物與讀者之間除了教化與被教化的關係之外，還存在著主動閱
讀還是被動閱讀這一出版與閱讀的關係，以及讀者願不願意購買刊物等商品
交易關係。「新時期」初年，刊物費用的標明，透露出文學刊物不再僅僅充當
政治傳播媒介的作用。

　　1977 年，稿費制度恢復，《河北群眾文藝》發表告作者：「一、本刊從一
九七八年一月起，試行稿酬辦法。來稿一經發表，即致薄酬。」〔註48〕其他
刊物也都公開標明付給作者稿酬，寫作者的勞動付出開始獲得尊重。《科學
文藝》1979 年第 2 期徵登廣告啓事：「本刊第三期將於十二月出版，明年擬
改為季刊，逢三、六、九、十二月出版，由郵局發行。為了適應『四化』需
要，特闢廣告欄，刊載工農業生產、科學文化、醫藥衛生和書報雜誌等方面
的廣告。」〔註49〕《世界圖書》1979 年第 1 期發表啓事：「為加強國際文化
交流，《世界圖書》同時對國外發行，並承登海外廣告。」〔註50〕《青海湖》
1980 年第 6 期發表啓事：「本刊承接廣告業務，請省內外工商企業廣為利
用。」〔註51〕在「四化」建設的名義下，文學刊物開始涉及經濟收益、盈利
與擴大影響等事情。雖然欲說還休，但還是可以強烈感受到文學刊物一點一
點解除禁錮的改革新氣象，這對於封閉在計劃經濟體制內近半個世紀之久的
當代文學而言難能可貴。文學刊物也開始具有了真正的讀者意識與競爭意
識。「刊物的美術插圖要引起注意。插圖是藝術，好的刊物就要有好的插圖，
應給它一定篇幅。插圖是門學問，它不是文字的圖解，也不是連環畫中的一
頁，應是文學作品的再創作。」〔註52〕「本刊徵求封面設計啓事：本刊封面

〔註46〕《啓事》，《長江文藝》，1979 年第 10 期。
〔註47〕《告讀者、作者》，《青海文藝》，1979 年第 1 期。
〔註48〕《告作者》，《河北群眾文藝》，1977 年第 11 期。
〔註49〕《啓事》，《科學文藝》，1979 年第 2 期。
〔註50〕《啓事》，《世界圖書》，1979 年第 1 期。
〔註51〕《啓事》，《青海湖》，1980 年第 6 期。
〔註52〕龐瑞垠：《意見與希望──本刊恢復〈雨花〉刊名座談記錄》，《江蘇文藝》，
　　　　1978 年第 10 期。

用 80 克膠版紙,最多不超過五種顏色,『新疆文藝』四字橫豎排均可,整個設計要求美觀、大方,最好有民族特色。熱烈歡迎廣大專業和業餘作者應徵。」〔註53〕

文學刊物獲得生長的可能除了刊物自身的改革訴求外,也與文革結束後期刊管理政策的寬鬆有很直接的聯繫。1978 年之後,國家先後發布兩次期刊審批政策,下放期刊審批權力減少期刊審批程序。期刊申請審批發生了從最初的報批中央宣傳部到各部委和省(市、區)黨委負責的變化。1982 年 7 月,宣傳部提出改變期刊審批辦法的意見,哲學、社會科學類期刊由文化部審批,自然社會期刊由國家科委審批,解放軍系統期刊由總政治部審批,地方期刊由省市區黨委審批。1984 年國家又把地方創辦哲學社會科學和文學選刊類期刊的審批權上收到文化部出版局。1986 年,新辦出版社要向國家出版局提出申請。〔註54〕我們依然通過數據來看文革結束之後期刊、出版社的數量遞增。

1977～1983 年出版社、報刊數量〔註55〕

年　份	出版社數量	期刊種數
1977	82	628
1978	105	930
1979	129	1470
1980	169	2191

呼應著思想啓蒙、政策解放,「新時期」文學刊物完成歷史過渡,進入了具有較多改革可能的時期。

國家層面的改革訴求與思想層面的啓蒙思潮是文革結束之後社會、文學發生新變的主要動力。但二者之間的改革步調並非完全一致。因此,在新時期文學的語境中,也會出現與十七年時期文學批判類似的做法。1980 年在廈門召開的十八家省級文學期刊改革會議遭遇腰斬就是特別有代表性的例子。參與會議的《長江文藝》編輯劉岱對這件事有較爲詳細的描述:

〔註53〕 《啓事》,《新疆文藝》,1979 年第 9 期。
〔註54〕 方厚樞、魏玉山《中國出版通史》(中華人民共和國卷),中華書籍出版社 2008 年版,第 296 頁。
〔註55〕 方厚樞、魏玉山《中國出版通史》(中華人民共和國卷),中華書籍出版社 2008 年版,第 296 頁。

　　79 年春，我同《湘江文學》副主編張盛裕同志有感於各省文學期刊，各幹各的，互不瞭解，工作上難得有機會交流，也覺得我們期刊之間，應有個相互瞭解、學習、交流的機會，打開眼下閉塞的局面。發起召開一次座談會，方式上自願參加，經費自理，加強刊物之間的聯繫與學習的機會。我傾向這個會在北方開，向《鴨綠江》學習，並找了《長春》的主編楊鳳翔商量，請他做發起人。因此有了 79 年 7 月下旬的長春座談會。

　　由於這次會議反應很好，南方沒有參加會議的刊物希望 80 年再開一次。張盛裕與劉岱商量再開，會址選在廈門鼓浪嶼。《福建文學》主編苗風浦是劉岱文學講習所同學，熱情支持。以《福建文學》等刊物的名義發出邀請信。

　　座談會於 1980 年 12 月 18 日至 26 日召開，參加會議的有十八家省級期刊。會上暢所欲言。針對文學期刊遇到權勢部門的各種壓力，認為文學期刊應該相互支持。《河北文學》主編張樸還說了句「一方有難，八方支持。」

　　會後不久，就傳來對這個會的否定消息。中宣部領導人對「一方有難八方支持」等十分反感，認為是否定了黨的領導，是鼓吹「資產階級自由化」的會，〔註56〕

《鍾山》原主編徐兆淮回憶，1980 年底在鎮江金山召開的全國 26 家大型文學期刊開鼓浪嶼期刊會議先河，在會上討論成立全國大型文學期刊協會，《十月》雜誌的一位年輕編輯建議寫協會章程和會議報導時，最好要少講空話和套話云云，其實最終這一意見並未被與會人員採納。鼓浪嶼文學月刊主編會議繼續沿著解放思想探討期刊出路，熱烈探討幾十年辦刊損失，尤其是開展了對極左文藝思想和辦刊觀念的檢討與批判。出於辦好文學期刊的宗旨，籌劃成立月刊協會。最終金山會議上與會者的一些發言與鼓浪嶼文學期刊會議上的某些發言一鍋煮，被當做違反四項基本原則的錯誤言論予以點名批判。〔註57〕

〔註56〕劉岱：《懷念遠行的范程》，安波舜主編：《范程紀念文集》，長江文藝出版社2012 年版，第 235 頁。
〔註57〕徐兆淮：《編餘瑣憶：我的編輯之路》，中國書籍出版社 2016 年版，第 157 頁。

作爲鼓浪嶼回憶發起人的劉岱「1981 年春天起，開展了端正文藝思想、批判資產階級自由化運動，我一直參加會，並是會的重點對象。往往上午開會，下午工作，由春到夏至秋，一直開到了十月，省裏又召開了批判資產階級自由化的大會。我是鼓浪嶼會的發起人之一，最後只好做檢討，並離開了我工作長達三十年的與我血肉相連的《長江文藝》。」〔註58〕這次尋求文學刊物改革會議的中途擱淺，說明文學新變與政治改革之間依然具有不可逾越的紅線。文學刊物依然需要在對意識形態邊界的試探中取得突破。

第三節　文革與新時期文藝刊物的政治動員：「徵文」

目前學界對編者按和讀者來信的考察用力甚勤，但對徵文活動的研究卻還不多見，筆者根據對文藝期刊的觀察發現，徵文也是當代文學進行政治主題論證的方式之一，其重要性與編者按和讀者來信不相上下。

進行中國共產主義革命研究的學者發現，以情感召喚進行群眾動員是共產黨發動政治運動的重要方式之一。〔註59〕文藝刊物作爲文化大革命時期重要的宣傳路徑，是與時代政治同一的話語符號體系，作爲刊物重要構成元素的徵文，其政治動員性質也十分明顯。凡《在延安文藝座談會上的講話》紀念日、黨的代表大會、重要政策出臺、領導人講話發表，文藝刊物都要舉行大型徵文活動。首先，徵文是文藝期刊的稿源之一。其次，徵文是文藝期刊跟進時代政治風向與政策的一種方法。再次，徵文具有樣本性，徵文過程中不間斷地刊登被選中的徵文作品，這給與投稿者以示範。《朝霞》呼應上海市委寫作組領導朱永嘉要觸及時事的要求，1974 年在《朝霞》文藝叢刊與文藝月刊上發起「努力反應文化大革命鬥爭生活的徵文」〔註60〕

1970 年代政治運動頻繁，文藝刊物的徵文活動也連綿不絕。徵文活動主題的唯一性與明確性對應徵者在寫作主題與寫作語言上的強制性十分嚴苛，與此同時，徵文啓事的情緒性與號召性對閱讀者宣喻的有效性與灌輸性也十分明顯。這讓徵文這一形式在政治形勢緊張的關頭發揮了極爲關鍵的作用。

〔註58〕安波舜主編：《范程紀念文集》，長江文藝出版社 2012 年版，第 236 頁。
〔註59〕〔美〕裴宜理：《重訪中國革命：以情感的模式》，李冠南、何翔譯，見劉東主編《中國學術》（第 4 輯），商務印書館 2001 年版，第 97～121 頁。
〔註60〕陳冀德：《生逢其時：文革第一文藝刊物〈朝霞〉主編回憶錄》，時代國際出版有限公司 2008 年版，第 24 頁。

一、文革徵文：無產階級文藝新軍的培養與政治博弈的論證

徵文啓事是徵文活動的重要組成部分，對於應徵文章的體裁、題材、形式等都做出明確要求。《朝霞》是文革期間全國最具有影響力的文藝期刊，進行徵文是《朝霞》的重要辦刊舉措之一。我們來看一則名爲「努力反映文化大革命的鬥爭生活」的徵文啓事：

> 偉大的無產階級文化大革命，是在社會主義條件下，無產階級反對資產階級和一切剝削階級的政治大革命。在毛主席親自發動和領導的這場波瀾壯闊的革命鬥爭中，億萬人民意氣奮發，一大批革命闖將鍛鍊成長，廣大工人階級和革命人民奮起批判劉少奇、林彪修正主義路線，批判資產階級和一切剝削階級的反動思想，創造了多少具有深遠意義的新生事物和英雄業績啊！

> 根據毛主席的指示，黨的十大文獻指出：「這樣的革命，今後還要進行多次。」這就號召我們，應當以無產階級文化大革命的精神來做好我們當前的各項工作。文學事業作爲黨的事業的一部分，也必須貫徹這個精神。熱情歌頌無產階級文化大革命的光輝勝利，大力宣傳無產階級文化大革命中的湧現的新生事物，努力塑造具有無產階級文化大革命精神的英雄形象，通過文學這個形式來說明「這次無產階級文化大革命，對於鞏固無產積極專政，防止資本主義復辟，建設社會主義，是完全必要的，是非常及時的。」這應當是我們工農兵業餘作者和革命文學工作者的光榮任務。爲此，本刊特舉辦一次《努力反映文化大革命的鬥爭生活》的徵文。〔註61〕

徵文明確說明通過文學這種形式表現文化大革命的重要性、必要性和及時性，此外，徵文對於文學體裁和創作原則也進行了規定。「徵文形式以小說爲主，兼及其他，作者可以選擇無產階級文化大革命（包括鬥、批、改階段）中的一個側面，運用革命現實主義和革命浪漫主義相結合的創作方法，進行集中概括，加以典型化，一定要突破眞人眞事的局限。」徵文還允諾對於入選作品進行公開出版，對作者進行有組織的培訓：

> 徵文期限爲一年。從現在起到一九七四年底。入選作品將在《朝霞》月刊、《朝霞》叢刊上陸續發表，有必要時，還將另編選集出版。

〔註61〕 《「努力反映文化大革命的鬥爭生活」徵文啓事》，《朝霞》1974 年第 1 期。

　　　　　未入選作品，在徵文結束時退還給作者。在這期間，編輯部將

組織各類型的座談會、討論會，以使作者們有機會相互交流經驗，

發揚優點，克服缺點，以利再戰。〔註62〕

給應徵者以出版機會是徵文活動吸引投稿者的重要舉措之一。不僅《朝霞》，

其他刊物也採取這種鼓勵辦法：

　　　　　徵文從一九七六年三月開始至一九七七年五月為第一期，入選

作品除陸續在《解放軍文藝》發表，並視情況由「解放軍文藝叢書」

編輯部彙編成冊出版。〔註63〕

　　　　　徵文舉辦期間，本刊將舉辦各種類型的座談會、討論會，以

使作者們有機會相互交流創作經驗，提高作品的思想性和藝術性。

〔註64〕

　　　　　入選作品將在本刊陸續發表，未入選的作品，徵文結束後退還

作者。〔註65〕

通過徵文選拔作者，進行有組織的輔導，是文革期間培養工農兵業餘作者的

一種政治策略：「瀋陽、新疆、南京等部隊政治部門發出指示，要求各級黨委

和政治機關一定要把抓文藝革命和這次徵文創作列入重要議事日程，加強領

導、安排力量，並對所屬各部隊的徵文工作做了詳細規劃。南京等部隊組成

徵文徵歌編輯組，負責完成應徵作品的修改審定工作。」〔註66〕從當時的報

導中也可看出徵文的組織性，如《北京新文藝》在一次紀念毛澤東《在延安

文藝座談會上的講話》發表三十週年徵文啟事中明確通告：「這次徵文是通過

群眾性的文藝創作活動，進行一次廣泛的，生動的，具體的，形象的『思想

和政治路線方面的教育』。」〔註67〕

　　徵文也會在第一時間配合當時的政治運動。「農業學大寨」是文化大革命

期間完全不顧實際，全國各地被迫進行的農業雷同化操作。對於這一曠日持

〔註62〕《「努力反映文化大革命的鬥爭生活」徵文啟事》，《朝霞》1974 年第 1 期。
〔註63〕《「歌頌無產階級文化大革命和社會主義新生事物」徵文啟事》，《解放軍文藝》1976 年 3 月號。
〔註64〕《「努力反映文化大革命的鬥爭生活」徵文啟事》，《青海文藝》1975 年第 1 期。
〔註65〕《「努力反映文化大革命的鬥爭生活」徵文啟事》，《甘肅文藝》1974 年第 2 期。
〔註66〕石兵：《許多部隊積極開展「徵文」創作活動》，《解放軍文藝》1976 年 6 月號。
〔註67〕《紀念毛主席〈在延安文藝座談會上的講話〉發表三十週年」徵文啟事》，《北京新文藝》1971 年試刊第 5 期。

久的國家政治運動，文藝刊物也經常進行主題徵文。一則名爲「農業學大寨，普及大寨縣」徵文啓事寫道：

全國農業學大寨會議號召：「全黨動員，大辦農業，爲普及大寨縣而奮鬥」。這是毛主席、黨中央發出的偉大動員令，是全黨的戰鬥任務。

當前，一個大學習、大宣傳、大貫徹全國農業學大寨會議精神的熱潮，正在全省各地蓬勃興起。一個農業學大寨，普及大寨縣的偉大革命群眾運動的高潮即將到來，一場偉大的、艱巨的戰鬥已經打響。

爲了緊密配合這一喜人而又逼人的大好形勢，使文藝這個有力武器在這場偉大的革命運動中充分發揮其團結人民、教育人民、打擊敵人、消滅敵人的戰鬥作用，本刊特舉辦「農業學大寨，普及大寨縣」徵文。〔註68〕

在反擊右傾翻案風和批林批孔運動中，徵文啓事要求對鄧小平、林彪予以最激烈的語言攻擊，同時也號召應徵文章熱情歌頌文化大革命以來在經濟、文化各方面所取得的成就，這是一體兩面的話語策略。

《工農兵文藝》1976 年 4 月 1 日刊出「徵文啓事」號召批判走資派鄧小平：「這場偉大的革命運動，對於鞏固無產階級專政，防止資本主義復辟，建設社會主義，是完全必要的，是非常及時的。……批判『黨內不肯改悔的走資派』鄧小平的修正主義路線。特出《紀念無產階級文化大革命十週年專號》，並舉辦《文化大革命贊》徵文。」〔註 69〕對林彪的批判在批林批孔運動中達到高潮。

二十五年來，我們祖國在各條戰線上都取得了偉大、輝煌的成就。

在當前正在廣泛深入地開展的批林批孔鬥爭中，批判林彪的「克己復禮」，聯繫現實階級鬥爭、路線鬥爭的大是大非問題的一個重要內容，就是要解決正確對待無產階級文化大革命和正確對待、注意新生事物的問題，揭發批判林彪一夥妄圖倒轉歷史車輪而散佈

〔註68〕　《「農業學大寨，普及大寨縣」徵文啓事》，《群眾藝術》1976 年第 1 期。
〔註69〕　《「文化大革命贊」徵文啓事》，《工農兵文藝》1976 年第 5 期。

的「頌古非今」、「今不如昔」等反動謬論，以及惡毒攻擊無產階級文化大革命的偉大成果。革命文藝是無產階級革命事業的一個重要組成部分，必須滿腔熱情地歌頌我們偉大祖國在毛主席的革命路線指引下，在各條戰線上所取得的偉大成就；必須滿腔熱情地歌頌無產階級文化大革命；歌頌社會主義新生事物，用無可辯駁的事實回擊林彪一夥的無恥讕言，回擊那種否定文化大革命、反對社會主義新生事物、開歷史倒車的反革命復辟逆流。

> 徵文要求以革命樣板戲爲榜樣，塑造工農兵英雄形象，熱情歌頌偉大領袖毛主席，歌頌黨，歌頌文化大革命的勝利，歌頌二十五年來取得的成就，努力反映無產階級文化大革命和社會主義新生事物，反映三大革命運動中鞏固反戰無產階級文化大革命成果的鬥爭生活。〔註70〕

一場歷經十年的政治運動只允許發出一種聲音，那就是對這場運動的無條件禮讚。隨著文革進行的時間日久，五花八門的領袖崇拜已經近於麻木，結果只能是「文化大革命就是好！就是好！就是好！！！」這與其說是號召，不如說是強制命令。讚頌文化大革命的徵文活動直接以「文化大革命好」爲題展開，以一種判斷式的無可置疑的話語暴力進行。在徵文開始之際，已經預設了徵文的內容和結果。

> 偉大領袖毛主席親自發動和領導的無產階級文化大革命，已經十年了。十年來，在毛主席革命路線的指引下，我國各個方面發生了天翻地覆的變化，到處鶯歌燕舞，形勢大好，文化大革命好得很！但是，黨內最大的不肯改悔的走資派鄧小平不顧事實，攻擊文化大革命，要翻文化大革命的案，算文化大革命的帳。這是我們絕對不能允許的！我們要以階級鬥爭爲綱，堅決回擊右傾翻案風。
>
> 本刊決定舉辦《文化大革命好》徵文，歡迎以下內容作品：熱情歌頌在文化大革命中湧現出來的社會主義新生事物，反映這些新生事物強大的生命力和巨大的優越性；反映在文化大革命的推動下，我國各條戰線上取得的突出成就，反映取得這些突出成就的典

〔註70〕 《「歌頌無產階級文化大革命的偉大勝利」徵文啓事》，《群眾藝術》1974 年第 4 期。

型人物：熱情歌頌經過文化大革命的鍛鍊，廣大工農兵群眾努力學習馬克思主義、列寧主義、毛澤東思想、勇於批判修正主義、批判資產階級的革命精神，反映他們積極參加上層建築領域的鬥、批、改和再生產鬥爭中所取得的重大成績和先進事蹟；反映廣大青少年、紅衛兵，在毛澤東思想哺育下，茁壯成長的戰鬥歷程；反映老幹部、新幹部在文化大革命中受到的深刻的階級鬥爭、路線鬥爭和無產階級專政下繼續革命的教育，思想覺悟的顯著提高和精神面貌的巨大變化。〔註71〕

　　經過鄧小平的整頓，1975 年全國各方面形勢有所好轉，但鄧小平的整頓在反擊右傾翻案風運動中被迫停止。鄧小平下臺後，兩報一刊對鄧小平展開了連篇累牘的轟炸式批判，文藝已經捲入政治漩渦中不可自拔。1976 年《解放軍報》舉辦了《文化大革命萬歲》徵文：

　　　偉大領袖毛主席親自發動和領導的無產階級文化大革命已經十年了。

　　　十年來的鬥爭實踐雄辯地證明，這次無產階級文化大革命，對於鞏固無產階級專政，防止資本主義復辟，建設社會主義，是完全必要的，是非常及時的。在毛主席的無產階級革命路線指引下，億萬人民鬥志昂揚，意氣風發，取得了一個又一個的偉大勝利。無產階級專政空前鞏固。社會主義新生事物如同爛漫山花開遍祖國大地。全國到處鶯歌燕舞，形勢一片大好。我軍也在文化大革命中得到了很大鍛鍊和提高。

　　　我們要認真學習毛主席的重要指示，以階級鬥爭爲綱，批判黨內那個不肯改悔的走資派的修正主義路線，堅決反擊右傾翻案風，鞏固和發展無產階級文化大革命的勝利成果。爲此，本刊特舉辦《文化大革命萬歲》徵文。〔註72〕

　　這類徵文活動具有直接的政治影射性，對如何表現走資派都做出了明確規定。應徵文章實際上成爲政治權利博弈某一方的操刀手：

　　　要準確地表現文化大革命的本質和主流，源於生活，高於生

〔註71〕《「文化大革命好」徵文啓事》，《群眾藝術》1976 年第 3 期。
〔註72〕《「文化大革命萬歲」徵文》，《解放軍報》1976 年 3 月 29 日第 2 版。

活，不要受眞人眞事的局限，應概括得更廣一些，既可寫一個單位，
也可寫一個地區，一條戰線。

努力學習革命樣板戲的創作經驗，堅持以塑造無產階級英雄人
物爲根本人物，塑造出在這場鬥爭中湧現的各種英雄典型，特別要
著力塑造和走資派對著幹的無產階級英雄典型形象。……要寫出走
資派虛弱，反動的本質和陰險狡猾的内心世界。〔註 73〕

在權利鬥爭激烈的文革後期，徵文日益成爲論證權力博弈雙方進行鬥爭
的話語平臺。從上面這則徵文可以看到，控制意識形態傳播媒介的一方通過
徵文表達了在現實角逐中囿於多方壓力暫時無法宣洩的權力焦慮。

二、新時期徵文：新時期總任務的集合令與「去曲藝化」

毛澤東去世，舉國上下的毛澤東崇拜並未立刻冷卻。其中原因可能在於，
毛澤東在世期間，對他的歌頌已經是一個日漸脫離現實不斷神化的行爲，他
已經作爲精神領袖統治著中國。生活在毛澤東時代的人都描述過毛澤東去世
之後的恐慌與焦慮，這種民間的恐慌與焦慮與政治層面的暫時不明朗的政治
衍生物，就是在制度慣性的滑行中維持已有的社會、政治現狀。所以，在文
革結束之後，文學刊物在紀念毛澤東的文藝活動中，歌頌毛澤東思想是重中
之重，出現了全國範圍内的有關毛澤東的徵文熱潮。毛澤東與其他革命領袖
從現實中的國家治理者向意識形態宣傳中的精神符號轉變。

熱烈歌頌毛主席革命路線和黨的民族政策的光輝勝利，歌頌毛
主席、周總理、朱委員長和老一輩無產階級革命家所建立的豐功偉
績，歌頌以華主席爲首的黨中央抓綱治國戰略決策的輝煌成果，反
映我區社會主義革命和社會主義建設的戰鬥歷程和巨大成就，描繪
各族人民在黨的領導下爲實現四個現代化而進行新的嶄新鬥爭生
活。

大力倡導革命現實主義和革命浪漫主義相結合的創作方法。塑
造各族工農兵、革命幹部和革命知識分子的英雄形象。〔註 74〕

今年，是毛主席光輝著作講話發表三十五週年，又是偉大的中

〔註 73〕《「文化大革命好」徵文啓事》，《青海文藝》1976 年第 2 期。
〔註 74〕《「向建國三十週年獻禮」徵文啓事》，《新疆文藝》1978 年 10 期。

國人民解放軍建軍五十週年。我們要高舉毛澤東思想偉大紅旗，大力宣傳毛主席的革命文藝路線和軍事路線的偉大勝利；同時，爲了歌頌「工業學大慶」、「農業學大寨」的群眾運動；以及更好地深揭狠批「四人幫」的反革命修正主義路線，徵求下列稿件：

熱情歌頌英明領袖華主席的詩歌、散文、報告文學。

熱情歌頌和反映中國工農紅軍的豐功偉績和中國人民解放軍在各個時期偉大功勳的各種形式的作品。

深揭狠批「四人幫」的評論文章和文藝作品。〔註75〕

與崇拜毛澤東同時進行的是對華國鋒的熱烈歌頌。刊物封面、扉頁、插頁的畫作和書寫華國鋒革命事蹟的特寫、通訊、散文蜂湧而至。這些頌歌作品主要表現爲以下幾種方式：第一，「你辦事，我放心。」主題重複出現，表達毛澤東「託孤」於全國人民的政治宣示，第二，關於華國鋒的畫作全部克隆毛澤東的著衣風格和手勢動作與表情，第三，敘述華國鋒在山西和湖南時期的革命事蹟和在全國各地的親民故事，表達他已經經歷革命的風吹雨打和他爲人民服務的忠誠。閱讀 1976 至 1979 年間毛澤東去世和華國鋒執政這段時間的各大報刊和文藝雜誌，我們會有這樣的直觀印象：舉國上下因毛澤東去世而流出的滂沱淚水轉眼之間化作了歡呼華國鋒的一腔激情。漫長的革命意識形態灌輸和領袖崇拜造就了彼時人們政治化的生存方式和精神狀態。文藝刊物的徵文在這一悲痛與歡呼的政治時代敘事中扮演了重要角色。

堅決擁護、熱情歌頌華主席的作品。充分表達人民群眾無限信任、真誠愛戴、堅決擁護的真摯感情。

熱情歌頌毛主席，繼承毛主席的遺志，繼續革命的作品。毛主席親自領導和親自發動的無產階級文化大革命和毛主席親自扶植的新生事物，需要繼續反映。另外，周總理是毛主席生前最親密的戰友，應當熱情歌頌。

反映與「四人幫」作鬥爭的作品。

反映「抓革命、促生產、促工作、促戰備、工業學大慶、農業學大寨」的作品，散文、詩歌、報告文學、小說、評論均可。〔註76〕

文革結束後，對於文化大革命的反思主要停留在道德譴責的層面上，並

〔註75〕《徵稿啓事》，《貴州文藝》1977 年第 5 期。
〔註76〕《徵稿啓事》，《湘江文藝》1976 年第 6 期。

沒有出現具有深刻反思力度的思想成果，與此同時，對新時期的憧憬佔據了
思想輿論的前臺。一種對未來的空妄讚頌代替了反思，以此爲主題的徵文主
導了新時期初年文藝作品的敘述指向。

> 新時期的總任務，像萬道霞光，照耀著偉大祖國的錦繡前程；
> 像陣陣戰鼓，鼓舞著億萬人民踏上新的征途。爲實現新時期的總任
> 務譜戰歌，繪新圖，是文藝工作者的光榮任務。爲此，本刊特舉辦
> 《新的長征》徵文。〔註77〕

> 爲了歌頌三十年來在毛主席革命路線指引下，我國社會主義革
> 命和建設的巨大成就，宣傳新時期的總任務，爲實現四個現代化擂
> 鼓助陣、大造輿論，本刊特發《慶祝建國三十週年，歌頌新時期總
> 任務》徵文。

> 歌頌在實現四個現代化的新長征中，湧現出來的新人、新事、
> 新思想、新風貌。

以中共黨史敘述中的長征爲喻，闡釋文革後的中國社會進程，是不無意
味的。首先，長征是走向勝利的過程，長征以絕處逢生的重要性作爲黨的命
運轉折點而被一再書寫，把新時期看作是新的長征給與經過文革艱難的人群
以精神鼓勵。其次，長征的勝利源自於毛澤東的黨史敘述被民眾所熟知，當
新時期遭遇如何面對文革災難與黨的責任的難題時，重申毛澤東的作用，把
文革發生諉之於個別領導人的錯誤重建黨的權威，樹立民眾個體對黨與國家
的信心。

1977 年稿費制度恢復，新時期的徵文開始脫離文革時期的無償徵文形
式，進入有償徵文時代。「應徵稿件，陸續在本刊擇優登載。登載的稿件一律
付給稿酬。一九七九年九月底，對應徵稿件進行一次評獎。獎分一等二等三
等三種，按等發給獎金。」〔註78〕

從新時期以來的徵文啓事中可以看出，小說、詩歌、散文成爲主要的文
學體裁，文革中得到提倡的諸多曲藝形式如小演唱、表演唱、三句半、快板、
故事等不再作爲復刊後綜合性文學刊物的倡導體裁，曲藝形式的發表空間逐
步轉移或說回到了專門發表曲藝作品的各地群眾文藝刊物上，新時期後的去
文革化在文學體裁上的表現主要是去文藝化、去曲藝化。

〔註77〕《「新的長征」徵文啓事》，《甘肅文藝》1978 年 7 月號。
〔註78〕《徵文啓事》，《群眾藝術》1979 年第 2 期。

第四節　「抄襲」在文革與新時期的遭遇

在強調狠鬥私心一閃念的文革時期，偷用他人成果的抄襲事件也屢禁不止，這抑或可以說明政治說教外強中乾的一面。文革結束後，作品抄襲依然時有發生，但輿論對抄襲的評價開始發生變化。

一、資產階級名利思想與文藝為工農兵服務的對立

文革時期的文藝刊物對作品抄襲的深惡痛絕並非源於對作者踐踏職業倫理的批評，而是把抄襲作為一種資產階級的可恥做法來批判的。《山東文藝》試刊號上，發表了一則關於杜絕抄襲的說明：「一個群眾性的文藝創作正在蓬勃興起，廣大工農兵業餘作者紛紛撰寫書稿，但也有不良現象，抄襲就是其中之一。有的作者較為虛心地接受，有的強詞奪理。」〔註 79〕編者認為「之所以抄襲尋其根源都是由於受資產階級的思想影響太深，頭腦裏『私』字作怪，為了追求個人名利，就不惜一切手段。他們不是把文藝創作當成為工農兵服務的一種武器，而是把它當成獵取個人名利的途徑。……歸根結底，這些人的頭腦深處有一個資產階級王國，世界觀沒有改造好。結果成為資產階級個人主義的犧牲品。」〔註 80〕不僅《山東文藝》遇到抄襲問題，《河北文藝》也是如此：

> 有讀者檢舉 1973 年第 5 期阜城縣李昌的作品《小樹苗》和《廣西文藝》1972 年第 3 期上廣西融水苗族自治州白雲公社羅紀元的《小樹苗》內容結構極為相同，全詩 12 行，竟有 7 行與羅紀元詩相同。這個讀者認為這是一種惡劣的抄襲行為，是貪圖個人名利思想在個別人頭腦中的反映。這種不正之風，損害了革命文藝刊物上的威信，給廣大讀者帶來很不好的影響。對此種惡劣的抄襲行為，編輯部同志不能不引起足夠的重視。〔註 81〕

對於讀者的檢舉，編者立即做出回應：「他們想的不是全心全意地為工農兵而創作，而是為了追逐個人的名利，以致不擇手段地抄襲別人的作品。像李昌這樣的抄襲行為不是個別的，僅就本刊今年發表的小小說、詩歌、曲藝等作品中，經讀者來信揭發，發現抄襲的作品已有多件；另外，在我們編

〔註 79〕　《致讀者》，《山東文藝》1973 年試刊第 3 期。
〔註 80〕　《致讀者》，《山東文藝》1973 年試刊第 3 期。
〔註 81〕　《讀者作者堅決杜絕抄襲行為》，《河北文藝》1974 年第 6 期。

稿過程中，發現抄襲而沒有刊登的作品也有十多件。這種較為普遍的現象說明在一部分作者中間，存在著一種值得我們注意的不健康的創作態度和創作思想。而刊出像李昌等人這樣的抄襲作品，在讀者中造成了極壞的影響，也說明了我們編輯工作中沒有時刻注意到加強對作者的思想教育和我們工作作風上的粗枝大葉。」〔註 82〕為此編者發出呼籲：「不斷改造我們的非無產階級世界觀，提高階級鬥爭和路線鬥爭覺悟，牢記毛主席關於『我們的文學藝術都是為人民大眾的，首先是為工農兵的，為工農兵而創作，為工農兵所利用的』偉大教導。」〔註 83〕不僅地方文藝刊物抄襲，即使像《解放日報》這樣的大報也有抄襲事件發生：

> 今年一月三十日你報《看今朝》副刊發表了我廠文藝宣傳隊所謂「集體創作」的韻白劇《魚水情》，最近經解放軍某部來信指出，是抄襲該部宣傳隊創作的《魚水添新晴》一劇。本廠黨總支和革委會對此非常重視，及時召集創作人員進行調查，證實《魚水情》一劇確係本廠文藝宣傳隊個別創作人員從《魚水添新晴》抄來的。其中除了有些情節作了修改之外，很多地方都與《魚水添新晴》相同。經過多次幫助，現在，抄襲者本人已認識到錯誤的嚴重性，並作了檢查。〔註 84〕

這是抄襲作者所在單位黨總支和革委會在批評了作者並對其進行了思想教育之後給作品發表刊物的回信，報告了批評、教育作者的經過。顯然這是要給檢舉此事的讀者以交待，而刊物再把它公開發表，也意在警告有類似經歷的作者。《解放日報》發表編者按檢討了編輯在工作中的思想麻痺：

> 這次抄襲事件的發生，使我們感到非常痛心，因為他違背了毛主席的無產階級革命文藝理論路線，帶來了很不好的影響。
>
> 這次抄襲事件的發生，報社編輯部是負有責任的。這件事又一次教育我們：資產階級思想仍然時刻在侵蝕我們的同志，我們必須堅持無產階級政治掛帥，加強對作者的思想和政治路線方面的教育，繼續開展對修正主義文藝黑線的批判，進一步肅清劉少奇一類

〔註 82〕 《讀者作者堅決杜絕抄襲行為》，《河北文藝》1974 年第 6 期。
〔註 83〕 《讀者作者堅決杜絕抄襲行為》，《河北文藝》1974 年第 6 期。
〔註 84〕 上海造紙機械修配廠革委會政宣組：《致〈解放日報〉編輯部》，《解放日報》1972 年 4 月 14 日第 4 版。

> 騙子的流毒。全國各地的文藝作品是要交流，相互學習。但是，決
> 不應該剽竊抄襲。這是一種資產階級的思想流毒。〔註85〕

從文藝刊物編輯三令五申杜絕抄襲的舉動中可以推斷出文革期間抄襲事件較為頻繁。同時，從普通讀者自發自願檢舉揭發抄襲事件也表現出當時社會把抄襲當作一種資產階級行為的意識形態宣傳已經深入人心。編者小心謹慎、讀者高度警惕，人人爭當無產階級道德戰士，讀者、編者形成了維護無產階級道德純潔的濃厚氣氛。這種氣氛並不是一朝一夕形成的，在五六十年代，把作者的抄襲行為指認為受到資產階級名利思想蠱惑的表述已經成型，並在社會上廣泛流傳。

1955 年重慶市文聯群眾文藝社主辦的刊物《群眾文藝》上刊登了一則反對抄襲的編讀往來文章，事情的起因是一位名叫李祖榮的作者抄襲別人作品被多名讀者揭發，刊物不僅發表了編者按還公開發表了作者的檢討，呼籲杜絕資產階級思想。這可看做是 1949 年後主流意識形態指認抄襲為資產階級行為這一表述的源頭。十七年文學與文革文學對作品抄襲的一致態度也可說明文革文學之於十七年文學的關係可稱得上是「打著紅旗反紅旗」。

> 但是，決不是所有的初學寫作者都是這樣嚴肅地對待寫作，
> 有的人甚至根本對社會主義建設事業漠不關心，他們所關心的僅僅
> 是個人的名利，他們把寫作當做投機取巧，追求個人名利的工具，
> 偷偷地躲在屋子裏幹著抄襲別人的作品的勾當，企圖以此來矇騙編
> 輯部和廣大讀者的眼睛，以達到他們可恥的目的。可是，「若要人
> 不知，除非己莫為」，欺騙和盜竊行為在我們的社會是很難不被揭
> 發的。〔註86〕

編者舉例子佐證抄襲這種資產階級做法在社會主義道德透鏡中無處藏身：1955 年 11 月號上的抄襲文章，被十四個讀者揭發出來。此外，編者自己也發現了三起抄襲事件。

> 從上述事實看來，抄襲事件在我們這裡是很嚴重的。編輯部今
> 後除了提高警惕、嚴防抄襲而外，還希望廣大讀者共同來參加肅清
> 文盜的鬥爭。同時，我們必須對抄襲者指出，抄襲行為實質上是資
> 產階級損人利己的表現，這種行為不僅有背於今天作為一個新中國

〔註85〕《編者按》，《解放日報》1972 年 4 月 14 日第 4 版。
〔註86〕《反對抄襲》，《群眾文藝》（重慶）1955 年 12 月號。

的公民的道德，是可恥的，而且，如果讓這種行爲繼續發展下去，
就有墮落下去的危險，這是值得犯了抄襲錯誤的同志警惕的。
編輯部公開發表了作者的檢討，並認爲作者是可教育的同志：

> 經讀者杜高榮等同志揭發後，李祖榮同志寫來了這一篇檢討，
> 雖然檢討還不夠深刻，但態度是誠懇的，因而也是值得歡迎的。我
> 們現在把它發表出來，就是爲了希望犯了抄襲錯誤的同志從此吸取
> 教訓，知所警惕，不要再犯這樣的錯誤。〔註 87〕

作者的檢討描述了作者從害怕、僥倖心理到完全承認自己受到資產階級
名利思想毒害的精神變化過程：

> 發表以後，我的思想一天比一天難受，因爲我欺騙了編輯部和
> 廣大讀者。本來我早就應該檢討自己的錯誤，但是我還存在著僥倖
> 心理，以爲別人不會發覺。直到「群眾文藝」四月號發表了杜高容
> 同志的揭發信和編輯部揭發抄襲的文章後，我才認識到自己所犯錯
> 誤的嚴重性。我認識到，我的抄襲行爲實質上是資產階級唯利是圖、
> 不勞而獲的思想的表現，這種思想對我們國家和人民以及對我自己
> 都是不利的。今後，我決心努力學習政治，改造自己，堅決地和自
> 己的壞思想作鬥爭，對國家和人民有利的事情我就多做，對國家和
> 人民不利的，我堅決不做。〔註 88〕

文革期間文藝刊物不斷告誡作者要正確對待自己的作品，時刻警告作者
不要在乎發表媒介，試圖把作者的發表欲望也閹割乾淨，勸說作者在黑板報
和牆報上發表作品。「有些同志寫不寫東西以能不能在報刊上發表爲轉移，說
穿了，還是資產階級名利思想在作怪。不要以爲經過無產階級文化大革命，
名利思想已經徹底搞臭了。包括業餘作者在內的部分同志，有些人還或多或
少地欣賞和留戀這些資產階級的髒東西。有的同志，在拿起筆桿抒寫的初期，
曾經在牆報、黑板報上發表過不少生氣勃勃的具有強烈的戰鬥性的作品，但
是後來受了資產階級思想的侵蝕，羨慕那些『三名三高』的所謂名詩人、名
作家，在創作上也就漸漸喪失了生命力，甚至會步入歧途。這方面的教訓，
是應該引起嚴重警惕的！」〔註 89〕「我們的創作不是個人的事情，而是無產

〔註 87〕 《反對抄襲》，《群眾文藝》（重慶）1955 年 12 月號。
〔註 88〕 李祖榮：《我的檢討》，《群眾文藝》（重慶）1955 年 12 月號。
〔註 89〕 浩晴：《「園地」在哪裏》，《文匯報》1971 年 3 月 14 日第 4 版。

階級革命事業的一部分。革命文藝作品是鞏固無產階級專政的工具。我們的作品優劣，並不是個人得失的問題，因此，我們絕不能爲發表而發表，而應該對革命事業負責。」〔註90〕文革時期稿費取消，作品受到歡迎後作者首先得到的實惠是政治榮譽，與之相伴隨的是這些業餘作者有機會進入文化部門做宣傳幹事之類的文職工作，成爲具有編制的「單位人」。這可能是文革時期的寫作者鋌而走險抄襲他人作品的重要現實誘因。

二、新時期：無產階級與資產階級對壘思想的弱化

文革結束以後，抄襲並沒有斷絕，但刊物對於抄襲的評價開始發生變化，雖然有刊物依然把抄襲指認爲作者的資產階級思想，如《北京文藝》在發表讀者舉報信後編輯部發布啓事認爲「在文藝創作中進行抄襲，是資產階級的欺騙和剽竊別人勞動成果的行爲，是資產階級名利思想在作祟。」〔註91〕但大部分刊物不再把抄襲和資產階級思想掛鉤，而是從道德和法律角度來判定。

> 文學創作，是一項艱辛的腦力勞動。一篇作品的產生，是經過作者對生活的細心觀察、體驗，然後又經過艱苦的提煉、構思和精心寫作而成。這一勞動所產生的成果，也和其他物質成果一樣，不允許別人侵佔或偷竊。因此任何抄襲或剽竊別人作品的行爲，都是不道德的，甚至是應當受到法律制裁的。〔註92〕

> 從來信揭發的情況看，抄襲的作品，有的是從題目到詞句，只更易幾個字，幾乎是原文照抄；有的則是改頭換面，內中也有整節、整句照抄下來的。我們分析抄襲者的情況，有的是動機不純，有意爲之；有的則是不懂抄別人的東西不應該，只盲目地認爲別人的作品好，就去蹈襲模倣。以上兩種情況，前一種很惡劣，後一種是不對頭，但不管哪一種情況，他們都是不懂得文學作品既然叫「創作」，其重要的特點是需要創新。換句話説，沒有獨創，沒有創新，也就沒有了價值。因此，抄襲者的行爲，應當受到譴責，因爲容許他們這樣做就會損害文學事業的繁榮興旺。我們希望抄襲者嚴肅認

〔註90〕方耘：《要正確對待自己的作品》，《文匯報》1972年10月22日第4版。
〔註91〕《反對抄襲》，《北京文藝》1978年第8期。
〔註92〕《抄襲是可恥的行爲》，《汾水》1978年第12期。

識自己行為的危害性，從而引以為鑒戒。也希望廣大讀者和作者，
進一步提高警惕與我們共同攜起手來，根除這種抄襲的文風。

文章要發揮其宣傳教育作用，就得不落窠臼，有所創新。在
向四個現代化進軍的今天，我們要發揚獨創精神，杜絕蹈襲現象。
〔註93〕

如果滋生抄襲的語境存在，任何嚴苛的道德指責也無濟於事，只有從制
度方面徹底破壞抄襲的溫床，才可以杜絕抄襲事件的發生，並從知識產權角
度保護作者的原創權利，避免作者權益受到侵害。這和資產階級無產階級無
關，因為文化大革命時代，抄襲也沒有杜絕。

第五節　讀者意見調查在文革與新時期的作用：群眾還是讀者

文革期間各地文藝刊物進行讀者調查的原因可能有兩個。第一，進行讀
者調查是開門辦刊的表現，第二，在政治風向迅即轉變的時代語境中，刊物
隨時聽取來自群眾的意見，保證刊物能夠順利安全運轉。刊物借讀者調查的
機會，在有限的範圍內對刊物有所改進，並不是文革期間文藝刊物進行讀者
調查的主要目的。即使文藝刊物編輯有這樣的打算，鐵板一塊的文藝政策也
很難讓它實現。

《山西群眾文藝》在 1973 年和 1974 年都做了讀者調查，從調查意見表
的內容可以看出當時刊物所關注的重心。

「為了堅決貫徹執行毛主席的革命文藝路線，更好地為廣大
工農兵服務，總結經驗，改進編輯工作，希望您對本刊提出寶貴意
見。」〔註94〕

「對本刊發表的作品內容和形式有何意見與要求您對本刊的
封面、標題、編排、欄目及插圖有何意見？」〔註95〕

1976 年 11 月 1 日，《山西群眾文藝》又進行了一次讀者調查，變化在微
妙中發生。首先，讀者稱謂發生了變化，文革話語系統有減弱與退出的迹象。

〔註93〕 蘇飛、王美春：《杜絕蹈襲現象》，《上海文學》1979 年 5 月號。
〔註94〕 《讀者意見調查表》，《山西群眾文藝》1973 年第 5 期。
〔註95〕 《讀者意見調查表》，《山西群眾文藝》1974 年第 11 期、12 期合刊。

文革時期的讀者意見調查表一般把虛擬的調查對象稱作「讀者」和「同志」，這一次改爲「親愛的讀者」。由客觀克制的編讀關係轉換爲朋友式的親密關係。落款上也由「此致敬禮」改爲「謝謝您對本刊的關心和支持！」其次，在讀者意見調查表的內容上，也有所變化，表現出曖昧政治氣氛中刊物的試探性。

> 爲了聽取廣大工農兵讀者的意見，以便改進今後的工作，更看好地貫徹執行毛主席的革命文藝路線，爲無產階級政治服務，我們特引發此表，務請把您對本刊的批評意見和希望、建議，填寫後寄給我們。
>
> 一、對本刊編輯方針、指導思想方面，您有哪些意見？
>
> 二、對本刊的內容、形式及包括的欄目，您有哪些意見和建議？
>
> 三、對本刊發表的演唱作品，您喜歡哪些？爲什麼？
>
> 四、對本刊發表的演唱作品，您不喜歡哪些？爲什麼？
>
> 五、對本刊的出版、印刷以及編排、裝幀，您有什麼意見和建議？〔註96〕

　　讀者對刊物編輯方針、指導思想的看法排在調查表的第一位，這和當時難以把握的時局有很大關係：1976年10月，「四人幫」被捕，時代走向發生了變化，但具體方針政策一時還沒有出臺。如何辦刊，編輯部顯然也正在歧路徘徊。訴諸於「萬能的群眾」不失爲明智之舉，《山西群眾文藝》是敏感的。在政治風浪中開始運行的文藝刊物，與其說是一份文藝刊物，不如說是一個政治刺探器。文革中有些刊物的讀者調查扮演了與試刊號類似的探測政治地雷的作用。如《甘肅文藝》的讀者調查表：「《甘肅文藝》已不定期出刊三期，明年將定期出刊。爲了改進工作，提高刊物的質量，更好地爲工農兵服務，我們懇切希望廣大讀者、作者，把您對我們刊物的意見和對明年刊物的要求，寫給我們。」〔註97〕其他地區的文藝刊物的讀者調查意見表內容與這一份大體一致。〔註98〕這些讀者意見調查表設置的問題千篇一律，即使是

〔註96〕《讀者調查意見表》，《山西群眾文藝》1976年第6期。

〔註97〕《讀者調查意見表》，《甘肅文藝》1973年第6期。

〔註98〕「您對1973年《河北文藝》發表的作品和文章在內容和形式等方面有什麼意見？喜歡哪些？不喜歡哪些？有什麼希望和要求？您對版面的編排，欄目，

不同省市刊物的讀者調查，問題的數量都如出一轍，雖然以改進刊物質量爲口號，刊物內容根本沒有實質性的變化。《國外書訊》這份刊物會有限地介紹國外主要是美國、蘇聯和第三世界國家的文藝信息，他的讀者調查體現了當時凡事都以毛澤東作爲思想根源的做法。「毛主席教導我們：『看的人提出意見，寫短信短文寄去，表示喜歡什麼，不喜歡什麼，這是很重要的，這樣才能使這個報辦得好。』」〔註 99〕文革結束後，這份刊物被認爲在文革時期傲然堅持問世，值得欽佩。〔註 100〕由於這份刊物讀者調查的意見反饋多是術語翻譯等技術問題，一般會客觀解決，而文藝刊物則無法做到這一點。讀者只是作爲隱形的群眾而存在於文藝刊物的政治動員之中。文藝刊物不停地進行讀者調查無意於促進文學作品的藝術質量提升，只是通過這種問答往來的形式進行一種從群眾中來到群眾中去的虛擬演練。文革時期的刊物幾乎沒有介紹讀者調查表發送後讀者的反饋意見。

　　文革後文藝刊物的讀者調查依然存在，但很多是在進行作品評選活動。

　　　　爲了搞好群眾性的評選工作，我們熱烈歡迎各條戰線上的廣大
　　讀者積極推薦徵文中的優秀作品，以便在推薦的基礎上選定得獎作
　　品。同時我們也盼望您對今年的刊物提出批評和建議，幫助我們改
　　進工作，辦好刊物，努力爲「四化」服務。

　　　　你認爲本刊徵文作品中那些應得獎？得幾等獎？理由是什麼？

　　　　對本刊作品內容、編排裝幀有何意見和建議。〔註 101〕

　　新時期以來，刊物與讀者的關係雖然一時還沒有徹底改變思想意識形態輸出者與接受者的循環關係，但作爲讀者的主體性開始逐漸顯露，讀者可以表達自己的好惡進而評選作品。刊物與讀者不再是革命戰鬥式的同志關係，而是出版物與閱讀主體之間的互動關係。

以及插圖、封面等方面有什麼意見？」《河北文藝》，1973 年第 6 期。「《武漢文藝》明年將繼續出版雙月刊。爲了改進工作，提高刊物的質量，更好地爲工農兵服務，我們懇切希望廣大工農兵讀者、作者，把您對我們今年刊物的意見和對明年刊物的要求，寫給我們。您對 1974 年《武漢文藝》發表的作品和文章在內容和形式方面等方面有什麼意見？喜歡哪些？不喜歡哪些？有什麼希望和要求？您對版面的編排，欄目，以及插圖、封面、標題等方面有什麼意見？」《武漢文藝》，1974 年第 6 期。

〔註 99〕《讀者意見調查表》，《國外書訊》1975 年第 1 期。
〔註 100〕周培源：《賀信》，《世界圖書》1979 年第 1 期。
〔註 101〕《讀者意見調查表》，《新疆文藝》1979 年第 10 期。

第二章　從文革到新時期：編輯機制慣性與跨界文學生產

　　文學編輯在文學生產中的重要作用並沒有得到充分的研究，我們很少把編輯作為一個獨立的研究對象來看待。羅伯特・達恩頓在研究啓蒙運動與《百科全書》的關係時，詳細分析了編輯者龐庫克在聯繫作者與建立全書結構中的組織作用。〔註1〕對於中國當代文學來說，編輯在文學組織化和制度化過程中也扮演了極其重要的角色。

第一節　編輯的職業慣性與文革文學和新時期文學

　　1966 年文革開始後，文藝期刊大部分停刊，報紙中的文藝副刊也停止出版。經過 1966 年到 1967 年間的動盪，隨著 1968 年知識青年上山下鄉運動的開始，紅衛兵運動告一段落，全國慘烈的武鬥，也經國家高層下令制止而停止，各地政府從最初的混亂進入由三結合領導班子主持工作的維持階段。如前文所述，1971 年，林彪事件爆發，舉國震驚，周恩來主持召開的全國出版工作座談會推動了全國各地文藝刊物復刊，各省市政府的黨的機關報也陸續恢復了辦副刊的傳統。雖然這一時期的副刊內容大都是鼓吹性文字，文學作品藝術含量稀薄，不過，作品畢竟有了發表的可能。主持這一時期文藝期刊編輯工作的大都是在十七年時期有多年編輯經驗的老編輯，投稿者大多是下

〔註 1〕〔美〕羅伯特・達恩頓：《啓蒙運動的生意〈百科全書〉出版史（1775～1800）》，葉桐、顧杭譯，生活・讀書・新知三聯出版社 2005 年版，第 428 頁。

鄉知青和各地工農兵業餘作者。十七年時期，文學編輯與作家的合作關係已經構成了一個新型的文學編輯傳統，在文學編輯機制被強行打斷六七年之後，老編輯與新作者怎樣開始新的合作？而編輯與作者的合作又爲新時期文學的發生準備了什麼條件？這都是需要探討的問題。

一、1949 年後的文學編輯：組織化文學的生產者

文學編輯對於投稿者的重要性不言而喻，現代文學時期，葉聖陶之於戴望舒、丁玲，巴金之於曹禺，都是伯樂千里馬相遇，一時美談成文壇永久佳話。1949 年後，文學生長環境發生了巨大變化，編輯和作者的關係，也隨之而變。1950 年 4 月全國新聞工作會議舉行，對報刊、通訊社等出版部門的工作進行了明確部署與規定，目的是要改變編輯部在 1949 年之前的工作方法，使之進入有計劃、有組織的編輯軌道。文學組織化的具體表現是編輯部進行統一組織領導，編通採統一部署。與此同時，組稿作爲新型的編輯方式得到推廣，〔註2〕這次會議以後，出版社、報刊雜誌明確要求編輯以作者的政治身份等標準衡量作品，對作品的審美因素反而被放到一個次要的位置：

> 地方出版社和通俗讀物出版社特別應注意發現、培養和選拔工人、農民中所湧現出來的新進作家，鼓勵他們，幫助他們，把他們推薦給全國人民。首先不要有成見，不要束縛自己的手腳，主觀地把組稿活動限制在狹小的圈子裏。人才是要去發現和培養的。另一方面，組稿活動應有盡可能明確的目的性和計劃性，對於組稿對象應於事先進行一定的調查和認眞的挑選，根據不同選題尋找適當作者，以免發生不必要的周折。

> 編輯部在審查作家書稿時，一方面應要求其內容在涉及黨的當前政策和宣傳馬克思列寧主義的基本觀點上沒有原則性錯誤；另一方面，也應估計到中國目前的理論、學術水平，不作過苛的要求。
> 〔註3〕

組稿和輔導業餘文學創作，包括與工農兵群眾結合，都是 1949 年後的文學制度對編輯提出的新要求。特別是出版社對作者藝術水平要求的降低表

〔註2〕新聞總署研究室：《各地報紙改進工作中的情況、經驗和問題——全國各報給新聞總署的五月份工作報告的綜合介紹》，《人民日報》1950 年 6 月 21 日第 5 版。
〔註3〕陳克寒：《關於出版社工作的某些問題》，《人民日報》1954 年 6 月 12 日第 3 版。

明新創的意識形態管理部門對創作隊伍水平的基本估計。即使如此，在 1956 年雙百期間，編輯依然被置於批評輿論的風口浪尖，批評者認為他們是百家爭鳴的「攔路石」。編輯也訴說苦衷：「編輯要過三關，社會批評方面的批評關，讀者方面的讀者關，但接著而來的還有檢討關。這是上級下來的，不過是不行的。那就檢討吧，可是往往是一次不行，二次；二次不行，三次。實在是個大難關。」〔註4〕怎樣看待編輯和作者之間的關係，各方爭論的焦點是編輯對稿件的修改問題。《編輯工作評議》〔註5〕呼籲理解編輯的苦衷，《編輯三難》〔註6〕調侃編輯的左右上下為難，《斧正篇》〔註7〕希望編輯改稿時和作者溝通。政治安全、編輯對作者和稿件的態度、作者的創作能力成為 1950 年代文學編輯機制的關鍵詞。

秦兆陽對王蒙小說《組織部新來的青年人》的修改引發軒然大波。1957 年 5 月 6 日，中國作協書記處召開了北京文學期刊編輯工作座談會。討論怎樣改進文學編輯與作者的關係問題。《人民日報》不僅全文發表了座談會記錄，而且全文發表了王蒙原稿和秦兆陽修改稿，以資對照。如此興師動眾，牽涉關節之大和重要性可見一斑。從這次討論可以看取 1949 年後文學編輯和作者複雜關係，以及編輯獨特的職業習慣的養成等問題。經年積累的編輯制度影響深遠，貫穿到當代文學的發展過程當中。文革時期，它也以隱形的方式繼續存在，並且成為在政治變態時代延續文學生產的重要紐帶，推動了文學從文革到新時期的演進；保持了文學期刊、出版社的運行；發現和培養了文學新人。專門研究編輯學的學者李頻認為，茅盾在這次座談會前所說對於編輯表示極大敬意和蕭乾發言中提出的編輯是無名英雄觀點在會上得到廣泛認同，此次會議首倡編輯「無名英雄」，在中國當代編輯觀念演進史上具有里程碑的意義：「人民日報便將『編輯工作人員是文化事業中的無名英雄』作為發言要點用黑體字標出。將編輯歸屬於文化事業，並以『無名英雄』相稱，首次公開出現在《人民日報》，這是一種重要的觀念突破。」〔註8〕

〔註4〕馬前卒：《難言之隱》，《人民日報》1956 年 8 月 22 日第 8 版。
〔註5〕方介：《編輯工作評議》，《人民日報》1956 年 9 月 10 日第 7 版。
〔註6〕余薇野：《編輯三難》，《人民日報》1956 年 12 月 2 日第 8 版。
〔註7〕方介：《斧正篇》，《人民日報》1957 年 3 月 25 日第 8 版。
〔註8〕李頻：《〈組織部新來的青年人〉的編輯學案分析》，《清華大學學報》（哲學社會科學版）2012 年第 4 期。

事件的製造者《人民文學》編輯秦兆陽的自我批評說出了 1949 年後文學編輯的苦衷。「我爲什麼要修改稿子呢？」秦兆陽說：

第一，由於是解放初期，老作家的稿子比較少，較優秀的新作家也出現得不多，所以來稿很多，可用的很少，刊物經常有出不來的危險。當時我們因爲人手少，看稿退稿忙，尤其是沒有進行組稿活動的經驗和習慣（基本上是根據地時代辦刊物的作風）；因此只好主要依靠來稿來解決問題。而來稿的絕對多數都是業餘作者的作品，在各方面都是不成熟的。於是，對那些有一定基礎，但有缺點的稿子，就提意見寄回請作者修改，但最後常常還是要由編者來給他修改。而不少的情況是，等著送主編審閱和發稿，寄回作者修改已來不及，就自己動手來幫他修改了（否則刊物就出不來）。

第二，在這三年半的期間中，《人民文學》因爲發表了一些有缺點有錯誤的作品，多次受到報刊的批評，多次作了公開的檢討。再加上經常來自上面下面和左右前後的責備，就形成了對於刊物的極其不利的形勢。形勢愈不利，工作上「挽回影響」的勁頭反而愈高。於是，對那些可以用但內容上有缺點的稿子，如果發稿時間緊迫，就幫他彌補、刪改，使刊物少出錯誤；對那些基礎較好但不完整的作品，就把它修改得完整一些好一些——以提高刊物的質量（對「質量」的看法，當然免不了有主觀偏見的成分）。

第三，自己主觀上也不願意在這樣的刊物上出現一些文字不通、標點錯亂、內容雜亂拖沓的作品。自己主觀上也有著幫助青年作家發表作品的熱情。〔註9〕

秦兆陽的自述已經說明了 1949 年後文學編輯的處境。首先，1949 年之前老作家因與時代風潮不合拍創作停滯，被一再褒揚的工農業餘作者作品質量堪憂，刊物經常出現稿荒，編輯只能自己動手。秦兆陽特別提到，老作家的稿件他從不修改。其次，新出臺的編輯方式——組稿，編輯還沒有完全適應。第三，政治思想方面的頻繁檢查和經常檢討的精神壓力迫使編輯進入了一種越想把工作做好上級對工作滿意度越低的惡性循環之中。秦兆陽所說種

〔註 9〕 秦兆陽：《應當充分尊重作者的勞動，不應對作品作粗率、有害的修改》，《人民日報》，1957 年 5 月 8 日。參考李頻、王瑞主編《編輯家秦兆陽研究》，人民文學出版社，2013 年版，第 84 頁。

種苦衷其實在當代文學中一直存在：一面是嚴苛的文學發表環境，一面卻表現出對文學繁榮的極端追求。此外，主流意識形態對不具有完備寫作能力的工農業餘作者大力推崇。1949 年後夾縫中生存的編輯境遇造就和培養了一批把政治壓力和工作激情結合在一起，隱忍、熱情，數十年如一日的文學編輯。他們（她們）已構成當代文學生產中不可或缺的一環。

二、文革：組織化文學編輯機制的延續與「人情倫理恩義」的反作用力

　　1971 年後，各地文藝刊物復刊，文學在一個變態的環境中躑躅發生。在黑龍江插隊的北京知識青年肖復興在苦悶中開始寫作。他寫了 10 篇散文和一組名為《撫遠短簡》的文章。他日後回憶雖然那時情緒低沉，但文章大多寫得熱情昂揚，他反思當時情境：「我在迴避著自己真實的內心，也迴避著周圍真實的世界。我想大概除了我自己沒有跳出當時『三突出』的創作模式之外，我的思想深處還被當時革命的形勢所膨脹著，像一隻紅紅的氫氣球高高地飄散在空中，而沒有落在地上。」〔註 10〕即使這樣的作品也沒有發表的可能，於是他徵求了在初中時就有過聯繫的葉聖陶和葉至善的意見。葉至善和妹妹葉至美對肖復興文章表現出極大的修改熱情。從構思、結構、到語言都給肖復興提出了具體意見，擔心有的文章修改後看不清楚，還重新抄寫一遍。

　　《歌》改得不差，用編輯的行話來說，基本上可以「定稿」。我又改了一遍，還按照我做編輯的習慣，抄了一遍。因為抄一遍，可以發現一些改的時候疏忽的地方。〔註 11〕

　　想起《照相》，我以為構思和布局都是不差的。不知你動手改了沒有。主角給「我」看照片的一段要著力改好，不要用虛寫（就是用作者交代）的辦法，要實寫，也就是寫主角介紹一張張照片的神態和感情，這種神態和感情，主要應該用他自己的語言來表達。我希望這篇文章能改好。如果再寄給我看，就把原稿和我提的意見一起寄來。

　　你的文字朋友之中，有沒有願意象你一樣下工夫的，如果他們

〔註 10〕肖復興：《觸摸往事》，吉林人民出版社 1998 年版，第 136 頁。
〔註 11〕肖復興：《觸摸往事》，吉林人民出版社 1998 年版，第 139 頁

同意，可以寄些文章給我看看。我一向把跟年輕作者打交道做為樂趣。〔註12〕

修改肖復興稿件是葉至善作為職業編輯的慣性使然。此外，他表達了幫助更多青年作者的願望。在文化大革命的冷酷年代，編輯對文學青年的呵護難能可貴，是寒夜裏的暖意。

1972 年各報刊為紀念《在延安文藝座談會上的講話》進行徵文，肖復興把葉至善修改過的文章《照相》分別寄給《合江日報》、《黑龍江日報》和《兵團戰士報》，文章相繼在報紙上發表。準備復刊的《黑龍江文藝》編輯魯秀珍看到了文章便到肖復興所在連隊向他約稿，1972 年冬魯秀珍再次到肖復興所在連隊與肖復興商量修改文章事項。文章修改後，《黑龍江文藝》第一期發表了《照相》，這是肖復興中學畢業後第一次發表作品，他的文學寫作道路就此開始。除《照相》外，魯秀珍就如何修改《撫遠短簡》一事曾專門致信肖復興，從她給肖復興提出的修改建議中可以看到文革時期作品生產的一些具體細節。這封信寫於 1973 年 12 月 31 日：

> 《路和樹》在思想上怎麼區別於當年 10 萬官兵開墾北大荒，您們畢竟是在他們踏荒的基礎上邁步的，但又要有知識青年的特點，這個特點顯得不足。路——是否應含有與工農兵相結合的路之意。現在太「實了」。

> 《水晶場院》如何點出人們不畏高寒，並讓高寒為人民（打場）服務的豪情？得從中再在思想力量上——給人思想上以啓發的東西，如何加以發揮？

> 《珍貴的紀念品》要點出為什麼今天穿？如果他今天去參加入黨儀式，好不好——以這身衣服，聯結紅衛兵的過去和展示入黨以後如何以此為起點？……現在感到無所指，缺乏目的性，就顯得有些造作了。

> 最後再囑咐一點：

> 修改時，要以「十大」文件為紅線，在全文中貫徹「十大」精神（把知青下農村作為新生事物來謳歌）。力求調子高昂、鏗鏘、時代感鮮明。現在此文有些小巧、柔弱了些。

〔註12〕肖復興：《觸摸往事》，吉林人民出版社 1998 年版，第 139 頁。

其次，要在每文或全文的思想深度上下工夫，通過形象來闡述
一個什麼生活哲理。現在感到敘述、抒情多一些，思想力量不夠。
〔註13〕

　　在魯秀珍給肖復興提的修改意見中，著重強調文章要表現知識青年與工
農兵相結合，並且體現「十大」精神，突出黨的重要性，對文章中流露出的
抒情氣息則表示了警惕，建議凸顯思想力量。我們可以看到編輯對當時的輿
論走向極為敏感，他們會按照政治正確的要求對作品進行全方位的修改，最
大程度地介入了作品的形成過程。

　　1973 年陳忠實在《陝西文藝》發表短篇小說《接班以後》。人民文學出版
社編輯何啓治讀後，認為該短篇具備了長篇小說的基礎。面對陳忠實寫作長篇
的惶然，何啓治耐心鼓勵，還以他輔導兩位延安插隊知青寫成長篇小說的例子
說服陳忠實。此後何啓治不間斷地致信陳忠實，從立意、構架等方面開啓陳忠
實的思路。何啓治的編輯熱情讓陳忠實感到愧疚，只能以寫作來報答何啓治的
關心。〔註14〕後來，陳忠實萌生了創作《白鹿原》的打算後首先告訴了何啓治。
從 1973 年到 1992 年，何啓治關注了陳忠實從小說習作者到成功小說家的全過
程。編輯對作者長期無微不至的關注會激發作者對編輯的感激和遵從意識，在
這種情況下作者遵照編輯的意向進行寫作就十分自然了。既有私人友誼又包含
合作關係，當代文學的編輯和作者形成了一種獨特的編、寫網絡。

　　文革時期，不論是文學作品數量還是作者數量，上海在全國範圍內都是
首屈一指。文革結束後，國家出版局對涉及「四人幫」的圖書進行了檢查和
清理，其中處理最多的就是上海，達 724 種。〔註15〕這個例子也從反面說明
了上海文革期間文革文學創作的典型性。而文學編輯謝泉銘在培養新作者、
出版新作品方面都扮演了重要的角色。1971 年，謝泉銘任《解放日報》「看今
朝」副刊主編。1973 年，謝泉銘離開《解放日報》進入上海人民出版社，主
編了「上山下鄉知識青年創作叢書」，這套叢書包括個人專集和合著。個人專
集有張抗抗《分界線》、汪雷《劍河浪》、小說合集《農場的春天》、個人詩集
《大汗歌》、詩合集《新綠集》、評論集《新苗集》以及文革時期編就文革後

〔註13〕肖復興：《觸摸往事》，吉林人民出版社 1998 年版，第 187 頁。
〔註14〕陳忠實：《憑什麼活著》，時代文藝出版社 2011 年版，第 60～71 頁。
〔註15〕《國家出版局出版部關於各出版部門對涉及「四人幫」圖書清理工作情況彙
　　　　報》（1977 年 8 月 23 日），《中華人民共和國出版史料》（第 15 輯），中國書籍
　　　　出版社 2013 年版，第 63 頁。

出版的散文合集《飛吧，時代的鯤鵬》。從《解放日報》「看今朝」副刊到上海人民出版社的「上山下鄉知識青年創作叢書」，謝泉銘培養、指導了大量青年作者，這些作者大都成為新時期文學中重要的作家和文學編輯。如葉辛、趙麗宏、王小鷹、張抗抗、王安憶、孫顒、劉緒源、楊代藩、管新生、修曉林、郟宗培、江曾培、成莫愁、沈善增、彭瑞高、王周生、季振邦、張重光、陸萍、姚忠禮、鮑正衷、宗廷沼、汪雷、姚美芳、董國新、姚克明、沈慧敏、陸萍、田季、譚元亨、曹正文、吳永進、徐如麒、姜金城、袁軍等等，幾乎可以說，謝泉銘是文革文學與新時期文學的孵化器。

在平衡政治要求與文學審美可能性之間，在鼓勵作者創作與幫助作者生活方面，謝泉銘表現出十七年文學培養、塑造成型的文學編輯特有的工作方式與職業性格：主動組稿、動手改稿、與作者不似親人勝似親人的友好關係。「走訪作者，關心作者的寫作、生活及工作，為作者排憂解難，搜集或代借資料，提供一定的寫作條件，請作者所在單位給予有效的支持和幫助等等，只要認真做好一兩件，往往就能與一位作者建立良好的關係。……人與人之間的交誼和感情因素對作家和編輯關係而言非常重要。」〔註 16〕這種編與寫的獨特關係利弊都很明顯。首先，這種編與寫之間的關係造就了符合當時政治要求與審美標準的作品，不論是文革和新時期都是如此，如此編輯語境中產生的作家作品是適應了國家主流意識形態的要求的；其次，這種編與寫之間的關係盡可能保持了對文學性的維持，作品沒有徹底成為政治讀物；再次，在社會完全政治化的時代，人情倫理的恢復和保持無形中對抗了強大的國家暴力。「文化大革命的群眾性政治運動意味著國家倫理滲透進社會文化結構的實際組織之中，深深影響了個人關係。『政治關係』的優勢只給個人私人的關係和感情留下很小的空間。它所帶來的後果就是社會實體的政治化，社會實體與國家沒有任何區別。」〔註 17〕在這樣的現實語境中，「人情倫理恩義的邏輯」〔註 18〕「被創造性的作為一種對抗式倫理，在被國家壟斷的公眾範圍內，為個人和私人創造一個空間。」〔註 19〕高度政治化社會中的人情倫理對國家

〔註 16〕 胡德培：《文學編輯體驗》，首都師範大學出版社，2010 年版，第 160 頁。
〔註 17〕 〔美〕楊美惠：《禮物、關係學與國家：中國人際關係與主體性建構》，趙旭東、孫珉合譯，張躍宏譯校，江蘇人民出版社 2009 年版，第 33 頁。
〔註 18〕 〔美〕楊美惠：《禮物、關係學與國家：中國人際關係與主體性建構》，趙旭東、孫珉合譯，張躍宏譯校，江蘇人民出版社 2009 年版，第 141 頁。
〔註 19〕 〔美〕楊美惠：《禮物、關係學與國家：中國人際關係與主體性建構》，趙旭東、孫珉合譯，張躍宏譯校，江蘇人民出版社 2009 年版，第 44 頁。

暴力的反作用力與十七年文學編輯機制的延續促成了文革期間編輯與作家的合作互動關係，並以適應政治和文學環境變化的多變型作家人格和應和式作品主題的養成，完成了從文革文學到新時期文學的過渡。

知識青年曹剛強在川沙縣龔路公社插隊，業餘期間創作的相聲《真簡單和不簡單》被謝泉銘發表在《解放日報》「看今朝」副刊，這引起了曹所在公社領導的重視，調任他為公社文化站站長，之後他創作的浦東說書《養豬阿奶》被《人民日報》、《光明日報》、《文匯報》全文刊發，由此曹剛強進入《朝霞》編輯部任編輯。〔註20〕1969年18歲的知識青年姚忠禮向《解放日報》副刊「看今朝」投稿遭遇多次退稿，謝泉銘瞭解情況後邀請他面談。1971年5月1日起，姚開始發表詩歌，得益於寫作訓練，1973年姚考入上海戲劇學院戲文系。他記得謝泉銘腿上綁著石膏為汪雷修改《劍河浪》的情景。〔註21〕70年代初謝泉銘第一次見到趙麗宏，對趙麗宏寄給他的詩作發表了中肯的看法，鼓勵他繼續寫下去。趙麗宏日後回憶：「老謝不知道，對一個剛走進文學大門的年輕人，產生了多麼深遠的影響。」〔註22〕1975年初，郟宗培進入上海人民出版社文藝讀物編輯室（文革建制的上海文藝出版社），謝泉銘避開工宣隊對郟宗培講文學，講創作，並給與他看知青作者來稿的機會，讓他陪葉辛、鮑正衷去農場采風。在謝泉銘指導下，郟宗培第一篇知青題材散文發表於《飛吧，時代的鯤鵬》。「從此我與文學結了緣。」〔註23〕1973年張重光的小說《前進三》在謝泉銘的修改之下發表在《解放日報》「看今朝」副刊上，那時作者已經當了整整五年海員，三年司爐工和加油工，「生活枯燥，看不到

〔註20〕曹剛強《養豬阿奶》（浦東說書）在《光明日報》1975年1月28日第4版全文刊發，配發閩哨評論《推薦--個好作品——評浦東說書〈養豬阿奶〉》。接著全文刊發在《人民日報》1975年2月12日第4版。同時配發易平的評論《曲藝創作的一朵新華》，認為這是戰鬥在三大革命運動中的工農兵群眾，滿懷革命激情，學習革命樣板戲，運用馬克思主義、列寧主義、毛澤東思想創作的成功的曲藝作品。1975年8月5日《人民日報》再次發表文雁平的文章《讓曲藝更好地塑造工農兵形象》表揚《養豬阿奶》。曹剛強現在是上海浦東說書文化遺產的第一帶頭人。

〔註21〕姚忠禮：《生日忌日師徒緣》，見龔心翰等：《謝謝老謝》，上海文藝出版社2012年版，第184頁。

〔註22〕趙麗宏：《謝泉銘先生的最後時刻》，見龔心翰等：《謝謝老謝》，上海文藝出版社2012年版，第179頁。

〔註23〕郟宗培：《老謝，我的恩師，我的摯友》，見龔心翰等：《謝謝老謝》，上海文藝出版社2012年版，第148頁。

出路，除了寫點東西還能幹點什麼別的。」〔註 24〕季振邦在崇明插隊落戶，由於「文革」表現不好，招工、招生沒有可能，生計與前途一起陷入絕境。「爲了尋找最後的出路，我發瘋般地寫詩投稿。以詩來改變自己的生活，自欺欺人而已。一天，鄉郵員寄來了老謝的信。」〔註 25〕在謝的幫助下，季振邦發表了一些作品，後來謝給他創作條件，讓他進入《解放日報》副刊編輯部。

　　詩合集《大汗歌》於 1975 年 2 月由上海人民出版社出版，第一次印刷七萬五千冊。詩集出版後《解放日報》、《文匯報》等相繼發表了評論。謝泉銘大都告訴作者龍彼得。〔註 26〕詩集中的幾首詩被當時唯一的對外文學刊物《中國文學》譯載，謝泉銘專門致信龍彼得：「《中國文學》八月號選載了《大漢歌》中的五首詩，其中兩首是你的。這對你是極大的鼓舞。今後爲革命多寫出一些好詩來。」〔註 27〕並轉寄了一份刊物給他。1978 年龍彼得詩集《春花集》由黑龍江人民出版社出版，作者自認沒有《大漢歌》就沒有《春華集》。1972 年劉希濤《最新最美的鏡頭》被謝泉銘修改後發表，1974 年劉希濤 100 餘行的抒情詩《北京，我要北京！——寫在長途電話臺前》在「看今朝」副刊刊出，謝泉銘專門致電作者表示祝賀。〔註 28〕徐剛回憶自己的寫作生涯：「受老謝之恩澤良多，尚非老謝即不會有我後來的筆墨生涯，或者說，本人三十多年的煮字創作，某種意義上，是由老謝開啓的，此大恩大德也！」〔註 29〕

　　修改稿件是謝泉銘的編輯特點之一。張抗抗的長篇處女作《分界線》經謝泉銘大量修改後問世。張抗抗回憶修改細節：「這裡應該增加一個細節，否則太平淡……這段對話缺乏個性，完全要重寫……我們再一道想想辦法……他的口氣軟中帶硬，絕無『通融』的可能。『我記得，小時候在農村，麥地

〔註 24〕張重光：《影子的魅力》，見龔心翰等：《謝謝老謝》，上海文藝出版社 2012 年版，第 70 頁。

〔註 25〕季振邦：《謝謝老謝》，見龔心翰等：《謝謝老謝》，上海文藝出版社 2012 年版，第 65 頁。

〔註 26〕龍彼德：《「多寫出一些好詩來——憶謝泉銘先生」》，見龔心翰等：《謝謝老謝》，上海文藝出版社 2012 年版，第 39 頁。

〔註 27〕謝泉銘：《致龍彼德信》，見龔心翰等：《謝謝老謝》，上海文藝出版社 2012 年版，第 39 頁。

〔註 28〕徐剛：《致修曉林信》，見龔心翰等：《謝謝老謝》，上海文藝出版社 2012 年版，第 57 頁。

〔註 29〕劉希濤：《小劉，要繼續努力啊——記謝泉銘先生二三事》，見龔心翰等：《謝謝老謝》，上海文藝出版社 2012 年版，第 49～51 頁。

播了種，若是天旱，還專門請人去踩地保墒，踩得越實，麥苗出得越好。可你這裡，怎麼寫著有人把地裏的麥種踩壞了呢？小說細節來自生活，一點不能馬虎……』」〔註30〕《分界線》改到後期，張抗抗改完一章，謝和另外一位編輯老陳就看一章，若是通過了，立即進行編輯精加工——錯別字、語法、漏洞、細節一一斟酌過濾。張抗抗反思「我是在寫完長篇小說之後，才明白什麼叫做長篇小說，沒有老謝和老陳這麼高水平而盡心盡力的編輯，我一個初學寫作者，怎麼能夠在那麼短的時間內完成艱難的修改？」〔註31〕

　　在葉辛與鮑正忠合著的長篇小說《岩鷹》出版過程中，謝泉銘全程參與了修改。最初葉辛和鮑正忠各有一部長篇，前者為《岩鷹》，後者為《山鄉》，謝泉銘決定兩部合成一部。在修改過程中，謝讓葉辛和鮑正忠共同擬出修改提綱，然後他對葉、鮑的提綱提問。從總體構思、主題、章與章之間的銜接，再到每章的寫法，入筆的角度，各章如用何種方式收筆，乃至細節的改造和運用，謝泉銘都一一過問。從聽取葉、鮑的提綱開始到小說全部定稿，共歷時兩年多，《岩鷹》出版時已經是文革結束後的 1977 年。胡展奮曾回憶謝泉銘幫助葉辛修改《岩鷹》的一個細節：小說中寫到西南地區的一種植物，土名別名學名幾十種，蕪雜不堪，謝埋首書坑找資料，保證真實。〔註32〕

　　從謝泉銘對張抗抗和葉辛長篇小說的修改來看，他首先追求小說的細節真實和生活真實，這體現了 1949 年後文學編輯認同現實主義唯一合法性的職業慣性。其次，他訓練作者對文字的駕馭能力。作者文字功底的欠缺和發掘文學新人的要求之間的矛盾，文革比十七年時期更為嚴重，老作家幾乎全部凋零殆盡。謝泉銘接觸的作者群是插隊農村的初中畢業生和高中畢業生。他要從基本的文字能力和寫作方法兩方面來進行培訓。

　　謝泉銘作為編輯的另一個特點是能夠敏銳把握政治氣候。前文所述曹剛強的相聲作品是文革後在報刊發表的第一個相聲作品，〔註33〕可見他政治嗅覺靈敏。謝泉銘認為沈善增的詩歌《明月》流露了小資情調，寫信、談話請

〔註30〕張抗抗：《怎一個「謝」字能了》，見龔心翰等：《謝謝老謝》，上海文藝出版社 2012 年版，第 133 頁。

〔註31〕張抗抗：《怎一個「謝」字能了》，見龔心翰等：《謝謝老謝》，上海文藝出版社 2012 年版，第 134 頁。

〔註32〕胡展奮：《老謝最後的日子》，見龔心翰等：《謝謝老謝》，上海文藝出版社 2012 年版，第 299 頁。

〔註33〕曹剛強：《銘刻相聲》，見龔心翰等：《謝謝老謝》，上海文藝出版社 2012 年版，第 194～198 頁。

沈善增注意，「詩還是寫得不錯的，但是，現在都在歌頌太陽，你歌頌明月，可能會被人扳錯頭的。」〔註34〕謝泉銘 1971 年 2 月 19 日致信董國新：「《指導員》和《五千次磚》兩稿看過了。從題材來說，都是符合當前宣傳中心的。」〔註35〕工人作者陸萍因擔心政治迫害，憂心忡忡，寢食難安。謝泉銘通過電臺不同意撤換陸萍所寫歌曲《紡織工人學大慶》和該歌曲已經入選《戰地新歌》兩件事，分析認爲陸萍不會受到政治牽連鼓勵她繼續堅持寫作。謝泉銘政治消息來源廣泛：「誰誰在市裏的一次會議上提到了你寫紡織廠的詩，看來你的事情有轉機了。上頭的意思是，你的詩現在還是不能發表，但是你不要難過，」〔註36〕日常社會的政治化造就了個人的自我政治化生存，「從新聞刊出的方式，特別是文章的標題、社論和某一天使用毛澤東語錄的語氣中，我常能辨明毛主義分子希望達到什麼或按計劃沒達到什麼。」〔註37〕文革中有過牢獄之災的幸存者的政治嗅覺從另一個方面證實了文革文學編輯謝泉銘的政治敏感的必然性。

與作者關係友好是謝泉銘的編輯特點之三。謝具有良好的人際交往能力，善於與不同單位、各類人物溝通。章德益認爲他具有讓陌生人沒有距離感，與什麼人都能交流的本領。〔註38〕工人管新生稿件過關，但所在單位因其「走白專道路」不同意發表，謝泉銘以革命話語反問黨委負責幹部：「文學創作也是宣傳毛澤東思想怎麼會是走白專道路呢？」〔註39〕「階級鬥爭和路線鬥爭統治著一切，作者要發表作品，都要通過『政審』。遇到政審通不過的作者，他請作者到報社來玩，通過巧妙而又含蓄地安慰他、啓發他，給他登高望遠的力量。只要政審通過，謝泉銘盡快讓作者的作品見報。」〔註40〕此

〔註34〕沈善增：《大哉編輯謝泉銘》，見龔心翰等：《謝謝老謝》，上海文藝出版社 2012 年版，第 176 頁。

〔註35〕董國新：《老謝教化我淡定》，見龔心翰等：《謝謝老謝》，上海文藝出版社 2012 年版，第 102 頁。

〔註36〕陸萍：《紀念謝泉銘》，見龔心翰等：《謝謝老謝》，上海文藝出版社 2012 年版，第 111 頁。

〔註37〕鄭念：《生死在上海》（內部發行），方耀光、鄭培君、方耀楣譯，百家出版社出版 1988 年版，第 157 頁。

〔註38〕章德益：《懷念謝泉銘老師》，見龔心翰等：《謝謝老謝》，上海文藝出版社 2012 年版，第 59 頁。

〔註39〕管新生：《記憶海灘上的美麗貝殼》，見龔心翰等：《謝謝老謝》，上海文藝出版社 2012 年版，第 104 頁。

〔註40〕姜金誠：《他的微笑留在我的記憶裏》，見龔心翰等：《謝謝老謝》，上海文藝

外，謝泉銘經常幫助作者解決生活難題，1973 年至 1975 年，謝泉銘常常寫信給知青作者高低，幫他聯繫上大學事宜，鼓勵他繼續創作。「關於大學招生之事，我已與該校同志聯繫過。每年春節都回滬探親，不知今年回來不？」〔註41〕當葉辛遇到工宣隊的刁難，張抗抗遭遇所在農場的匿名檢舉，謝泉銘一一給與幫助。「在文化大革命處於高潮時、當社會領域被政治和國家完全吞沒時，社會機體內部發生了一種反應性的構成。它採取的形式是個人與私人關係間相互幫助、盡義務，它們暗暗地挑戰那些印在每個公民腦子裏的普遍性倫理：如自我犧牲，與民族認同、忠於國家等。」〔註42〕謝泉銘與他的作者圈子就形成了這種在政治高壓下獲得寫作安全甚至生命安全的私人關係，這也是謝泉銘文學圈子得以持久性存在、發展的重要原因。

　　前文提到 1949 年後逐漸形成的編輯機制在文革中的延續。就謝泉銘個人而言，他自己也參與了十七年文學編輯職業慣性的生成過程。1950 年代，作為《新民晚報》文藝副刊編輯的謝泉銘給勞動模範、包身工代寫文章，他已經接受了 1949 年後文學編輯輔導政治出身好、文學素養差的作者這一政治任務。此外，謝泉銘善於把握作品時效性的編輯特性在文革前已經具備。謝泉銘在政治敏感時期給詩歌作者田永昌製造發表機會：「這時候發表兩首詩和平時發表兩首詩不一樣。」〔註43〕學者李頻在以秦兆陽為例闡述編輯家研究的特點時，他提出編輯結構化研究的兩個方面：「這一結構化方法的第一層面，要鎖定社會—時代、編輯家、作家、出版物等四個結構要素，主要研究編輯家與作家的互助合作關係，編輯家與出版物的創造關係，社會—時代對編輯家、作家諸活動的同步影響和制約關係。第二層面則在明確第一層面的結構要素及其關係的基礎上，以結構要素為單位，循其內在機理進一步剖析、分解，以求研究的層級深入。」〔註44〕十七年時期成長起來的文學編輯謝泉銘在文革時期潛在地延續了十七年文學生產中的編輯慣性，培養了大量年輕作

　　　　出版社 2012 年版，第 13 頁。
〔註41〕高低：《夜行燈》，見龔心翰等：《謝謝老謝》，上海文藝出版社 2012 年版，第229 頁。
〔註42〕〔美〕楊美惠：《禮物、關係學與國家：中國人際關係與主體性建構》，趙旭東、孫珉合譯，張躍宏譯校，江蘇人民出版社 2009 年版，第 255 頁。
〔註43〕田永昌：《此念綿綿無有期》，見龔心翰等：《謝謝老謝》，上海文藝出版社 2012 年版，第 44～48 頁。
〔註44〕李頻：《編輯家秦兆陽研究中的若干問題探析》，《陝西師範大學學報（哲學社會科學版）》，2012 第 41 卷第 4 期。

者。而新時期文學編輯機制對十七年的恢復，使得這批作者順利過渡到新時期，他們與編輯的合作關係沒有遭遇根本性的改變。

不論是葉至善、魯秀珍之於肖復興，還是何啓治之於陳忠實，抑或是謝泉銘之於葉辛、張抗炕等作家，文革時期文學編輯與寫作者的關係一方面體現了自 1949 年後形成的組織化文學生產的特點。如根據政治意識形態修改作者稿件，參與作品的最終形成，修改、引導作者的寫作方向和寫作方式。又如編輯根據出版社、文學期刊對符合時代要求的作品的期望值，在組稿過程中與作者達成長期的合作關係，編輯的熱情作為一種激發作者寫作動力的因素潛在地發揮作用。編輯的熱情既包括由於編輯機制（代表文學出版社、文學期刊的選題計劃、叢書出版組稿）決定的職業熱情，但也包含編輯與作者眞摯的友情。從上述事例可以看出，文革時期編輯與作者的私人友情、所謂「人情倫理恩義」表現出對政治化社會微弱的對抗性。

范程先後做過《黑龍江文藝》《鴨綠江》的編輯與主編，是經歷過十七年、文革、新時期三個歷史時代的老編輯，曾得到過中國作協的獎勵，表彰他在 60 年的文學編輯生涯做出的貢獻。范程既參與過文革後期文學刊物的復刊，並扶持了諸多文學新人，也在新時期的語境中，在推動《鴨綠江》兼顧市場與文學雙重平衡中取得過令人矚目的突破，是地方文藝刊物編輯的代表人物。作家刁斗對范程有過這樣的觀察：「范老與我爸爸有些相像，與許多飽受精神虐待的知識分子都像：膽量偏小，性格偏弱，滿腔熱忱卻首鼠兩端，在陽光最為明媚的日子，也對陰霾密佈心有餘悸。」〔註45〕「他說到了文學對世道人心負有的責任，說到了文學的批判精神，說到了「打擦邊球」這個令多數人麻木讓少數人苦楚的無奈比喻。」〔註46〕熱忱、謹慎，在有限的政治語境可能中自覺地擔負起建設、推動文學潮流的責任，這種責任感是政治使命與文學使命的雙重自覺，是十七年文學培育中的編輯人格。

第二節　文革時期的發表語境與知識青年的創作心理

文藝創作已經讓太多的作家遭受滅頂之災，但它依然吸引著眾多青年人

〔註45〕刁斗：《回憶點滴》，安波舛主編：《范程紀念文集》，長江文藝出版社 2012 年版，第 141 頁。
〔註46〕刁斗：《回憶點滴》，安波舛主編：《范程紀念文集》，長江文藝出版社 2012 年版，第 141 頁。

前仆後繼。文革時代的兩面性以十分畸形的方式表現出來，一面是因文字而引火上身，一面是因文字而改變命運。「因爲當時有一種奇怪的邏輯：只要能在黨的出版事業中出版過作品或在黨的『喉舌』（報刊上）發表作品即表明此人不但在政治上過關、沒問題，而且還是咱工農兵的『紅秀才』，『自己人』，艱難的處境馬上就會好轉。」〔註47〕當時知青張抗抗因爲出版《分界線》而轟動全國，遠在河南的農村青年閻連科從這件事上看到了希望，他發誓也要通過寫作來改變命運。〔註48〕可見當時寫作改變命運的思想深入人心，並且有成功案例。現在已是上海文藝出版社資深編輯的修曉林回憶：「母親就寫信要我通過發表作品，改變一下自己遠在邊疆的閉塞、困苦、毫無出路的困境。她通過當時正在湖北咸寧五七幹校的周明（曾任《人民文學》副主編、中國作家協會創聯部常務副主任、中國現代文學館副館長）的關係，聯繫上了已在《雲南日報》文藝組擔任編輯的張昆華老師。有了作品，就可能有機會到省城昆明參加文藝創作學習班，這或許能夠成爲改變自己命運的一根神奇稻草。」〔註49〕「促使我把對關係學的分析放到社會主義中國權力運作的框架裏的，是當地人對新的社會秩序的激烈、痛苦、幻滅和憤怒的表達。」〔註50〕文革中城鄉流動和職業更換的可能性全部斷絕，中國人陷入困守於出生地的絕境。參軍、招工與推薦上大學成爲改變命運可望而不可及的獨木橋。賈平凹得以上大學的經歷亦可以說明在政治化社會中人情倫理的重要性。1973年，由於賈平凹父親平反、社會關係重新獲得，使他比其他回鄉知青和插隊知青更早得知招生消息且搶佔先機，在賈平凹父親的學生（師生關係）和賈平凹娘舅的同村人（宗族、親屬關係）的幫助下進入縣招生辦，又在賈平凹未婚妻選擇退出的情況下，他得以進入西北大學。〔註51〕人情倫理「在文化大革命中，作爲人民使他們自己與極端的國家滲透下的秩序分離

〔註47〕胡展奮：《老謝最後的日子》，見龔心翰等：《謝謝老謝》，上海文藝出版社2012年版，第299頁。

〔註48〕閻連科、梁鴻：《巫婆的紅筷子：作家與文學博士對話錄》，春風文藝出版社2002年版，第6頁。

〔註49〕修曉林：《心中的豐碑——永遠懷念敬愛的謝泉銘先生》，見龔心翰等：《謝謝老謝》，上海文藝出版社2012年版，第158頁。

〔註50〕〔美〕楊美惠：《禮物、關係學與國家：中國人際關係與主體性建構》，趙旭東、孫珉合譯，張躍宏譯校，江蘇人民出版社2009年版，第29頁。

〔註51〕賈平凹：《我是農民——在鄉下的五年記憶》，吉林人民出版社1998年版，第175頁。

開來的一種方式而盛行起來。」〔註 52〕

　　政治化社會中改變命運極為艱難，但文革中對意識形態的高度重視，導致具有寫作能力的人易於被重視。1971 年來到貴州山村插隊的上海知青葉辛「蝸居在山旮旯裏的村寨上，除了天天到寨外山頭古廟裏去教耕讀小學的農村娃娃讀書寫字，除了勞動和一日三餐，所有的空閒時間，我都拿著筆，往上海同學給我寄來的稿紙上亂塗亂寫。既然沒有錢孝敬掌權的幹部，既然沒有背景去開後門，那麼就學著寫點東西吧。文學是我從小熱愛的，公開對人講時把此作為一種精神的寄託，心底深處卻仍然渴望著將來能當一個作家。〔註 53〕他從 1971 年開始創做到 1977 年發表作品，貫穿了從文革到新時期的全過程，通過考察他的創作心理可以觀察出身知青的跨界作家獨特的創作姿態。

　　葉辛 1971～1979 年創作年表根據葉辛《往日的情書》〔註 54〕中的日記、葉辛的自述《最初叩響文學之門的那些日子》、張抗抗自述《誰敢問問自己》〔註 55〕以及其他知青作者的回憶製作。表格中葉辛提到的「你」是葉辛的戀人王淑君，與王淑君的戀愛是影響葉辛創作的一個重要因素，由於葉辛的家庭出身，所以他不可能被招工或推薦上大學，寫作是他為自己和王淑君爭取未來的唯一希望。王淑君成為工人後，兩人的戀情曾出現重大波折。表格如下：

創作時間	創作進度	創作心境	周圍環境	送審進度
1971 年 3 月 4 日	修改《春耕》			
1971 年 3 月 12 日	我就修改《春耕》，學習、讀書，過正常的生活，並設法使自己胖一點。	我想看書，想修改《春耕》，準備在農村找一些素材，寫一些短詩，同時準備一下《岩鷹》的創作材料。	我想修改《春耕》，可是，門前在吃喜酒，吵得很。一會兒小丁又來了，所以，我又什麼也沒做。	

〔註 52〕〔美〕楊美惠：《禮物、關係學與國家：中國人際關係與主體性建構》，趙旭東、孫珉合譯，張躍宏譯校，江蘇人民出版社 2009 年版，第 280 頁。
〔註 53〕葉辛：《最初叩響文學之門的那些日子》，見龔心翰等：《謝謝老謝》，上海文藝出版社 2012 年版，第 88～96 頁。
〔註 54〕葉辛：《往日的情書》，吉林人民出版社 1998 年版。
〔註 55〕張抗抗：《誰敢問問自己：我的人生筆記》，時代文藝出版社 2007 年版。

1971 年 3 月 13 日		我一直在想你，也在想《春耕》。我的心亂極了，除了寫信，我什麼也沒做。《春耕》在牽著我的心，命運也在牽著我的心。 我想在這段時間裏，把《春耕》定稿再修改一遍，然後寫《岩鷹》。		我的《春耕》即將走上「審判臺」，我必須時時和上海通信。月底我想去貴陽，想把《春耕》帶去給姐姐、姐夫看看，如何？
1971 年 3 月 14 日	我在修改《春耕》的定稿，昨天改完 11 節。估計明天就完了。	我想與姐夫商量一下，是否帶著《春耕》去貴州人民出版社一趟。許多迹象表明，目前正是機會，我不能安然無恙了，不能穩坐釣魚臺了，我必須抓住時機。這事我正與上海商量。	報上發表《龍江頌》京劇本，值得一看。竟然與我的《春耕》第三部大同小異，可見創作思路是有一致性的。從各地報紙上發出的徵稿看，缺少文藝稿子，特別是長篇小說。	上海揆初不久就要送《春耕》，故我心情也很激動。 我想 3 月下旬去貴陽，順便把《春耕》帶去給姐夫看看。
1971 年 3 月 15	《春耕》今天晚上修改完了。	有空，我必須再寫一本小說。這是一定的，我必須寫作。		
1971 年 3 月 17 日	《春耕》修改了 33 節，還有 17 節，後天就可以完成了。	我心中還有好多寫作計劃，可一個也寫不出來，心靜不下來。於是，只能看書。眞的，一到夜裏，時間就可怕地難熬。夜幕是討厭的東西，你用手摸它，摸不到；你想跑出它的控制，更辦不到。黑夜往往給人一種沉重的壓抑感。	大隊要送你去安順工學院，這眞是一件好事。固然，出身是個大問題，像我們這種出身的人，現在能上大學，眞是比登天還難。如果大隊眞有讓你去的意思，不妨試一下，你千萬別爲了我而放棄這個機會。	最讓我高興的是《春耕》將要「接受考驗」了。它能給我們帶來什麼呢？讓我在這裡祝福它吧！希望它能順利地通過這個關口，和廣大讀者見面。
1971 年 3 月 25 日夜		目前最主要的，對我來說就是《春耕》的命運。	因爲揆初來信說，《春耕》如眞往上海選拔，我就必須在 4 月份回滬，他的語氣很肯定。所以，我必須做到心中有數。	《春耕》沒有政治問題！這就是第一句答覆，至於第二句答覆、第三句答覆，要到 30 日以後，或者更晚一些時間。因爲，這裡有一個地域觀念及負

			責範圍問題。很可能上海會指示揆初他們一些什麼並叫我把稿子送到貴州省文化局去。
1971 年 3 月 30 日			《春耕》沒有政治問題使我感到十分欣慰，你要時時把《春耕》的消息告訴我。最近，大學又開始招生了，並且還可能招收一些表現好的——「可以教育好的子女」。我在想，要是《春耕》能給我的承熹帶來這種機會，該是多麼幸運的事啊！——王淑君
1971 年 3 月 31 日	目前，我正在靜下心寫散文《山寨的春天》和小說《風雨之夜》。《春天》已寫好初稿，今晚就可以完成了；《風雨之夜》還在構思。明天開始寫《風雨之夜》。	我們都是好人，可是「謀事在人，成事在天」。有什麼辦法呢？等著看《春耕》的結局吧，這一場「審判」快要結束了	過不了多久，我就把人們對《春耕》的評論寄給你。奧，「文化大革命」後第一部長篇小說已經出來了，我在叫上海方面校對。出工去，夜裏再寫。	
1971 年 4 月 5 日夜	寫完了《風雨之夜》8 頁，4000 多字	目前，我給自己定的計劃是攻短篇小說，過幾天我就寫另一個短篇《短促的第一課》。寫完《第一課》就寫《記工員玉小全的故事》。我邊勞動邊動腦筋，這樣肩上的擔子就輕一點，而美好的故事也容易想出來。寫短篇不占時間，其餘時間我就詳細地構思《岩鷹》裏的人物與情節，零星的時間我就看小說、想問題。		

1971 年 4 月 7 日		《春耕》是到了該有回音的時候了。為什麼還沒信呢？我真著急。		《春耕》現在在上海人民出版社，是解放日報社推薦去的，目前沒有回音，大概不久就有消息了。
1972 年 4 月 10 日		要是《春耕》給我帶來了出路，該有多好啊！我一定要加倍地償還你。	請注意《牛田洋》、《海島女民兵》、《新的高度》3 本新書。	《春耕》正沿著一條艱難的、但是很正常的路前進著，這一點我是非常高興的。但願它能指給我一條美好的生活之路。
1972 年 4 月 14 日			上海阿五給我寄來了一本長篇小說《海島女民兵》、短篇小說集《新的高度》，我看完了。這兩本書無論從哪方面講都不算好。	《春耕》在上海人民出版社，也許此時正在哪一位編輯的手中讀著，決定著它的也是我的命運。我明知決定一本書的出版是比較慢的事，但還是很焦急。
1972 年 4 月 19 日		毛頭呀，我一直在想，要是成功，那該是多好的事啊！		還有，《春耕》正在「走運」，現在下斷語還太早，但是，上海方面來信說：只會帶來好的消息，不會有壞的消息。這是我最高興的事。我把它藏在心底有好幾天了，我想等待進一步的喜訊。可是，最近來信說：一時下不了定論，因為，已通過第一關往上送了。這些人是很忙的，再說審定結論要等一等。
1972 年 4 月 23 日夜	準備寫《岩鷹》。			
1972 年 5 月 1 日夜	這幾天在構思《岩鷹》，並寫了四節草稿，我想逐步寫完它。同時，我覺	由於一系列的消息，我的心也安了。因為，即使目前進行正常的《春	我自己也在想，這三年多的插隊落戶生活是否正確？人應不應該像目前這	

	得必須重新理解人的生存意義這個概念，從新的角度來寫「雷雨田」這個英雄人物。	耕》以失敗告終，我們的未來也有著落了，可以有工作聊以度日。	樣認識生活？就像對小說新的認識一樣，我覺得我必須重新認識一切。	
1972 年 12 月 26 日		這幾天，我像瘋了一樣，……我從孩子們驚異的神色和教室裏鴉雀無聲的寂靜中，發覺自己竟然失去了理智。	中央 44 號精神，由於今年糧食歉收，招工停止。易才貴又補充說了國務院文件精神，由於大量超出招工指標，所以，招工停止，看來當工人的希望是沒有了。在我前面，出路只有在文學上了，我也下定了決心，必須再接再厲，努力勤奮地寫作。到了家，又冷又餓，煮飯、換衣服、洗臉、洗腳、吃飯，毫無意義的一天過去了。坐在床上，輾轉難寐。隔壁在開群眾大會，我忍著淚睡了。	
1972 年冬，				出版社要約見《春耕》的作者
1973 年 1 月 8 日		王淑君成為工人，家裏反對與葉辛的戀愛，戀情出現重大波折。	研究一下元旦社論，其中有一句「團結一切可能團結的人，為社會主義革命和建設服務」。聽到上海來的這些消息，我對生活充滿了信心。像對我的愛情一樣，有決心、有信心。	回上海我可以聽到怎樣改《春耕》的指示了。
1973 年 1 月 20 日		回到上海以後，我相當忙，為了《春耕》。		在 2 月 20 日，我就可以正式聽到對它的結論以及完整的意見了。
1973 年 1 月 30 日		寫作，忠於王淑君，使自己胖一點。	家庭各類問題均已解決，經濟上也已恢復。雖不比「文	19 日，我拜見了負責我小說的一個編輯。我們似乎在幾

			化大革命」以前，但也好多了，（這些問題將來面談更好些）。否則，我的歸來將更不痛快。愛情出現重大波折，葉辛與王淑君發生矛盾。	分鐘就熟悉了，很快我們就交換了意見。在 2 月 20 日，我們將聽到如何修改《春耕》的完整意見，然後可能是修改。
1973 年 2 月 15 日				我給胡編輯打了一個電話，他病了，我想去看看他，但絕不是拉關係，給《春耕》找吹捧的人。我希望聽到真實的意見，好修改它。
1973 年 2 月 23 日		回貴州以後，我必須把《岩鷹》寫完，必須練習寫短篇小說，還要努力爭取進步，加入共青團。在基礎學業上，我要在組織的幫助下達到大學畢業的文化程度。所有這一切，都讓我再一次感受到黨對我的關懷和幫助。		去出版社聽取意見，得到了準確的答覆：「書稿是『文化大革命』以來青年人自投稿件中最突出的一部，我們感到你很有培養前途。……」
1973 年 3 月 26 日	今年我準備一個月寫一篇短篇小說，每一篇都寄回上海。（只會多不會少）。4 月份修改完《岩鷹》，主要是突出階級鬥爭和路線鬥爭。6 月底以前交出《岩鷹》的初定稿，希望它比《春耕》有進步。七八兩個月寫完《廣闊的前程》的初稿。九、十、十一月底寫完長篇《寨上風雲》的初稿。如果還沒有時間，就把《春耕》也改好了。	勞動總是會有收穫的，春種一粒粟，秋收萬顆籽。那麼，我的辛勤勞動，也會有收穫的。		

1973 年 4 月 1 日		一個星期以來寫《岩鷹》的修改提綱，構思新的篇章和寫了開頭 3 節，差不多天天都到 12 點才睡，確實太累了。我想起撲初的話：「你要克制自己的創作欲望，安排好生活，愛護你的身體，保證你將來的生活。」	
1973 年 4 月 3 日	我已寫到《岩鷹》第五章了，5 月底就可以交出去了。	由於寫作，由於不停的動腦，我夜裏常常失眠。一失眠，就更容易想起你來，我儘量克制自己，多睡一會兒，這樣可以多寫一點。 我常常很苦惱，由於結構，由於主線，由於這樣那樣的寫作問題，常常睡不著覺。但我必須闖過去，必須前進。有時心煩意亂，但我還得拿起筆，抽出紙。	6 月份招收大學生，農村是極少的，出身不好的更少，如果復旦大學或上海師院來貴州招生，哪怕中文系只有一個名額，我也要去爭取的。但如果不來貴州招生，那就無望了。在這種以後門為主的地方，像我們這種人靠自己的努力根本無法進入大學，哪怕你門門都考 100 分。	
1973 年 4 月 12 夜	《岩鷹》目前寫到第十章，我拼命地在寫，可是，天知道我寫的究竟好不好。《春耕》還聽了不少人的意見，可《岩鷹》除了我自己之外，誰也沒有看過。放學以後，我在學校寫了一個半小時《岩鷹》的第 18 節。	常常是深夜醒來，為它的命運擔憂。擔有什麼辦法呢？我現在是逼上梁山，一點後退的路都沒有了。	
1973 年 4 月 25 日	我的《岩鷹》寫到第 25 章，下個月就可以完稿了。	要讓一部作品有生命，需要付出艱苦的勞動。但我有決心、有信心做下去。因為，我年輕，我才 23 歲。	

1973 年 5 月 9 日夜	目前，我正寫到第 40 節，再過一個星期，《岩鷹》就完成了。			
1975 年 3 月到 7 月				在上海改稿，葉辛《岩鷹》與江西知青鮑正衷的《山鄉》合成一部新的《岩鷹》
1975 年 10 月				北京電影學院導演謝飛在上海一家出版社（應該是上海人民出版社）看到葉辛的小說《高高的苗嶺》的手稿，決定來貴州和他一道改編小說，拍成電影。11 月謝飛無奈告知葉辛，知青辦因葉辛家庭出身問題，不同意葉辛寫電影劇本。
1977 年				《火娃》葉辛與謝飛根據《高高的苗嶺》改編，刊登在《貴州文藝》1977 年第 1 期。 《火娃》1977 年開始拍攝
1977 年 11 月				《深夜馬蹄聲》由上海人民出版社出版。
1978 年 3 月				《岩鷹》由上海文藝出版社出版，與忻昀合著，忻昀即江西知青鮑正忠。
1979 年 2 月				《高高的苗嶺》由上海少年兒童出版社出版。
1979 年				《轉移與題材多樣化》發表於《貴陽文藝》第 4 期。

　　1971 年後上山下鄉運動最初的激情已消失殆盡，癖居山鄉的葉辛一點出

路也看不到，他落戶的生產隊裏已經只剩下他一個人。1973 年戀人王淑君成爲工人，戀情出現波折，寫作外的情感支持受到嚴重威脅，葉辛幾乎面臨崩潰的邊緣。直至幾十年之後，葉辛依然無法抹去對於那段夢魘般歲月的記憶。「一個知青，被誰都看不起。」〔註 56〕像葉辛這樣在走投無路的生活境遇中開始寫作的知青表現出獨特的文化心理：

首先，通過報紙、電臺密切關注國家政治動向，及時瞭解現行政策，保證作品主題思想的正確性。

其次，自覺學習運用樣板戲模式，關注新近出版的小說、散文、詩歌等文藝作品，由這些作品的被認可被接納推斷當下主流意識形態需要什麼樣的作品，進而指導自己的創作。

再次，一種由於現實擠壓而渴望成功改變命運的心理激發了作者旺盛的創作激情。

葉辛是新時期以來最高產的小說家之一，並且可以及時調整創作方向每每成爲新一輪文學思潮的代表性作家。對現實社會強烈的參與感，適應文學思潮的靈活性，是葉辛和其他從文革進入新時期的知青作家的共同特點。劉心武回憶文革後期開始寫作的小說作者謝鯤的話：「我們要麼甘於淹沒，要麼就只能在那樣一種最荒謬的人文環境裏尋覓施展才能的機會，於是乎我們到頭來投稿，也想發表作品，彈鋼琴的就想上臺彈《黃河》，搞聲樂的就想上臺唱《鋼琴伴唱（紅燈記）》，畫油畫的就想出一類似《毛主席去安源》那樣的東西，而想演電影的就必然只能到比如《南海長城》那樣的片子裏去找個角色」〔註 57〕劉心武本人也正是從文革後期再次拿起筆開始小說創作的。在文革後期開始文學寫作活動的學者陳思和在回憶文革時期的心態時談到：「一個少年人在『文革』的腥風血雨下成長起來，他究竟從這個時代接受什麼樣的影響，哪些影響是正面的，哪些影響是負面的，或者說，幾乎就沒有純粹的正面與負面，而是複雜地交織在一起，一個人就這樣在藏污納垢中慢慢成長。」〔註 58〕一種病態的社會生態與文學生態成爲常態的時候，身處其間的個人能夠做出的選擇微乎其微，通過應和來獲得生存位置成爲很多人的最終選擇。對具有文學才華的知識青年來講，表達的媒介成爲其最重要的考慮和追逐對象，對於表達什麼和怎樣表達已經變得不重要了。

〔註 56〕葉辛：《往日的情書》，吉林人民出版社 1998 年版，第 23 頁。

〔註 57〕劉心武：《我是劉心武》，團結出版社 1996 年版，第 130～131 頁。

〔註 58〕陳思和：《1966～1970：暗淡歲月》，上海書店出版社 2013 年版，第 183 頁。

第三節　文革文學刊物的運行方式、作家培養方式與新時期境遇

　　上海《朝霞》叢刊與《朝霞》文藝月刊是文革後期創辦較早也產生過很大影響的文學刊物，《人民文學》的復刊在文革後期也具有十分重要的意義。全國各地文學刊物的恢復也是在這一時期出現，這些刊物的運行方式突出地體現著政治變動時代文學與政治的呼應關係，更可以看出這一時期文學的生存環境。這些刊物都是文革語境中創辦，通過這些刊物在文革結束後的運行軌跡也可以看到歷史、政治驅動力與歷史敘述在遭遇歷史分割之際的行動方式。文革後期文學刊物對作家的培養方式也是我們觀察文革後期與新時期初期作家生存樣態的有效路徑。

　　我們先來看《朝霞》的創辦方式。根據《朝霞》編輯施燕平的回憶：「徐景賢建議先辦一個不定期出版的叢刊。……叢刊在名義上由上海人民出版社出版編輯、出版，一切經費開支均由出版社負責，辦公地點就設在出版社的文藝讀物編輯室，行政上歸這個編輯室代管，但在業務上如組織作者隊伍、確定編輯方針、最後稿件的取捨等，都由寫作組下屬的文藝組定奪。以上決定，經任大霖代表人民出版社點頭認可後，就作為正式協議執行。施燕平與歐陽文彬以被借調者的身份到人民出版社工作，」〔註59〕

　　《朝霞》有編委會，有主編，但對外保密。就政治性質而言，是文革政治力量中上海市委及其寫作組的下轄的刊物。「《朝霞》經寫作組決定，在編輯部內部成立編委會，由寫作組指定五人組成。」〔註60〕分別是歐陽文彬、施燕平、林正義、姚真與朱敏慎。《朝霞》月刊每期目錄和校樣都得送市委備案，甚至送給在北京的張春橋、姚文元以至王洪文。施燕平在後來做出判斷：這表明《朝霞》是在張春橋、姚文元的指揮下，由上海市委寫作組直接領導，文藝組的負責人陳冀德是實實在在的主編。可是在相當一個時期，《朝霞》的領導關係，對外一直是「保密」的，」〔註61〕在施燕平去北京參與《人民文學》創刊事宜後，《朝霞》編輯部有過一些人事變動。「原上海人民出版社文藝讀物編輯社主任任人霖和工宣隊負責人謝炳坤調到《朝霞》任黨支部正副書記，歐陽文彬仍保留黨支部副書記職務，原支部書記馬樹生調出《朝

〔註59〕施燕平：《塵封歲月》，華東師範大學出版社2014年版，第195～196頁。
〔註60〕施燕平：《塵封歲月》，華東師範大學出版社2014年版，第204頁。
〔註61〕施燕平：《塵封歲月》，華東師範大學出版社2014年版，第204頁。

霞》。」〔註62〕「《朝霞》叢刊出版兩輯之後，朱永嘉決定辦月刊，向張春橋、姚文元寫信，要求辦一本 16 開本的綜合性文藝月刊，很快獲得批准。當時上海市委寫作組，有理論刊物《學習與批判》，還有計劃中的《外國文藝摘譯》。」月刊決定辦之後，成立單獨的編輯室，獨立開展活動。編輯人員除老編輯施燕平與歐陽文彬外，抽調原《萌芽》編輯邢慶祥和原《上海戲劇》搞評論的王一綱，並在老作家中抽調毛炳甫、李良傑參加編輯工作。〔註63〕在《朝霞》的編輯人員中，主編陳冀德是在 1960 年上海作協舉辦的批判資產階級文藝思想的大會中作為學生批判者嶄露頭角的，在 60 年代後期的日趨激進的政治運動中及文革發生以後，成為上海市委寫作組隸屬的文藝組織與管理的核心人物。施燕平與歐陽文彬等人則是十七年時期上海作協系統的文學期刊編輯。年輕的編輯姚眞是上海市六中女紅衛兵造反派的干將，擔任《紅衛戰報》編輯，另外一位林正義是上海市革委會大批判組空四軍的宣傳幹事。〔註64〕從這一角度我們可以看到，即使是致力於打造一支全新的文藝隊伍的上海市委寫作組，也不得不依賴十七年時期固有的文學班底。

　　舉辦創作學習班是《朝霞》培養寫作者的重要舉措。第一期創作學習班在 1973 年 1 月 3 日正式在位於康平路的寫作組開班。據施燕平回憶，從開始舉辦學習班到 1976 年 10 月《朝霞》停辦，先後總計舉辦了 11 次之多，參加人數有二百多人。〔註65〕

　　《人民文學》的編輯構成相較《朝霞》更爲明確具體。主編袁水拍，副主編嚴文井、李希凡、施燕平，編輯委員（以姓氏筆劃爲序）：馬聯玉、李季、賀敬之、浩然、張永枚、袁鷹、蔣子龍等 7 人。〔註66〕劉劍青任編輯部主任。作品組負責人是許以，成員有周明、王朝垠、楊筠，向前、崔道怡負責小說散文報告文學。閻綱、顏振奮負責抓理論。此外還有傅棠活、高遠負責抓詩歌。最終編輯人員達到 25 名，行政人員 13 名。《人民文學》的復刊是文革後期包括中央高層對一種非常態的政治運動的不一致的意見日趨公開化的產物，是各方力量角逐較量後的結果。因此，它不同於《朝霞》完全隸屬於某

〔註62〕施燕平：《塵封歲月》，華東師範大學出版社 2014 年版，第 204 頁。
〔註63〕施燕平：《塵封歲月》，華東師範大學出版社 2014 年版，第 203 頁。
〔註64〕陳冀德：《生逢其時：文革第一文藝刊物〈朝霞〉主編回憶錄》，時代國際出版有限公司 2008 年版，第 22 頁。
〔註65〕施燕平：《塵封歲月》，華東師範大學出版社 2014 年版，第 198 頁。
〔註66〕施燕平：《塵封歲月》，華東師範大學出版社 2014 年版，第 232 頁。

一個政治集團，所以它的編委是公開的。但與《朝霞》一致的是，編輯成員大都是十七年時期的編輯，且是《人民文學》的老編輯。因此，文革時期的《人民文學》依然是十七年時期《人民文學》的延續，是對《人民文學》辦刊歷史上激進、政治化突出階段的繼承與發揚。

《人民文學》也舉辦創作學習班。在北京舉辦的首屆創作學習班有來自陝西的陳忠實。此後，《人民文學》先後在上海、南寧、瀋陽、濟南辦過 4 個學習班。事後施燕平認為，根據當時的形勢，編輯部向這些作者所灌輸的都是與走資派作鬥爭和批鄧、反擊右傾翻案風等一套內容，從長遠來看，是毒害他們。〔註67〕

《朝霞》與《人民文學》不論是刊物等級還是政治背景都是非常特殊的，他們在辦刊方式、編輯方式上都具有較大的一致性，可以看到非常態時期編輯與作者關係的常態性。《江蘇文藝》屬於地方文學刊物，創辦時間也是各省文學刊物中較晚的，是在倣仿其他文學刊物的基礎上進行創刊的。我們觀察《江蘇文藝》的運行方式，可以接近文革後期地方文學刊物運行方式的普遍性。

據文革後期《江蘇文藝》主編龐瑞垠的回憶，1973 年，從五七幹校回來一批畫家、作家，經省革委會批准成立了創作組，由李進負責，那時有過辦刊物的議論，但並未正式啓動。1975 年鄧小平復出之後，在各條戰線大刀闊斧地進行整頓，江蘇省「毛主席著作印刷辦公室」一分為二，成立省出版局和文化局。文化局下設文藝科，統籌文藝宣傳、演出和編輯業務，文藝科編輯出版了一批報告文學、詩歌、革命回憶錄和長篇小說，還發現培養了一批來自基層的業餘作者，一些有過影響的作家也相繼復出，客觀上已形成一支作者隊伍，他們不斷呼籲省裏能有塊文藝園地，發表期作品，我們也數度向有關領導提出辦刊要求，因「時機不成熟」而未能如願。後來採取「以書代刊」的方式出版《鍾山叢刊》，一年出了兩期，不定期，先後借用了陳詠華、陳鴻祥協助編輯。叢刊的出版受到了不同層面讀者的熱烈歡迎。各地辦起刊物後，江蘇省文藝科向文化局提出辦刊要求。指定龐瑞垠負責籌備。省委辦公會議討論批准，同意創辦《江蘇文藝》刊物，編輯部配 15 人，屬事業編制，歸省文化局領導。〔註68〕

〔註67〕施燕平：《塵封歲月》，華東師範大學出版社 2014 年版，第 262 頁。
〔註68〕龐瑞垠：《秦淮夢憶》，現代出版社 2015 年版，第 210 頁。

　　通過上述的描述我們可以看到地方文藝刊物在文革時期籌備的基本程序。由具體籌辦組織提出辦刊申請，省文化局同意，報省委宣傳部報批，然後向國務院文化組上報，申報刊號。刊物方針、內容、發行範圍，請省委審定，出版刊物的紙張問題，由地方與國家出版事業管理局聯繫。〔註69〕

　　《江蘇文藝》的編輯班底是十分完備的。設主編與副主編。分小說組、詩歌組、評論組、編務組，每組都有組長，也有美術編輯與曲藝編輯。編委中具體分工是，主編負責政治思想工作，副主編終審、簽發稿件。編輯部人員基本上是穩定的，少數後來因各種情況有所變動，……這個班子，一直維持到 1979 年底。〔註70〕編委中同樣由十七年時期成名的評論家與詩人。同是地方刊物的《陝西文藝》編輯部人員大多數也是十七年時期《延河》班底：主編王丕祥，副主編賀鴻鈞、王繩武，編輯部主任董得理，副主任楊韋昕，小說散文組組長路萌，副組長高彬，詩歌組組長楊進寶，評論組組長陳賢仲。〔註71〕

　　《江蘇文藝》與《朝霞》、《人民文學》一樣，舉辦了各類文學創作學習班。圍繞小說、詩歌、評論、編輯部先後於無錫、宜興、句容、六合、鹽城、揚州、徐州、鎮江等地舉辦過學習班和座談會，通過學習、座談，讓業餘作者瞭解政治形勢和文壇現狀，「會診」、修改作品。每年總要舉辦兩至三期，每期時間一週左右，參加人數，少則十餘人，多則二三十人。

　　舉辦學習班是文革後期文學刊物發現、培養作者的重要方式，是刊物獲得稿件的重要渠道。學習班這樣的集中學習方式，既能保證思想政治口徑的統一與安全，又能集中提高寫作者的寫作水平。文革文學刊物普遍舉行創作學習班，與文革文學寫作主體由工農兵業餘作者構成也有重要關係。當代文學對於專業作家的警惕隨著時代的激進日益突出，文革爆發以後，全國專業作家基本全部失去了創作的可能，陷入現實與精神的雙重困境。對工農兵業餘作者寫作的推崇在文革中達到當代以來的歷史峰值，作為工人、農民的業餘作者無法保證創作時間，舉辦學習班，通過文學刊物向作者原單位借調的方式進行集中寫作，這也是在政治形勢要求下刊物能夠想到的具有可行性的辦法。

〔註69〕龐瑞垠：《秦淮夢憶》，現代出版社 2015 年版，第 210 頁。
〔註70〕龐瑞垠：《秦淮夢憶》，現代出版社 2015 年版，第 211 頁。
〔註71〕邢小利：《陳忠實傳》，陝西人民出版社 2015 年版，第 59 頁。

　　《朝霞》《人民文學》《江蘇文藝》都實行了借調制度。借調具有文學創作才華的知識青年、工農兵業餘作者到刊物編輯部做實習編輯，協助編輯看稿，同時也可以進行文學創作。對於借調的編輯，有的刊物會支付工資，有的則沒有實質性的待遇。即使如此，在普通人無法看到社會發生轉變、具有文學創作才華的青年進入作協體制的可能完全喪失的情況下，文學青年對於借調是十分珍惜與嚮往的。

　　《朝霞》編輯部先後借調來空軍部隊作者林正義、姚克明、無線電十八廠的技工段瑞夏，牛奶公司十二牧場的劉徵泰、胸科醫院的史漢富、嚴橋公社的衛國珍，以及姚眞、朱金晨與朱敏愼。《人民文學》先後借調陸星兒、張鎭波、浙江知青馮關林、哈爾濱知青周煥龍、部隊青年張俊南、東北地區的王君亞以及在文化部的孫桂芬。借調時間短則半年，長則八、九個月。除趙踐外，其他借調的人都是在編輯部打地鋪，週末飲食自己解決。〔註 72〕《江蘇文藝》先後借調黃蓓佳、張宇清、成正和、龔慧瑛、徐朝夫、許永等，時間一般爲半年，也有長達八個月的。〔註 73〕《江蘇文藝》把借調作者培養爲作家的目的性較強。「我們還實行了駐刊培養、提高業餘作者的做法，就是物色一些有才能有潛力的業餘作者，尤其是插隊在農村的青年作者，將他們借調到編輯部來，一邊參與編輯工作（主要是看稿選稿），一邊自己寫東西。我們從編輯經費中專門劃出一筆錢，按月給他們發雙份工資，一份交所屬農場或生產隊，一份留作自己開銷，每份 23 元，」〔註 74〕借調的很多編輯成爲新時期文學中的重要作家，比如陸星兒、黃蓓佳。這些借調作者在文革後期開始寫作，在新時期獲得文名，這種寫作的貫穿性再次說明了文學制度的延續性。他們在文革時期進入文壇，爲隨後進入新時期文學做了文學訓練與寫作的準備。

　　對於參與其事並且作爲刊物主要負責人的編輯，我們不必懷有過多理想化的期待。他們是典型的文革主流文學的生產者，也正因爲這一點，他們的思想態度才具有廣泛的代表性。也才可以看到文革主流文學生產的普遍形態。施燕平回憶，「編刊物，在「文革」前和「文革」初期，我是吃盡了苦頭。一忽兒檢查「左」的毛病，一忽兒又犯右的錯誤，以後又作爲文藝黑線的干

〔註 72〕施燕平：《塵封歲月》，華東師範大學出版社 2014 年版，第 263 頁。
〔註 73〕龐瑞垠：《秦淮夢憶》，現代出版社 2015 年版，第 223 頁。
〔註 74〕龐瑞垠：《秦淮夢憶》，現代出版社 2015 年版，第 223 頁。

將受到批判，爲此作過多少交代和檢討。如今再次重操舊業，就要接受深刻的教訓，堅決遵照毛主席的教導，執行毛主席的革命路線，爲無產階級政治服務。我就是抱定這個宗旨踏上了新的工作崗位。」〔註75〕《江蘇文藝》副主編龐瑞垠日後回顧：長期起來，列寧關於「文學應當成爲黨的文學」「文學事業應當成爲無產階級事業的一部分，是齒輪和螺絲釘」的論述，和毛澤東關於「文藝是教育人民，鼓舞人民的有力工具，打擊敵人，消滅敵人的有力武器」的指示，牢固地佔據著我的頭腦，事實上「在其位，謀其政」，也不容懷疑和動搖，從這層意義上來理解，錯誤是難免的，自覺或不自覺地犯了，甚至可以說自覺的成分居多。這一階段（1975.1～1978.12）我全面負責刊物編輯業務，其間所有的錯誤，責任在我，與作者、編輯無關。〔註76〕

　　1976 年「四人幫」被抓之後，中國的社會走向與政治局勢瞬息萬變。在文革時期主持與參與文學期刊的人員在文革結束後遭遇了政治審查。文革結束以後，參與《朝霞》編務的人有兩種不同的命運。一類是屬於不存在什麼牽連，容易說清楚問題，提高了認識，很快又重新投入工作。〔註77〕這一類編務人員在後來依然從事文學創作與文化工作。除任大霖、工人作家毛炳甫、評論工作者王一綱去世之外，另有肖關鴻擔任文匯出版社社長兼總編輯、姚克明擔任《上海作家》主編。劉觀德、錢剛、劉緒源、陳先法、邢慶祥、朱金晨和畫家戴敦邦都繼續創作。另外一類與之不同，《朝霞》編委經歷成爲他們身上的政治污點，影響到他們的後半生。林正義因擔任過編委，又一度被國家出版局看中欲調去《詩刊》工作，還因《閃光的軍號》被清查者認爲是毒草，先後被開除黨籍、軍籍，遣送回鄉。1982 年改正。恢復黨籍。段瑞夏赴美、劉徽泰先後移民海外。衛國珍在「四人幫」垮臺前離開《朝霞》，但因在《朝霞》工作並發表過作品，受到歧視後經商。姚真受到處分，後經商。歐陽文彬堅持筆耕。朱敏慎擔任《上海商報》總編。李良傑擱筆，史漢富仍有新作問世。〔註78〕後一類人員的命運與原單位、出生地及原工作單位在文革結束後揭批查運動的嚴酷程度有關。通過這些人的命運，我們可以看到，當一種時代思維被另一種時代思維取代的時候，總需要一些人付出代價。我們不應該說他們是文革時代的犧牲品，更準確一點說他們是當代中國文學與

〔註75〕施燕平：《塵封歲月》，華東師範大學出版社 2014 年版，第 196 頁。
〔註76〕龐瑞垠：《秦淮夢憶》，現代出版社 2015 年版，第 213 頁。
〔註77〕施燕平：《塵封歲月》，華東師範大學出版社 2014 年版，第 223 頁。
〔註78〕施燕平：《塵封歲月》，華東師範大學出版社 2014 年版，第 225 頁。

政治合一的犧牲品。

1977 年 8 月召開了第十一次全國代表大會，華國鋒在政治報告中宣佈，以粉碎「四人幫」爲標誌，「文化大革命」宣告結束。作爲《人民文學》的副主編及《朝霞》編委，施燕平顯然是眾矢之的。1977 年，施燕平在檢查中度過。1978 年 3 月開始，清查工作的重點到了作品組的正副組長許以和涂光群身上。許以是《人民文學》老編輯，文革時，借調到文化部工作，先由人民文學黨支部清查，後由文化部清查，施燕平回憶說儘管她做了深刻的檢查，獲得了大家諒解。但在精神上留下的創傷是永難消除的。〔註 79〕涂光群的問題在總的寬鬆形勢下不了了之。〔註 80〕1978 年 9 月 6 日宣佈了《人民文學》新的編委領導，李季擔任主編。1979 年 4 月 26 日，施燕平結論下發。他回到上海，進入高校工作。正如我們在上文提到的一樣，文革時期的文學刊物不可能做到完全剔除十七年時期的文學編輯，文革結束之後的新時期文學同樣如此，曾經作爲文革時期《人民文學》編輯的李季成爲《人民文學》的主編。幾乎所有人都成爲歷史的參與者與推動者，也需要有人爲歷史的錯誤做出承擔，人在歷史與政治面前的無足輕重的邏輯並沒有發生改變。

《江蘇文藝》副主編在文革結束之後主動檢討。龐瑞垠這樣回憶：應該說明的是，沒有任何人要我們檢討，也沒有人指示我們組織文章批判《我們這一代》，這是編輯部自己的行爲，而「編者按」，也可以說是我本人對「四人幫」猖獗時期刊物失誤和錯誤的初步認識，並承擔責任。歷經政治運動的中國當代作家與編輯，已經形成了錯誤自我指認與檢討心理，在不同政治觀念與主張更換之際，緊跟最新的政治精神是進入文學重組可能的首要選擇。

　　老實說，西花園座談會對我既有鼓舞也有壓力，思想負擔是重的，我是刊物的實際負責人，刊物的失誤和錯誤，我認了。然而，如何繼續在揭批「四人幫」，肅清其流毒的基礎上使更名後的《雨花》有一個新面貌，受到作者、讀者歡迎，對此，我不敢打包票，只想努力去做。78 年 10 月號《雨花》正式亮相。

　　出刊不久，文聯黨組決定文聯辦公室主任費沫兼任《雨花》主編，葉至誠調來任編委，三個月後，79 年 1 月，顧而譚爲刊物主編，費沫不再兼任。

〔註 79〕施燕平：《塵封歲月》，華東師範大學出版社 2014 年版，第 347 頁。
〔註 80〕施燕平：《塵封歲月》，華東師範大學出版社 2014 年版，第 347 頁。

我一方面以刊物面貌的改觀和質量的提高表明自己「痛改前非」，一方面等待著對我的批評乃至批判。〔註81〕

龐瑞垠在文革後文聯的內鬥中離開《雨花》，後成爲報告文學作家與小說家。就龐瑞垠提到的文聯、作協系統的內鬥，熟悉中國當代文學的人不會驚訝與陌生。離開《人民文學》編輯崗位的施燕平明確表示不願意再回上海作協，也是因爲上海作協複雜的人際網絡。頻繁的政治運動造成了當代文壇內部複雜的人事糾紛，人爲製造了當代文學的諸多「宿敵」。當政治與時代本身無法被置於審判臺的時候，對不公正待遇的怨恨就會傾瀉到具體個人身上。而新時期文學是一個極具特殊性的時刻，它是一個解放的時刻，歷次政治運動造成的冤假錯案都在新時期開始後得以重新評價與改正平反，同時它又是一個再次集結的時刻，歷史的罪名也可以成爲一種進行精神集結的理由，重新集結力量並再次站隊，形成新的權威力量。新時期文學是文學資本、文化資本重新分配、獲取的時刻，因此必定不可能平均分配，因此，所有在歷次政治運動尤其是文革中受到嚴重現實與精神創傷的人，在新時期未必能夠回歸重組的文學制度核心，甚至會成爲永遠的邊緣人與被當代文學遺忘的人物。

在《朝霞》《人民文學》的作者群中間，文革前已經擁有聲名的老作家占很少的一部分。大部分是在文革後期開始寫作的青年作者，以及十七年時期開始寫作但並沒有獲得較大文名的作家。這些作家大部分都順利進入了新時期的文學秩序中。

據施燕平統計，從 1974 年 1 月至 12 月，《朝霞》月刊和叢刊上發表創作的作者，除去集體創作組和重複的作者不計在內外，有近 150 人左右，如在再加上 1975 年至 1976 年 9 月停刊止，總共約有 400 名左右。其中有相當部分是外地作者主動投來的稿件，〔註82〕

1974 年創刊起至 1976 年 9 月停刊爲止，總共兩年 9 個月 33 期刊物上發表作品的作者作了回顧，其中有少數是在「文革」前就享有盛名的學者、作家、詩人和畫家，如郭紹虞、劉大杰、林放、陳旭麓、蘆芒、菡子、黃宗英、趙自、徐開壘、陳逸飛、張樂平等，人數不多，比較多的，一是早在「文革」前就已經發表過作品，並

〔註81〕龐瑞垠：《秦淮夢憶》，現代出版社 2015 年版，第 228 頁。
〔註82〕施燕平：《塵封歲月》，華東師範大學出版社 2014 年版，第 209 頁。

具有一定影響的作者，如胡萬春、陸俊超、江曾培，沙白、寧宇、宮璽、姜金城、冰夫、仇學寶、張士敏、俞天白、於炳坤、羅達成、居有松、谷亨利、谷葦、鄭成義、劉希濤、忻才良、陳繼光、李根寶等等。這些同志都在「文革」前就已經參加了中國作家協會或上海作家協會；二是在「文革大革命」中成長起來的作者，其中相當一部分人的第一篇作品，就是在《朝霞》上發表的，是刊物稿源的主要提供者。這些作者中如今有的已成長為上海作協或報刊、出版、編輯部門的主要領導或骨幹力量，如孫顒、趙麗宏、陳思和、趙蘭英、張重光、司徒偉智、林偉平、成莫愁等，有的至今仍筆耕不輟，在文壇上不斷取得豐碩成果，如王小鷹、梅子涵、徐剛（外面一度誤傳他是《朝霞》編輯）等。〔註83〕

　　這些作者的投稿行為從另一個角度說明，對於當時普通的中國人而言，文革已經是一種社會常態，他們想在這一常態獲得寫作的可能。他們的盲目與對時代的呼應是自覺的，所以他們的寫作在文革中發生是正常的事情。但他們日後都成為新時期文學陣營中的重要人物。與其說是新時期文學為他們實現從文革文學到新時期文學提供了話語的過渡媒介，不如說他們的文學活動就是從文革文學到新時期的文學過渡本身。時代轉折與文學轉折既依靠新時期政治中告別文革走向新時期的政治話語，深入參與其間橫跨文革文學與新時期文學的作家則是這一政治話語的具體注釋。

　　文學刊物已經形成的一些辦刊方式與運行方式並沒有隨著時代的斷裂而完全斷裂，文革時期刊物的錯誤由具體人員分擔後，原有的文學刊物運行制度在制度慣性繼續滑行。比如《江蘇文藝》舉辦的學習班從1975年秋開始一直延續到1978年。1975年的「普及大寨縣」小說學習班，1977年的「小說評論座談會」，1978年的「短篇小說座談會」，〔註84〕同年，編輯部在徐州舉辦了詩歌座談會，這個會幾乎囊括了全省具有影響的詩人，1978年底，編輯部又在南京舉辦了「小說創作座談會」。〔註85〕討論的主題會與時俱進，但學習班、討論會的形式是一以貫之的。

〔註83〕施燕平：《塵封歲月》，華東師範大學出版社2014年版，第201頁。
〔註84〕龐瑞垠：《秦淮夢憶》，現代出版社2015年版，第218頁。
〔註85〕龐瑞垠：《秦淮夢憶》，現代出版社2015年版，第221頁。

第三章 無產階級文藝創作主體
——工農兵業餘作者譜系

　　工農兵業餘作者寫作在一九四九年後蔚爲大觀，他們的寫作貫穿了「十七年」和「文革」時期，在「文革」時期達到巔峰。這不是說工農兵業餘作者取得了巨大的文學成就，而是他們被政治推到了文藝創作的前臺。文化大革命以推翻十七年文學和三十年代文藝爲宗旨，號稱要創造史無前例的無產階級文藝。其實，文化大革命時期不論文藝形式還是敘述主題都與十七年文學有著千絲萬縷的聯繫。就工農兵業餘作者及其創作實踐來說，它不是文化大革命中凌空虛蹈出現的創作現象。1950 年代初，關於工農兵業餘作者的倡導不絕於耳，更有前仆後繼的實踐者進行實踐操作，且被推舉爲標杆與榜樣。1958 年，國家對工農兵業餘作者的宣傳達到 1949 年後的首次高峰。此後，工農兵業餘作者的宣傳聲勢日益膨脹，1960 年代中期，再次近於沸點狀態。文革時期工農兵業餘作者寫作實踐完全是沿著 1958、1965、1966 年的慣性而來。此外，1949 年後文壇對工農兵業餘作者的獨寵，也是 1949 年前左翼文學對工農大眾的階級信任的延續。

第一節　1949 年之前關於工農作者的討論與實踐

　　工農兵業餘作者寫作與出現於 1949 年之前的文學大眾化討論，工農通訊員倡導與實踐和蘇聯的通訊員運動有或隱或顯的淵源關係。這裡先簡單解釋一下將要涉及到的兩個名詞之間的關係：大眾、工農兵。在新文學啓蒙者的眼中，大眾和民眾是指不具備現代意識的國民，範圍很廣。而工農兵，則是

建立在階級學說基礎上，以是否與無產階級革命同盟爲標準而進行的劃分。前者所指要大於後者，包括後者。二者存在的交集與背離也可說明它們分屬的五四文學傳統與延安文學傳統有所因應但終又迥然有別的關係。

一、文學大眾化與工農通訊員

1921 年，文學研究會在《文學旬刊》發起「民眾文學底討論」。文學研究會同人西諦（鄭振鐸）、俞平伯、朱自清、葉聖陶、許昂諾等人都撰文發表意見。「要想從根本上把中國改造，似乎非先把這一班讀通俗小說的人的腦筋改造過不可。」（西諦）〔註 1〕這裡的「民眾」顯然是包括通俗小說的主要讀者——城市市民，以及所有識字可以看小說的人。「我們底目的原是要引導民眾，向著新的路途，換句話說，就是要打破他們沉淪底夢。」（俞平伯）〔註 2〕之所以提出「民眾底文學」這一議題來討論，是要喚醒民眾，達到啓蒙的目的。文學研究會同人在談到自己與民眾的關係時說：「但我不信人間竟有這樣的隔膜；同是『上帝的兒子』，雖因了環境底參差，造成種種的分隔，但內心的力量又何致不相通呢！」（朱自清）〔註 3〕「『子非魚安知魚之樂！』我們與他們底中間，多少有些隔膜，這是不可免的。但我總相信以人們瞭解人們，要比莊周惠施去猜想魚樂容易得多。」（俞平伯）〔註 4〕「我們底目的是要引導民眾向著新的路途」，是引導者的昂然姿態；「同是上帝的兒子」；但又是互相友愛的；「以人們來瞭解人們」，人格是平等的。與啓蒙者「我們」的引導姿態一併彰顯的是「我們」與「他們」平等的人權思想。

1932 年，《北斗》雜誌發起「文藝大眾化」討論。這次討論的政治考慮要比文學研究會的討論濃烈得多。討論中對「工農通訊員」的倡導和後來的業餘作者培養有著耀眼的聯繫，工農不再是抽象的對象，而是和具體的政治任務發生了關係。還是「起應」時代的周揚認爲：「工農通信員的活動是和重大的政治任務想聯繫的。這些任務不一定帶著文學的性質，但普羅列塔利亞的創造力，經過工農通信這個練習時期之後，是會達到文學的領域的。這是很自然的過程，因爲政治通信可以使工人發展他的潛伏的文學才能。」〔註 5〕瞿

〔註 1〕西諦、俞平伯、朱自清：《民眾文學底討論》，《文學旬刊》1921 年第 26 期。
〔註 2〕西諦、俞平伯、朱自清：《民眾文學底討論》，《文學旬刊》1921 年第 26 期。
〔註 3〕西諦、俞平伯、朱自清：《民眾文學底討論》，《文學旬刊》1921 年第 26 期。
〔註 4〕西諦、俞平伯、朱自清：《民眾文學底討論》，《文學旬刊》1921 年第 26 期。
〔註 5〕起應：《關於文學大眾化》，見丁易編《大眾文藝論集》，北京師範大學出版社

秋白也有類似的意見：「要開始經過大眾化文藝來實行廣大的反對青天白日主義的鬥爭，就必須立刻切實的實行工農通訊運動。工農通訊員將要是一種新的群眾的文藝團體的骨幹，這可以是很多種的小團體，在這種團體裏面才能夠得到現實生活的材料，反映真正群眾的情緒，」〔註6〕這次討論的發起者陳望道說：「因為不大眾化，將永遠只能這樣把守一角，不能大得群眾，盡其組織群眾的機能。」〔註7〕1932 年也有工人通信員、工人作家的提法見諸報端。〔註8〕文學研究會同人的大眾化主張在 1934 年的大眾語討論中受到質疑，在後來者看來五四白話文是精英的白話文和大眾無關：「大眾語與『五四』時代『白話文』不同的地方，就是白話文不一定代表大眾意識的」。〔註9〕三十年代末期，有論者專門撰文號召文藝作者學習蘇聯的通訊員運動，並舉例證說，蘇聯無產階級作家同盟（納普）至 1931 年已經有一萬會員，工人作家是八千人，這「說明了工農通訊員運動，在文學發展上的巨大成就，同時也記錄出從龐大的預備軍裏選拔出來的新作家，他的數目是如何地驚人。」〔註10〕並有論者提出具體操作辦法：文藝工作者和雜誌編輯部合作，建立文藝通訊站，建立支站，舉辦寫作競賽以激勵工農進行創作。〔註11〕

二、農民文藝與工人文藝

農民文藝的倡導者普遍受到了馬克思主義學說的影響，具有階級觀念，表現出革命的志願。這在 1930 年代初已經較為常見。薄堅石認為關於農民的文藝、由農民自己創作的文藝、有地方色彩的鄉土文藝、為農民申訴或誘啓農民智識的文藝就是農民文藝。他說「由農民自己創作的文藝是極珍貴的產

　　　　1951 年版，第 210 頁。
〔註 6〕瞿秋白：《大眾文藝的現實問題》，見丁易編《大眾文藝論集》，北京師範大學出版社 1951 年版，第 96 頁，第 127 頁。
〔註 7〕陳望道：《文學大眾化問題徵文》，見丁易編《大眾文藝論集》，北京師範大學出版社 1951 年版，第 130 頁。
〔註 8〕克萊拉：《論「同路」人與工人通信員》，何丹仁譯，《文學月報》1932 年第 1卷第 5、6 期合刊。林琪：《高爾基和工人作家的談話》。《文學月報》1932 年第 1 卷第 5、6 期合刊。
〔註 9〕吳彥文：《從大眾語文學運動說到民間文藝》，《教育旬刊》1934 年第 1 卷第 5期。
〔註 10〕斐琴：《蘇聯工農通訊員的運動：文藝通訊員運動的一個參考》，《時代》（漳州）1939 年第 2 卷第 3 期。
〔註 11〕陳青園：《一時想到的意見》，《時代》（漳州）1939 年第 2 卷第 3 期。

品，因為他們是在田地裏勞作的大眾，一切險阻艱難的滋味，都是親身嘗試過的滋味，由他們表現出來的東西，當然是自己的聲自己的話，要格外的尖銳動人。」〔註 12〕這位作者認定農民文藝與無產階級文藝不同，區分標準是二者對革命態度的差異。如當革命來臨時站在地主一邊的托爾斯泰的作品是農民文藝，不是無產階級文藝。〔註 13〕顯然，無產階級與革命已經成為論述農民文藝的關鍵詞。江詠南已經表現出掃蕩農民文藝以外一切文藝形式的語言暴力和政治暴力：「過去一切玄妙莫測的不切實際的虛偽文學，以及幻想依賴歐化的自由主義文藝，都是這時代當中文藝改革的勁敵，所以農民文藝發展的前途，就在衝破這反時代的非革命的文藝戰線，⋯⋯特教訓我們應當和極廣泛的勞動民眾聯繫著，應當造成勞動者的文藝運動和聯合幹部」〔註 14〕

在土地改革運功中，農村通訊員發揮了很大的作用。在培養通訊員的運動中，首先明確打消農民害怕知識的思想包袱，教師對存在思想顧慮的農民進行說服教育，鼓勵他們寫稿。「對工農的稿子，不要給他改得過多，句子能不去盡可能不去，也不要給他添得過多，因為添得過多，即使是登出去，作者看了，認為這不是他自己作的，所以只給他改改錯別字就行了。」〔註 15〕破除農民對識字者的崇拜和畏懼心理，周到細心樹立農民作者在駕馭文字方面的自豪感，這種思想教育工作在日後的工農兵業餘作者培養中會有有過之而無不及的表現。

1942 年，康生在《解放日報》發表「代社論」，提倡工人和農民寫作。他認為「工農同志的文章，可能有詞句不通和辭不達意之處，更會有很多別字錯字，但他們沒有黨八股的惡習，能夠寫出很生動、很具體的東西。」〔註 16〕還提出要「進行具體的組織工作，在各部門找出熱心寫作的工農幹部，去負責組織該部門所有的工農幹部寫文章。」〔註 17〕1940 年代後期，倡導農民文藝的論者對階級鬥爭理論的闡釋能力已經非常嫻熟，在階級學說的支配下，開始嚴格審視甚至批判「五四」。「像五四那樣打破傳統的運動，卻被人做為

〔註 12〕 薄堅石：《從農村破產聲浪裏談談農民文藝問題》，《新農村》1934 年第 9 期。
〔註 13〕 薄堅石：《從農村破產聲浪裏談談農民文藝問題》，《新農村》1934 年第 9 期。
〔註 14〕 江詠南：《關於農民文藝答問》，《農村》1933 年第 1 卷第 1 期。
〔註 15〕 衛荊華：《工作經驗介紹：培養村報通訊員的實驗》，《膠東大眾》1946 年第 45 期。
〔註 16〕 康生：《提倡工農同志寫文章》，《解放日報》1942 年 10 月 4 日第 1 版。
〔註 17〕 康生：《提倡工農同志寫文章》，《解放日報》1942 年 10 月 4 日第 1 版。

傳統，用以反對文藝的發展，這實在是一種矛盾。……在現階段既然表現而為土地革命的農民運動，正如由「五四」到「北伐」以後的發展一樣，我們的文藝運動，當然不應該，事實也不允許，再停留在大眾文學的那個階段。這些年的農民運動，我們的農民在掙脫他們的枷鎖，爭取解放的鬥爭中，是那樣的英勇，那樣富於革命性，是一日千里地在進步著。」〔註18〕作者作了一個極為明確的對比：「在社運方面是城市與農村，在文藝方面正是五四文藝與新興的農民文藝。」〔註19〕「我們的文藝不是要服務於什麼的嗎？在現階段，我們要服務於農民運動，換句話說，我們要為了土地革命農民運動展開我們的農民文藝運動。……假使沒有這個土地革命的農民運動，當然談不到什麼農民文藝上來。……我所說的農民文藝，其實就是人民文藝，換句話說，在現階段下的人民文藝應該就是農民文藝。」〔註20〕城市與農村的對立，對應五四文藝與農民文藝的對立，而五四文藝是由知識分子發起的，所以對農民文藝的推崇必然要排斥知識分子。「因為所謂農民文藝的，不但要當真地擴大文藝範圍，而且要把文藝由知識分子的手裏轉移到農民的手裏去；不但作家的思想意識要徹底轉變，而且作家的生活態度和生活現狀都要改變，也就是說，不但階級意識要改變，而且要硬性地要站到那一邊去，要積極地參加階級的鬥爭。」〔註21〕「所謂知識分子的，他們最重要的知識應該是什麼知識呢？應該是正確的革命理論知識。」〔註22〕這是作者思想的關鍵之點，改造知識分子的思想已經表露無疑。

對工人文藝的倡導集中在東北，《文學戰線》這份雜誌於一九四八年七月在東北創刊（先在哈爾濱出版發行，後轉到瀋陽），該刊是中共進入北京前重要的文藝刊物，工人創作在《文學戰線》時期已經進入實踐階段，在「十七年」和「文革」中大行其道的「文藝小組」在這時已經出現，並且推出了「工人創作」特輯。嚴文井的文章《注意廣大工農兵群眾的文藝活動和要求》提出工農兵自身的寫作要求。〔註23〕這篇文章發表後的第二年，該刊刊登了瀋

〔註18〕楊晦：《農民文藝與五四傳統》，《讀書與出版》1948年第5期。
〔註19〕楊晦：《農民文藝與五四傳統》，《讀書與出版》1948年第5期。
〔註20〕楊晦：《農民文藝與五四傳統》，《讀書與出版》1948年第5期。
〔註21〕楊晦：《農民與知識分子改造》，《讀書與出版》1948年第6期。
〔註22〕楊晦：《農民與知識分子改造》，《讀書與出版》1948年第6期。
〔註23〕嚴文井：《注意廣大工農兵群眾的文藝活動和要求》，《文學戰線》1948年第2期。

陽第一機械廠文藝小組給編輯部的信，工人在信中說：不忍負了《文學戰線》編輯的好意，決心拿起筆桿把文藝小組「健壯起來」。〔註24〕以寫工人、工廠聞名的作家草明對工人作者發出了讚歎：

> 他們都是未來的工人文學家，他們有那麼豐富的動人的生活內
> 容，他們有生動的語言，他們有那麼高貴蓬勃的創作熱情。他們已
> 開始認識文藝活動對他們生活的重要！〔註25〕

《華北文藝》徵求工人文藝創作：「我們除登載描寫工人生活的作品外，特別徵求工人的文藝創作。歡迎各工廠的文藝小組，集體創作小組，文藝研究小組，工人通訊員，和我們經常聯繫，把各工廠的文藝活動情形告訴我們，把各工廠的文藝作品組織起來，寄給我們。」〔註26〕赫魯曉夫 1957 年 5～6 月間的講話《文學藝術要同人民生活保持密切的聯繫》，在同年 9 月被譯成中文刊登在《文藝報》上。佛克瑪認為赫魯曉夫在這篇文章提出的觀點：蘇聯發展地方文化與地方勢力以消弱反對派（有自己主張並且藝術上不拘泥於傳統現實主義的作家藝術家），在中國得到了更為廣泛更為成功的運用，具體表現是全國範圍內的下放運動和業餘文化運動。〔註27〕赫魯曉夫還提出黨性與通俗性並不衝突的觀點。〔註28〕警惕思想敏銳、形式先鋒的作家，倡導文學的通俗性，這種被當時社會主義陣營共享的文藝政策對中國「工農兵業餘作者」的興起起到了推波助瀾的作用。

第二節　1958、1966、1976：工農兵業餘作者的寫作實踐

1949 年以後，與工農兵業餘作者寫作實踐相伴隨的是對出身知識分子的專業作家的質疑與批判。對應於意識形態中社會主義與資本主義的兩極劃分，寫作也被區分為工農兵業餘作者的寫作與資產階級作家的寫作，國家主流意識形態培養、塑造工農兵業餘作者的主要工作便是讓他們建立專業作家

〔註24〕瀋陽第一機械廠文藝小組致編輯部信，《文學戰線》1949 年第 3 期。
〔註25〕草明：《一天──這兒展開了工人文藝的遠景》，《文學戰線》1949 年第 2 期。
〔註26〕《「華北文藝」徵求工人文藝創作》，《華北文藝》1949 年第 4 期。
〔註27〕〔荷〕佛克瑪：《中國文學與蘇聯影響（1956～1960）》，季進、聶友軍譯，北京大學出版社 2011 年版，第 171 頁。
〔註28〕〔蘇〕尼·赫魯曉夫：《文學藝術要同人民生活保持密切聯繫》，辛化文譯，曹葆華校。《文藝報》1957 年第 4 期。

等於資產階級作家的意識，同時給他們灌輸對資本主義的敵對、仇恨心理。

一、1958～1966：拿下「文學堡壘」與通向共產主義

　　幾乎不識字的高玉寶是 1949 年後被國家宣傳機構樹立起的第一個業餘寫作楷模。1951 年 12 月 16 日《人民日報》發表題為《英雄的文藝戰士高玉寶》的文章為其宣傳，1955 年解放軍文藝出版社出版《高玉寶》單行本。小說第九章《半夜雞叫》因長期入選小學課本而幾乎人盡皆知。工人作者胡萬春的小說《骨肉》在 1957 年世界青年聯歡節舉辦的國際文藝競賽中獲獎，被評為世界優秀短篇小說。1950 年代的刊物《工人習作》、《群眾文藝》、《文藝月報》、《萌芽》、《新港》、《人民文學》等都推出了「工人創作專輯」、「群眾文藝特輯」，與此同時 1950 年代初的報刊不斷刊登工人對專業作家的埋怨之詞。1952 年 6 月 11 日、12 日《解放日報》先後發表《一個工人對文藝工作者的意見》和《上海工人對文藝工作者要求些什麼？》，1952 年 6 月 23 日《人民日報》全文轉載並發表編者按，提請各地文藝工作者和文藝團體重視，進行思想檢查以便更好地為工農兵服務。

　　工人批評作家口是心非不熱愛勞動：「他們口頭上說是下廠學習，其實對工人和勞動並不熱愛，」〔註 29〕更對上海工人的生動事蹟視而不見：「作家下廠的很少。去年，有些作家已注意這些問題，開始深入工廠，可是，到現在仍沒有作品。」〔註 30〕即使有作品表現了工廠，塑造了工人形象，工人依然不滿意：「寫工人形象，都是工人嘴一張老大，笑起來哈哈哈。拳頭伸出來總是粗裏粗氣，思想感情也總低俗不堪。其實我們工人並不是這樣的。……工人中間能創作的也很多。因為作家思想上有問題，總把工人看為簡單的，粗俗的。他們看到工人的某些落後、粗魯的地方，就感到興趣，就以為是『典型』了，這樣那能不歪曲工人呢？」工人們對作家的意見越來越大，「唐克新懇切地說：『今後作家應該好好檢查，為什麼對那些極少的落後的東西有興趣，對工廠裏的生動事蹟、模範人物不注意，硬要叫工人出醜呢？』」〔註 31〕巧合的是，這位對專業作家一肚子意見的上海國棉六廠工人

〔註 29〕成雲雄（申新六廠工人）：《一個工人對文藝工作者的意見》，《人民日報》1952 年 6 月 23 日第 3 版。
〔註 30〕《上海工人對文藝工作者提出要求》，《人民日報》1952 年 6 月 23 日第 3 版。
〔註 31〕《上海工人對文藝工作者提出要求》，《人民日報》1952 年 6 月 23 日第 3 版。

唐克新後來成為了全國著名的工人作家。

除上海外，天津的工人業餘作者在 1949 年之後也很活躍。1956 年天津召開了全市第一次工人寫作會議，在會上提出迅速建立一支工人階級自己的文藝大軍的目標。

> 在過去幾年，天津市已出現了一批工人業餘作者。大躍進以來，職工業餘創作活動更出現了空前未有的繁榮局面。目前，全市已有一千以上工人從事寫作。僅從天津日報等五個報刊 3 月至 5 月上旬發表工人創作的統計，就有一百四十多名工人作者發表了小說、詩、散文等共二百二十八篇。許多工人都有拿下「文學堡壘」的英雄氣概。許多老工人過去不愛看文學書，不敢寫文章，現在打破了文學的神秘觀點，經常寫文章看小說了。〔註32〕

從「大躍進」開始，國家對工農兵業餘作者的推崇走向更為激越的地步。各地紛紛出現關於工農兵業餘作者的消息：

> 在我國最大的工業城市上海，一支工人文藝創作隊伍已經形成並在不斷發展壯大。全市參加文藝創作的工人數以萬計，水平較高經常在報刊上發表作品的有一千多人。全市除出版了市一級的「工人習作」和「群眾文藝」外，許多區、產業工會和工廠也出版了自己的文藝刊物。據不完全統計，上海工人在今年上半年創作的各種形式的文藝作品，已有一百萬篇以上。〔註33〕

> 浠水縣的農民詩人張慶和是一個過去只念過二年書的青年農民。幾年來，他不僅提高了文化水平，寫出了許多緊密結合生產、結合政治運動的唱詞、詩歌和劇本，在湖北農村廣泛地流傳著，而且一直沒有脫離過生產勞動，是農業社的生產積極分子。〔註34〕

> 在蓬勃的群眾創作基礎上產生的大批優秀工農作家中，有讀者熟悉的工人作家、詩人胡萬春、黃聲孝、李學鰲、萬國儒、溫承訓、費禮文、阿鳳、唐克新、福庚等，有農民作家、詩人王老九、劉勇、

〔註32〕 《工人階級拿下「文學堡壘」天津市舉行第一次工人寫作會議》，《人民日報》1956 年 8 月 30 日第 7 版。
〔註33〕 王一舉：《寫勞動、寫工人、寫先進、寫鬥爭：上海培養工人文藝創作隊伍》，《人民日報》1958 年 5 月 29 日第 7 版。
〔註34〕 《中國作家協會武漢分會最近吸收了八個工農業餘作者為會員》，《人民日報》1958 年 5 月 29 日第 7 版。

李茂榮、王安友、孟三波‧都古爾（蒙古族）等，還有戰士作家、
詩人張勤、饒吉巴桑（藏族）等等。〔註35〕

在宣傳、培養「工農兵業餘作者」典型的同時，組織者又對那些不符合、越出培養規則的思想言行進行打壓和批判。在「工農兵業餘作者」作為一項文藝政策和文藝制度逐漸固化的過程中，業與餘的緊張，公與私的鬥爭成為一場假想的資產階級文藝思想與無產階級群眾文藝觀念逐鹿爭鋒的焦點。1956年召開的第一次全國青年文學創作者會議就已經明確提出要加強「工農兵業餘作者」培養的組織性和計劃性：「在培養工人文學創作者的工作方面，還存在缺乏組織性和計劃性的混亂現象。這表現在把某些初露頭角的寫作者過早地從原有工作崗位調開，使他們脫離了哺育他們的土壤。這就使一些初學的寫作者中途夭折，結果不得不讓他們重新回到生產崗位，從頭做起。這一現象是應該糾正的。」〔註36〕

1965年11月29日在北京召開了「全國青年業餘文學創作積極分子會議」，此次會議對於1949年後的「工農兵業餘作者」寫作而言，有著歷史節點的意味。它以會議的形式為「工農兵業餘作者」進行了最終命名、定性：「跟過去歷次的文藝會議不一樣，參加這個會議的人，是我們文藝戰線上的一支新軍。你們是從工農兵群眾中來的。你們又會勞動又會創作，拿起槍來是戰士，拿起筆來也是戰士。你們既是生產的隊伍、打仗的隊伍，又是創作的隊伍。」〔註37〕

周揚在這次會議上提出並闡述了「三結合」的寫作手法，這是「工農兵業餘作者」寫作走向極端的變體，「為了迅速而又健康地發展社會主義的文藝創作，我們需要採取領導、作者、群眾三結合的方法。領導要向創作者指明方向，提出任務、在寫作過程中給以幫助和指點。許多青年業餘作者從自己的親身經歷中感到，如果沒有領導的指點和啟發，沒有群眾的幫助，作品就寫不好。你們說，要請教領導，請教群眾，這是對的。這樣，政治統帥文藝，個人智慧和集體智慧結合起來。創作就不再是單純的個人事業，而真正成為

〔註35〕　《工農作家隊伍日益成長壯大》，《人民日報》1960年7月22日第3版。
〔註36〕　張修竹：《工會和工人業餘活動》，見《全國青年文學創作者會議報告、發言集》，中國青年出版社1956年版，第242頁。
〔註37〕　周揚：《高舉毛澤東偉大紅旗做又會勞動又會創作的文藝戰士——一九六五年十一月二十九日召開的全國 青年業餘文學創作積極分子大會上的講話》，人民文學出版社1966年版，第31頁。

黨的事業的一部分，人民群眾的革命事業的一部分了。」〔註38〕公而忘私的革命性，共產主義事業的崇高性，周揚的講話提出了無產階級文藝隊伍的創作綱領，這一綱領讓寫作完全喪失了個人性和獨創性。周揚雖在「文革」中被打倒，但這種指導思想在文革中一以貫之地執行。

工農兵業餘作者的業餘性造就了其寫作不可代替的專門性，這是這一無產階級文藝模型最耐人尋味的弔詭之處。周揚在業餘作者積極分子大會上說：「我們的業餘的文藝創作者，千萬不要想著專業化。我們文藝隊伍，包括專業和業餘兩部分。業餘是大量的，專業只能是少量的。」〔註39〕到會的積極分子也紛紛表態要杜絕資產階級寫作的名利思想，永遠不脫離生產，堅決作毛澤東思想的紅色宣傳員。是否有名利思想是培養工農兵業餘作者時最為關注的問題，因為名利思想和個人的一己之私有關，這對於一個強調集體公有的國家而言有著天然的危險性。「為了進一步抓好這一工作，我們首先要明確培養什麼樣的人，用什麼樣的方法培養。在這個問題上，存在著階級鬥爭，存在著無產階級和資產階級爭奪下一代的鬥爭。資產階級和修正主義者總是要按照他們的面貌來改造青年一代，千方百計地要把青年拉到脫離革命鬥爭，脫離革命群眾的道路，使他們變成為少數剝削階級和寄生蟲服務的『精神貴族』，而我們要把青年作者培養成無產階級文藝的接班人。」〔註40〕

1965 年，《萌芽》編輯部因培養工農兵業餘作者成績突出受到表揚。《萌芽》編輯部的培養體會是「有培養無產階級接班人的責任。除了親切，有一種政治責任感。」〔註41〕《人民日報》文章認為「加強培養工農業餘作者的工作，是目前報刊雜誌和有關文化部門正在加強的中心工作，」〔註42〕該作

〔註38〕 周揚：《高舉毛澤東偉大紅旗做又會勞動又會創作的文藝戰士——一九六五年十一月二十九日召開的全國青年業餘文學創作積極分子大會上的講話》，人民文學出版社 1966 年版，第 32 頁。

〔註39〕 周揚：《高舉毛澤東偉大紅旗做又會勞動又會創作的文藝戰士——一九六五年十一月二十九日召開的全國青年業餘文學創作積極分子大會上的講話》，人民文學出版社 1966 年版，第 38 頁。

〔註40〕 劉光進（山東省青島紡織機械廠工人）：《為革命生產，為革命寫作》，見《全國青年業餘文學創作積極分子大會發言選》，中國青年出版社 1966 年版，第 24～25 頁。

〔註41〕 《〈萌芽〉編輯部怎樣幫助業餘作者》，《文藝報》1965 年第 5 期。

〔註42〕 沈鴻鑫：《熱情培養工農兵業餘作者》，《人民日報》1965 年 8 月 21 日第 6 版。

者說，工農兵業餘作者可以促進文學藝術內容的革命，有助於文藝隊伍的改造。可以培養出一大批又能勞動、又能寫作的新型的文藝作者。同時，它促進了體力勞動與腦力勞動差別的消滅，爲共產主義文藝的發展展示了方向。〔註43〕1966 年《文學評論》發表《向工農兵業餘作者學習》，表現了專業作家在業餘作者面前的扭曲心理，一方面對工農兵業餘作者進行輔導、幫助，一方面則是對工農兵業餘作者絕對臣服、敬畏。專業作家已經淪爲工農兵業餘作者的工具和奴隸。「所以在輔導業餘作者時，是站在什麼立場上？將他們帶向何處？是培養還是腐蝕？這是值得我們認具思考和嚴肅對待的問題。」〔註44〕即使以常識來看，讓目不識丁或粗通文墨的人寫小說、散文、詩歌、劇本已經勉爲其難，更不要說超過專業作家。在「工農兵業餘作者」寫作背後存在的大量專業輔導者是必不可少的，但他們不僅以無名的形式存在，還不斷以自帶思想意識形態病毒的懺悔心理進行自我譴責自我質疑。隨著輔導工農兵業餘作者的專業作家和編輯的主體性的日漸喪失，工農兵業餘作者在當代中國獲得了無可替代的政治正確性。

> （工農兵青年業餘作者所走的道路）這條道路和老一輩作家所
> 走的道路是不完全相同、甚至是根本不同的。這是歷史上從未有過
> 的全新的路。過去也有業餘的文學創作者，但主要是從事其他腦力
> 勞動的知識分子。而毛澤東時代的業餘作者大多數是體力勞動者，
> 是先作爲一個勞動者，然後才走上創作道路的。他們是又會勞動、
> 又會創作的新型的業餘作者。這是業餘作者的最大的優點。這是一
> 條眞正的革命化、勞動化的道路，一條逐步減小體力勞動和腦力勞
> 動差別的道路，一條通向共產主義的道路。〔註45〕

工農兵業餘作者寫作被看作是抹除腦力勞動與體力勞動差別的革命化道路，並且是通向共產主義的捷徑，至此，工農兵業餘作者寫作已經和文學作品無關，僅僅指向務農做工的人群拿起筆桿這件事本身，只具有社會主義對資本主義的戰勝這一政治象徵意義。

〔註43〕沈鴻鑫：《熱情培養工農兵業餘作者》，《人民日報》1965 年 8 月 21 日第 6 版。
〔註44〕隋洛園：《向工農兵業餘作者學習》，《文學評論》1966 年第 1 期。
〔註45〕隋洛園：《向工農兵業餘作者學習》，《文學評論》1966 年第 1 期。

二、1966～1976：無法完成的文化大革命與永遠長不大的工農兵業餘作者

文革時期，工農兵業餘作者作爲社會主義新生事物在全國推廣。其實，這一時期對工農兵業餘作者的闡釋和文革前特別是 1965 前後的闡釋幾乎沒有差別，只不過是在繼續推行這種激進的業餘寫作實踐的同時把劉少奇和周揚妖魔化，指認劉、周是走資本主義道路的當權派。林彪事件後，再把林彪也置於詛咒的中心，認爲他散佈了「靈感論」和「天才論」。文革時期幾乎所有的主流意識興論都具有自打耳光的特點，對工農兵業餘作者的論述也是如此。一面在工農兵業餘作者培養方式方面繼續推行「三結合」，一面把周揚置於萬劫不復的話語深淵；一面依然把《紀要》奉爲無產階級文學聖經，一面無所不用其極批判林彪修正主義道路。

> 在解放初期和一九五八年的革命群眾運動中，都湧現了一批工農兵業餘作者。但是資產階級和一切剝削階級頑固地繼續盤踞著意識形態領域的陣地，劉少奇、周揚一夥黨內走資本主義道路的當權派把持著文藝大權，他們千方百計地妄圖壓制、扼殺這無產階級的文藝新芽。〔註46〕

> 要使創作人員眞正樹立起爲革命而創作的思想，就必須狠批劉少奇、林彪一類騙子鼓吹的「靈感論」、「天才論」。我們及時組織創作人員反覆學習毛主席《在延安文藝座談會上的講話》，狠批劉少奇、林彪一類騙子在文藝創作方面散佈的唯心論的先驗論。同志們深刻地指出，劉少奇、林彪一夥鼓吹「靈感論」、「天才論」，故意把文藝創作說得神秘莫測，高不可攀。其目的就是反對我們工農兵搞文藝創作，不許我們工農兵佔領思想文化陣地，進行上層建築領域的革命，讓地主資產階級代表人物把持文權，爲他們復辟資本主義製造反革命興論。〔註47〕

業餘的神聖性被反覆倡導。「業餘作者同人民群眾、人民生活保持著天然的血肉聯繫，這是最可寶貴的條件，很好地利用這個條件，堅持不脫離生產

〔註46〕上海工農兵業餘作者集體討論，段瑞夏、林正義執筆：《陽光和土壤》，《學習與批判》1973 年第 3 期。

〔註47〕中共西安儀表廠委員會：《加強黨的領導，搞好工廠群眾文藝創作》，《陝西文藝》1974 年第 2 期。

勞動，不脫離戰鬥崗位，這些作者的創作就能開出更多的香花來。」〔註48〕
「業餘之貴，貴在不脫離勞動，業餘作者，貴在不脫離工農兵群眾。業餘之
貴，貴在這是縮小三大差別，限制資產階級法權，反修防修的一項革命措施。」
〔註49〕「當然，我們強調『業』，並不是說適當地為『餘』創造一些條件：
擴大作者的生活面，集中安排一點創作時間等事就不需要了。更不是說這個
『餘』不重要了。我們倒認為從黨的事業的全域來看，這『餘』也是我們的
『業』。」〔註50〕既要犁地、做工、站崗、放哨，也要創作小說、詩歌、散
文。文革中的工農兵業餘作者抽離了基本的生活要求，被放置在共產主義的
精神真空中：「我們廠就有兩個同志，完全利用業餘時間寫出了幾十萬字的
初稿和二稿。由此可見，關鍵並不在於有沒有時間，而在於為什麼創作。樹
立了為革命而創作的思想，沒有時間也能擠出時間。」〔註51〕工農兵業餘作
者在創作方面的追求其實和專業作家並無兩樣，從這位業餘作者對字數的追
求中即可看到。此外，工農兵業餘作者表現出對寫作大作品的渴望：「廣大
工農兵業餘作者不僅可以創作短篇小說、小戲、曲藝這樣一些短小精悍的作
品，而且可以創作電影、大型話劇這樣一些所謂『大作品』。在毛主席革命
路線的指引下，工農兵完全能夠駕馭從『小』到『大』多種多樣的文藝樣式，
反映自己的火熱的鬥爭生活，為鞏固無產階級專政服務。」〔註52〕其實，工
農兵業餘作者的寫作實踐不僅沒有真正創作出開天闢地的文學形式，反而不
斷降低文學創作准入門檻，如創作故事情節簡單，操作相對容易的小歌劇和
獨幕劇，把在民間口頭流傳沒有付諸文字形式必要的不完善的藝術形式抬高
到無產階級文藝的高度，比如表演唱等等。

　　工農兵業餘作者的名利問題一直也沒有得到解決，從十七年到文革，這
個問題依然需要時時刻刻強調。「作品沒有上書的同志，能謙虛謹慎，把成績
歸功於黨的培養和創造英雄業績的廣大人民群眾。作品沒有上書的同志，也
為這本書的出版而感到高興，並把這作為對自己的鼓舞和鞭策，與此同時，

〔註48〕林誌浩：《生活土壤的芬芳——評四篇業餘作者的小說》，《北京新文藝》1972
　　　　年試刊第5期。
〔註49〕王德林、毛節成：《業餘作者貴在業餘》，《杭州文藝》1975年第9期。
〔註50〕上海工農兵業餘作者集體討論，段瑞夏、林正義執筆：《陽光和土壤》，《學習
　　　　與批判》1973年第3期。
〔註51〕大寨業餘創作組：《堅持業餘創作，當消滅三大差別的促進派》，《山西群眾文
　　　　藝》1975年第9期。
〔註52〕戚文德：《提倡業餘電影、戲劇創作》，《學習與批判》1974年第1期。

我們也發現個別同志身上出現了一種『看自己一朵花，看別人豆腐渣』的不好苗頭。」〔註 53〕「工農兵業餘創作是文化大革命湧現出的新事物，是鞏固無產階級專政，消滅腦力勞動和體力勞動差別的重要措施。警惕資產階級的腐蝕和影響，做限制資產階級的模範，搞創作不能有『高人一等』的思想，更不能把作品當成商品。」〔註 54〕

因爲對毛澤東式的「源於生活高於生活」現實主義的迷信，所以工農兵業餘作者也對脫離生活充滿恐懼。蔣子龍是文革期間知名的工人業餘作者，他現身說法，說明現實生活對寫作的重要性。

> 我有一個體會，如果因別的工作調我離開小組幾個月，我就「見傻」，腦子裏也空了，肚子裏也沒詞兒了，乾著急寫不出東西來，如魚離水。一回到小組，干上幾個月，和夥伴們滾上一陣子，腦子裏的生活倉庫就充實了，豐富了，創作熱情也有了。〔註 55〕

而農民作者汪靜楚則強調馬列和毛澤東思想的重要性：

> 而我，只憑著樸素的階級感情，認爲自己出身貧下中農，長在紅旗下，不學習問題不大。這樣，平時放鬆了學習，不注意世界觀改造，慢慢滋長資產階級名利思想，有時關起門來搞創作。結果呢？雖然身在農村，卻不能發現農村三大革命運動中光閃閃的東西，寫出的作品沒有泥土味，也塑造不出貧下中農高大的形象。因此，我感到關鍵不是料兒不料兒的問題，關鍵是要加強學習馬列和學習社會，提高認識生活能力的問題。〔註 56〕

蔣子龍的重視生活，汪靜楚的重視馬列和毛澤東思想，道出了文革時期工農兵業餘作者的生活源頭和思想來源。文藝創作被完全量化，具有很強的可操作性。這位農民作者也提到上級領導給他提供機會參加縣、市文藝創作學習班，貧下中農給他提供材料提修改意見對他寫作的幫助。離開有組織的培訓和政府的財政投入，工農兵業餘作者寫作實踐根本無法存在幾十年之久。「通過集中培訓，個別輔導的方法，提高他們的創作水平。定期布置創

〔註 53〕 中共西安儀表廠委員會：《加強黨的領導，搞好工廠群眾文藝創作》，《陝西文藝》1974 年第 2 期。

〔註 54〕 大寨業餘創作組：《堅持業餘創作，當消滅三大差別的促進派》，《山西群眾文藝》1975 年第 9 期。

〔註 55〕 蔣子龍：《要下笨工夫》，《天津文藝》1973 年第 3 期。

〔註 56〕 汪靜楚（蕭山縣逕遊公社汪家大隊）：《稿退勁不退》，《杭州文藝》1975 年第 8 期。

作任務，在群眾中聽取意見進行修改。通過文化館推廣到全縣。六年來培養了亦農亦文業餘創作骨幹八十餘名，寫出了各種體裁文藝作品 620 件。……發動群眾組織對業餘作者的作品進行評論。方式主要有兩種，一是把作品拿到群眾中進行評論，二是把業餘作者集中起來選擇有代表性的作品進行評論。」〔註57〕工農兵業餘作者的寫作實踐是以創作作品為方式的政治實踐。在冷戰的現實語境中，工農兵業餘作者寫作作為無產階級文藝對資產階級文藝的勝利的表現，論證了無產階級對資產階級的勝利。

其實，在這些冠冕堂皇的言辭背後，工農兵業餘作者寫作遇到很多實際問題，只不過這些實際問題當時被懸置不提。

1972 年《出版口領導小組關於業餘作者寫書補貼問題的情況反映》中羅列了很多工農兵業餘作者寫作面臨的實際問題：

> 上海人民出版社在農村、工廠、部隊先後組織了上百個編創組，作者大都是農村知識青年、工人、解放軍戰士。過去組織農村業餘作者脫產寫書，按當地幹部開會補貼標準，每日按六角補貼，而上海附近郊區的勞動日分值一般都高於六角。龍華大隊幹部說：「寫書是好事體，六角補貼勿合理。」有的生產隊會計對作者說：「六角補貼你自己處理，我也不給你記工分。」〔註58〕

> 據上海川沙縣農業局政宣組同志反映，該縣非生產勞動開支（即寫作、上記者、演出小分隊、赤腳醫生、開會的補貼），每個勞動力要攤到七、八元，多的十多元。群眾有意見。川沙顧路公社的同志說，他們那裡抽出兩個人來寫「赤腳醫生」小說，搞了八個月，集體就賠了二百多元。有的幹部反映，這是「一平二調」。《文匯報》組織川沙縣寫一個「牛橋下伸店」的故事，要公社書記點頭，書記說：「我點頭，貧下中農吃苦頭，這是違反政策的。」〔註59〕

> 據上海人民出版社同志談，組織農村業餘作者寫書，多是集中

〔註57〕《發展社會主義業餘文藝創作》，《山西群眾文藝》1973 年 1、2 期合刊。

〔註58〕《出版口領導小組關於業餘作者寫書補貼問題的情況反映》（1972 年 4 月 27 日），中華人民共和國出版史料（第 14 輯），中國書籍出版社 2013 年版，第 92 頁。

〔註59〕《出版口領導小組關於業餘作者寫書補貼問題的情況反映》（1972 年 4 月 27 日），中華人民共和國出版史料（第 14 輯），中國書籍出版社 2013 年版，第 93 頁。

在公社或縣裏，少數是到出版社來寫的。作者抽調上來，帶來了一系列實際困難。如有的荒了自留地，有的誤了養豬，有的女社員還要託人照顧孩子；而個人生活開支也顯著增多。業餘作者鄔成林、康錚才反映，他們來上海，每天開支要多花二、三角至七、八角。出版社對在縣以下脫產寫書的作者每人每天補助二角，在出版社的補助三角，解放軍戰士每天補助一角五分。《虹南作戰史》作者王俞芹調到出版社寫書，除去伙食補助外，每月自己還多花五元錢。有的甚至把一個月的津貼全部貼進去還不夠。

對作者個人生活補助問題，基層幹部認為，除政治上要加以愛護外，生活上也不要增加他們負擔；但補貼也不要過高，過高了容易滋長「三脫離」。〔註60〕

有些省、市要求制定統一的低稿酬辦法和工農兵作者生活補貼辦法。〔註61〕

工農兵業餘作者寫作是一項具有政治意義的集體工作，所以雜誌和出版社不付給寫作報酬，寫作者又不允許脫離原單位，原單位還有責任與義務為寫作者進行補貼。這讓原單位背負沉重的經濟壓力，因此怨聲載道。在現實問題面前，空想的政治激情不堪一擊。1975 年鄧小平的整頓為文藝創作帶來了些許鬆動的空氣，但不久「反擊右傾翻案風」開始，主流意識形態對無產階級文藝、工農兵業餘作者創作的呼籲又達到了一個高潮：「現在，文藝出版戰線已初步建立了一支有廣大工農兵作者參加的創作隊伍，開始改變了過去只依靠少數人寫書的狀況。就以一九七二年以來人民文學出版社已經出版的二十六部中長篇（不包括再版書）和五部長詩來看，大都出自在文化大革命中鍛鍊成長起來的工農兵業餘作者之手。至於中央和地方各出版社近幾年出版的詩歌、散文、革命故事等大量作品，絕大部分也是廣大工農兵業餘作者創作的。」〔註62〕這些言論顯然是在表明工農兵業餘作者寫作已經取得了突破性的勝利。「三結合」創作是工農兵業餘作者寫作中被大力倡導、推行的集

〔註60〕 《出版口領導小組關於業餘作者寫書補貼問題的情況反映》（1972 年 4 月 27 日），中華人民共和國出版史料（第 14 輯），中國書籍出版社 2013 年版，第 93 頁。

〔註61〕 《國家出版局關於部分省市出版座談會的若干情況》（1975 年 11 月 19 日），中華人民共和國出版史料（第 14 輯），中國書籍出版社 2013 年版，第 297 頁。

〔註62〕 文理鑄：《文藝出版路線今勝昔》，《人民日報》1976 年 6 月 12 日第 4 版。

體寫作方式。「三結合」寫作中，老作家的思想改造是放在首位的。「要努力培養工農兵作者，逐步形成一支經常寫作、不斷提高的工農兵業餘作者隊伍，並逐步擴大工農兵編創圖書的比例。積極發展各種形式的『三結合』使之逐步鞏固、提高。要全面貫徹黨的團結、教育、改造知識分子的政策，團結、使用老作家，培養新作家，進一步發揮專業工作者的作用。要鼓勵他們到三大革命鬥爭中去學習馬克思主義和學習社會，認眞改造世界觀，調動他們的積極因素，更好地爲社會主義服務。」〔註63〕其次強調了工農兵作者在「三結合」寫作中的鍛鍊與成長。「工農兵被請進出版社來，不僅參加修改稿件、審定稿件，還擔任編輯工作和領導工作。編輯走到工農兵中去，和工農兵結合，共同編書、寫書、審書、譯書。不少的編輯同志常年扎在基層。三結合編創組布滿全國，從內地到邊疆，包括西藏、青海、新疆、內蒙都有直屬出版社組織的三結合編創組。」在這樣的言論中，我們可以看到的是工農兵業餘作者的永遠未完成狀態，老作家改造的永遠未完成狀態。這樣永遠的未完成狀態符合文革語境中「不斷革命」的政治理念與主張。

　　專業工作者在編寫工作中，要做到與工農兵相結合，關鍵在於專業工作者端正態度。我們出版社的編輯也是專業工作者。爲了佔領上層建築領域，工農熱烈歡迎專業作者幫助。而專業工作者只要願意與工農兵結合，就一定會在世界觀的改造上有所收穫，在工作上充分發揮作用。

　　工農兵需要專業工作者在業務上進行輔導。但要把這個輔導搞好，專業工作者首先要向工農兵學習。工農兵對專業工作者是尊重的，同時處處以高度的路線覺悟、鮮明的階級立場和樸實的思想作風影響專業工作者。〔註64〕

工農兵業餘作者與專業作者的關係一直處於無法調和的矛盾狀態，專業作者態度是否端正，涉及到專業作者的世界觀改造這樣的政治大事。所以專業作者要向工農兵學習。工農兵也可以時時對專業作者進行指導。專業作者的用

〔註63〕《國家出版局關於出版事業十年規劃的初步設想（草稿）》（1975年9月至10月）中華人民共和國出版史料（第14輯），中國書籍出版社2013年版，第285頁。

〔註64〕《徐光霄同志在國家出版局直屬出版社開門辦社經驗交流會閉幕會上的講話》（1976年5月27日）中華人民共和國出版史料（第14輯），中國書籍出版社2013年版，第337頁。

途只是在寫作技術層面。寫作被分成了兩個層面，一個是外在的技術，一個是政治立場。在對寫作一分為二的劃分中，作家的主體性已經完全不存在了。

1976 年《朝霞》刊發《「工農兵業餘作者」這個稱號》，逐字逐句論證了工農兵業餘作者的合法性：

> 他們的稱呼樸素、平凡——工農兵業餘作者。但這七個字卻有深刻的含意。「工農兵」點出了作者鮮明的階級屬性，表明作者是從事社會物質生產的普通勞動者。「作者」，這兩個字告訴人們，正是這些普通的工農兵，在生產物質財富的同時，正在為自己的階級從事精神生產。中間的「業餘」，卻像一個等號，把「工農兵」和「作者」聯繫到一起。七個字，使我們看到了一批限制資產階級法權，縮小三大差別，為共產主義自覺奮鬥的戰士。

> 我們工農兵業餘作者，要看重「業餘」這兩個字。這是我們的特點，也是我們的優點。業，是我們的本職工作；餘，是我們的創作活動，我們牢牢地抱住「業」，又緊緊地抓住「餘」。我們的「業」和「餘」不是互相對立的，而是緊密聯繫的，它們統一地服務與黨的路線。正因為有「業」，我們才有「餘」。

> 隊伍正在蓬勃向上，並不等於鬥爭已經結束。資產階級思想無時不想包圍我們這支隊伍。我想，群眾之所以把自己的隊伍叫成「工農兵業餘作者」，而不簡單地成為「工農兵作者」或者「業餘作者」，是要使自己的隊伍體會到每個字都含有深切的叮嚀。當有人潛心於「自己的事業」，創造所謂「自己的」作品時，「工農兵」這三個字就在嚴肅地質問：「你有沒有忘記，創作是階級的委託？」當有人一頭撲入「大部巨著」，幾個月沒有摸勞動工具，「業餘」這兩個字就會親切地提醒：「該到第一線去搞『三同』啦，為了永遠做無產階級中的一員，你手中不能只有一支筆，更要有錘子、鐮刀、槍桿。」當有人陶醉於所取得的一點成績，追求起什麼『家』的稱呼的時候，「作者」會站到面前：「警惕！『作家』的稱呼，屬於另一條路線。」
> 〔註65〕

從 1965 年《熱情培養工農兵業餘作者》、1966 年《向工農兵業餘作者學習》、到 1976 年《「工農兵業餘作者」這個稱號》，工農兵業餘作者的合法性

〔註65〕胡廷楣：《「工農兵業餘作者」這個稱號》，《朝霞》1976 年第 8 期。

焦慮表明工農兵業餘作者和無產階級革命進入了無法走出的死循環：這是一場永遠無法完成的無產階級革命，這是一群永遠長不大的工農兵業餘作者。

　　從 1949 年開始，直到文革結束，關於工農兵業餘作者的論述都會強調工農兵業餘作者正在成長，如工農兵業餘作者是「無產階級文化大革命中出土的新苗」，是「一支嶄新的文藝隊伍」等表述不絕於耳。成長了三十年的工農兵業餘作者還沒有長大，這其中的怪異頗堪玩味。當然，文藝評論和政治輿論中的工農兵業餘作者的成長不是指具體某一位工農兵業餘作者生理上的成熟，不論是高玉寶、胡萬春還是唐克新抑或是黃聲孝，從五十年代到六十年代再到七十年代，早已從青年進入中年甚至老年。工農兵業餘作者成長指的是工農兵業餘作者數量是否龐大、在全國覆蓋範圍是否廣泛，更重要的應該是指工農兵業餘作者頭腦中無產階級思想是否牢固。

　　社會主義和共產主義意識形態的階級鬥爭理論注定了共產主義國家永無休止的革命焦慮。列寧、托洛茨基、毛澤東都提倡「不斷革命」，毛澤東在這條道路上走向更遠的極端。「他強調事物當中的矛盾和矛盾趨勢的相互鬥爭是無處不在、無時不在的。」〔註66〕與此相關聯，毛澤東認爲革命也需要不斷進行。「因爲在人類社會當中，包括社會主義社會和共產主義社會總是會產生新的矛盾，所以，在這些社會當中就必須不斷地進行革命，一直到永遠。」〔註67〕1958 年，「不斷革命」理論作爲達到共產主義的方法寫入《關於人民公社若干問題的決議》，1969 年不斷革命這個概念在第九次黨代會上寫入中國共產黨章程的《總綱》。在這場永遠進行的革命中，對資產階級腐朽墮落思想的鬥爭是重中之重，所以，工農兵業餘作者培養的核心便是杜絕這些腐朽墮落思想的滋生。在這些腐朽墮落的思想面前，工農兵業餘作者似乎永遠是一群經不住誘惑的貪饞的孩童，而站在背後火眼金睛拿著鞭子的儼然長者便是那個無形的無產階級革命道德巨人。巨人無處不在，孩童如影隨形。工農兵業餘作者如同這個巨人唯一的嫡傳，但這嫡傳分明流露出成爲資產階級孽子的潛能。巨人家長恩威並重，賞罰分明，愛恨交加。嫡傳孽子璞玉未雕，白璧微瑕，眞假莫辨。無產階級革命道德巨人與工農兵業餘作者的關係，與其說是培養，不如說是監督。「狠鬥私心一閃念」，無產階級革命道

〔註66〕　〔德〕李博：《漢語中的馬克思主義術語的起源與作用》，趙倩等譯，中國社
　　　　　會科學出版社 2003 年版，第 285 頁。
〔註67〕　〔德〕李博：《漢語中的馬克思主義術語的起源與作用》，趙倩等譯，中國社
　　　　　會科學出版社 2003 年版，第 290 頁。

德對資產階級個人主義的恐懼和警惕演變成這種革命道德的自我質疑與自我攻擊，這樣的結果便是無產階級在自我預設的假想敵那裡內耗不止。在一場假想的階級對壘中，無產階級革命一刻也不會停止，工農兵業餘作者永遠不可能長大。

第三節　新時期：工農兵業餘作者何去何從

在文革結束後的最初一段時間，各地扶持工農兵業餘作者的呼聲還比較高，在痛罵「四人幫」的時代語境中，工農兵業餘作者也參加了聲討。「作為一個業餘作者，我是有許多東西可寫，有許多話要說。但我卻不能寫，不能說。原因就是『四人幫』在文藝上搞了好多鬼名堂，設置了許多框框條條，只准按他們的調子跳，不准按我們貧下中農的願望寫。」〔註68〕報刊雜誌繼續倡導對業餘作者的領導和組織，〔註69〕專業作家輔導、幫助業餘作者的模式依然在貫徹執行。「為了向老作家學習，更好地培養青年作者，本刊編輯部組織了武鋼工人作者李建鋼同志，跟隨老作家徐遲同志到雲南等地深入生活。這是李建鋼同志寫的一篇散記，現發表出來，希望能給廣大青年文藝愛好者以啟示和幫助。」〔註70〕但工農兵業餘作者在新時期開始走下神壇的趨勢日益明顯。孫犁的一篇文章描述了文革期間工農兵業餘作者對正常的編輯、寫作生活的干擾：

> 編輯和投稿者應該是文字之交，而不是其他。最初，以「工農兵佔領文藝陣地」為旗號，一個刊物的編輯部，整天座無虛席，煙霧彌漫，高談闊論，門庭若市。加上不停地電話鈴響，送往迎來的客氣套話，編輯是沒法坐下來安靜看稿的。來客所談，並非盡是關於稿件的問題，或者，簡單地談幾句稿件的問題，就轉到了別的方面：如探聽小道消息，市場情況，有什麼新產品出售，或根據來客的職業，問編輯們要捎帶什麼物品等等。這樣，編輯部裏充滿了交易所的氣氛，美其名曰：開門辦社，接近群眾。

〔註68〕張軍：《農民業餘作者張軍的來信》，《浙江文藝》1977 年第 1 期。
〔註69〕韓作黎：《加強黨對業餘創作隊伍的領導》，《北京文藝》1978 年 11 期。文章認為北京市西城區業餘兒童文學創作能做出成績，是黨委重視。所以要加強黨對業餘文藝創作的領導，成立各種業餘文藝小組。
〔註70〕《李建鋼〈記老作家徐遲〉編者按》，《湖北文藝》1978 年 12 月號。

　　而且不斷有商品出現在編輯部裏面，有時是處理牙膏，有時是
婦女頭巾，有時是褲衩。都是各行各業的作者帶來，編輯們圍上去，
你挑我揀，由一人負責收款。每買一次貨物，半天的時間，群情振
奮，不能工作。〔註71〕

　　工農兵業餘作者以這樣的負面形象出現在 1949 年後還是第一次，他們
逐漸在輿論中心消失，以至於有業餘作者呼籲：在重視專業作家的政策落實
之時，也不要忘記業餘作者。他希望「今後，要從法制上、組織上、制度上
採取一些措施，保證業餘作者真正享有憲法所規定的從事文藝創作的自由權
利，不致無端受到誣陷。」〔註72〕這封為工農兵業餘作者被遺忘命運鼓與呼
的信表現了去掉政治光環之後工農兵業餘作者的不堪境遇。湖北省蘄春縣因
重視對業餘作者的政策落實而被《人民日報》表揚，《人民日報》號召推廣
他們的經驗：「主管文教工作的縣委副書記親自召集宣傳部和文教局研究落
實政策的措施，並在全縣公社書記會議上布置這項工作。」〔註73〕對工農兵
業餘作者寫作的推廣不再是舉國上下鐵板一塊，國家主流媒體出面為其說項
不無安撫性質，為政治陪綁的工農兵業餘作者在政治變化之際成為政治的犧
牲品。

　　值得一提的是，在天津舉行的為業餘作者落實政策的會議上，工人文學
社的業餘作者回憶起文革前許多作者被吸收為全國作協和天津作協會員的光
榮歷史。顯然，進入作協成為新時期業餘作者的最終目標。這已經不同於文
革期間業餘作者排斥名利、一心一意紮根革命生產第一線的提法。〔註74〕參
加這次會議的單位包括作協天津分會，《新港》文學編輯部，百花文藝出版社
編輯部，《天津日報》文藝部，天津電臺文藝部，群眾藝術館，電影發行公司，
工人文化宮，青年宮，工人文學社。在工農兵業餘作者寫作的全盛期，前五
個單位特別是前三個，在工農兵業餘作者寫作中曾扮演了背後推手的角色。
但新時期之後作協體制的恢復，專業作家佔領文學前臺，工農兵業餘作者的
寫作逐漸成為群藝館、工人文化宮等單位自己組織的活動。

〔註71〕孫犁：《編輯筆記（續一）》，《天津文藝》1978 年第 1 期。
〔註72〕田原：《請給小人物落實政策——給編輯部的一封信》，《四川文學》1979 年第
　　　　2 期。
〔註73〕《蘄春縣重視對業餘作者落實政策》，《人民日報》1979 年 4 月 19 日第 4 版。
〔註74〕楊中華：《團結一致向前看　速揮戰筆頌四化——本市作協等十單位聯合召開
　　　　業餘作者作品落實政策座談會》，《天津日報》1979 年 4 月 21 日第 3 版。

十七年和文革期間，縣一級文化部門在培養工農兵業餘作者方面扮演了重要角色。文革結束後這些部門的工作職能遭到質疑，農民對業餘文藝創作浪費財力、物力、人力表示不滿，以至於需要縣裏派工作組前去協商解決。

　　我大隊近年來搞業餘文藝活動用錢過多，佔用生產時間不少，加重了農民負擔，群眾有意見。

　　問題在於：貫徹執行業餘、自願、小型、多樣和節約的原則不夠堅決。……愛演大型劇，不愛演小戲，如排練《洪湖赤衛隊》時，就用了九百多個工，添置服裝道具共用去經費五百餘元，加重了社員負擔，群眾有意見是對的。〔註75〕

這些怨言洩露了文革時期組織業餘創作勞民傷財的真實面目，一些本屬於農閒時節自發的娛樂形式、娛樂活動卻在政治意識形態的澆築下，打造成戰無不勝的無產階級新文藝。一片質疑聲中的文化部門開始思考工農兵業餘作者的出路問題。《湖南群眾文藝》開闢「群眾文化工作如何適應黨的工作重心轉移」的專題討論，發表編者按，提出要增強群眾文化活動的娛樂性：

　　四人幫把娛樂一詞記入修正主義的字典後，群眾文化就變成了一堆乾癟的、枯燥的、沒有生命力的東西了。〔註76〕

這些部門輔導、培養工農兵業餘作者的政治職能逐漸轉變為普及科學知識，介紹農業知識，收集整理民間藝術等工作。〔註77〕

上面所舉的例子表明農村業餘創作之所以遭到質疑，是因為生產和創造互相妨礙，其實，城市中的業餘作者也無法繼續業餘下去。「去年，在中國作家協會廣東分會召開的文學創作座談會上，不少業餘文學作者要求給予創作假。……獲准創作假的三十七位業餘文學作者中，有工人、教師、醫生、幹部。創作假短的一兩個月，一般是三、四個月，也有少數是半年、八個月的。業餘作者們計劃創作的作品，都是反映他們過去或現在經歷的鬥爭生活，包括各方面題材，有長、中、短篇小說，有詩歌和電影文學劇本等。」〔註78〕工農兵業餘作者脫離生產獲得自由的創作時間，這已經和專業作家無異。

工農兵業餘作者作為文革文學的特殊遺產，在新時期何去何從的問題引

〔註75〕賀少俊：《倡導民主作風，辦好群眾文化》，《湖南群眾文藝》1979年第4期。
〔註76〕賀少俊：《倡導民主作風，辦好群眾文化》，《湖南群眾文藝》1979年第4期。
〔註77〕朱力士：《群眾文化工作的新課題》，《湖南群眾文藝》1979年第2期。
〔註78〕《廣東一批業餘文學作者獲准創作假》，《人民日報》1979年4月3日第3版。

起了不同意見的爭論。有論者認爲工農兵業餘作者的文革寫作模式很難去除，並且對工農兵業餘作者引以爲自豪的熟悉生活這一優勢也提出了質疑，這種質疑其實是對「三結合」的質疑：

> 這些業餘作者的生活圈子很狹窄，臨時寫些報告文學、人物素描，是可以的，但要把這點生活素材當作創造典型形象的源泉，是十分不夠的。其次，一般業餘作者對於形象創造的規律，還沒有很好掌握，更何況還有一些業餘作者不知不覺地中了「四人幫」的流毒，那套脫離生活從政治需要出發的創作原則還或深或淺地印在他們的頭腦裏，有時還起著作用。不經過反覆的批判，並教以一套現實主義的創作方法，是不容易辨清其是非，進而擺脫其流毒的。〔註79〕

但也有人提出了針鋒相對的不同意見：

> 誠然，在「四人幫」毒化了的空氣裏呼吸的年頭，業餘作者難免自覺不自覺地受到毒害，但就總體來說，他們擺脫這種流毒也較容易，一是由於他們年青，一是由於他們沒有「官銜」之故。自然，也會有個別、少數例外。證之實踐，以衝破禁區震動全國的話劇《於無聲處》，正是工人業餘的創作。最近全國獲獎的25個短篇小說中，我省作品《姻緣》，作者也是個工人。我無從瞭解這兩位業餘作者是否中過「四人幫」的毒；但我認爲即使有過，那也無妨。
> 一個人，總要經受正反兩方面的教育才能成熟起來。〔註80〕

新時期之後，在對待工農兵業餘作者的問題上不再是一邊倒，他們的藝術技巧問題也受到質疑。「敢不敢從業務技巧上培養業餘作者，關係著業餘作者能不能有較大的提高，並且從中湧現出優秀作家，在文學上作出新貢獻。」〔註81〕「業餘作者有生活感受，但技巧太缺，借鑒太少，他們的作品是難免粗糙的。有什麼辦法使業餘作者的作品變野爲文、變粗爲細、變低爲高呢？這就是敢於組織、并給予條件，使他們能夠學習優秀名著的技巧。捨此之外，別無他途。」〔註82〕顯然作者對於工農業餘作者一味強調生活提出異議，如果沒有藝術技巧，工農兵業餘作者擁有豐富的生活材料也是徒勞。

〔註79〕肖殷：《趕快建立文學隊伍》，《作品》1978年第7期。
〔註80〕黃文俞：《隨便談談之續——工農業餘作者》，《南方日報》1979年4月20日。
〔註81〕李培坤：《要重視技巧——談業餘作者培養的一個問題》，《延河》1979年第6期。
〔註82〕李培坤：《要重視技巧——談業餘作者培養的一個問題》，《延河》1979年第6期。

工農兵業餘作者的式微，是文革結束後的文學生態環境決定的，1977 年稿費制度恢復，中國作家協會和各地分會恢復工作，專業作家再次成爲生活有保障的國家幹部。這決定了業餘作者的出路只能是成爲專業作家。此外，隨著政策的相對寬鬆，那種依靠政治政策操作的寫作方式已經不易取得成功。各地的業餘作者組織逐漸納入當地的群眾文藝管理範圍，業餘作者日益恢復了它文學愛好者和文學青年的本來面目。1981 年，《人民日報》發出了培養農民業餘作者的號召，認爲「農民業餘作者，是一支數量可觀的隊伍，他們長期生活在農村，一般地說，他們對農村的現實生活是比較熟悉的，對農民的思想、感情、心理、語言、習俗等等，也是有較深的體驗的，這一點，正是他們能夠寫出較好的農村題材作品的極爲有利的條件。」〔註 83〕這可以看作是一個有著長期培養工農兵業餘作者傳統的國家對歷史的偶然性回顧，沒有產生實質性的結果。

> 我們出版社的作者隊伍，主要是戰鬥在各條戰線上的知識分子。充分發揮他們的骨幹作用，進行藝術創作，提出科研成果，發表藝術見解等，是黨的群眾路線在出版工作中的重要體現。同時要滿腔熱情地支持和培養工農兵作者，扶植他們成長，並注意解決他們在寫作中遇到的實際困難。要鼓勵個人寫作。組織集體寫作，要根據需要與可能。領導幹部、專業工作者和工農兵三結合是集體寫作的一種方式，有條件時也可以採用，但要堅持自願原則，不搞形式主義，反對弄虛作假。要廣開才路，廣開文路。要注意作者的政治情況，但出書主要是根據書稿的質量，不能任意剝奪作者出版的權利。作品署名要尊重作者的意見。〔註 84〕

國家出版局的工作報告提到要鼓勵個人創作，對於「三結合」的寫作方式，給予了條件限定與限制，所謂「有條件時可以採用」。並且申明杜絕形式主義，反對弄虛作假。也提到不能以作家的政治情況爲唯一標準，不能剝奪作者的寫作權力。隨著稿費制度的恢復，專業作家寫作被賦予了正當性與合法性。工農兵業餘作者這一群體不再是一個政治宣傳中的意識形態實體。

〔註 83〕健平：《重視和培養農民業餘作者》，《人民日報》1981 年 8 與 5 日第 5 版。
〔註 84〕《國務院批轉國家出版局關於加強和改進出版工作的報告》（1978 年 7 月 18 日），中國新聞出版研究院編：《中華人民共和國出版史料》（第 15 輯），中國書籍出版社 2013 年版，第 337 頁。

第四章　無產階級文藝的勝利與難題：革命故事在文革與新時期文學的定位

　　論文第三章對工農兵文藝取代大眾文藝的過程有所描述，並且主要側重闡釋了「工農兵」對「大眾」的勝利。包含人群眾多的「大眾」一詞淡出，階級意味明顯的「工農兵」一詞凸顯，表明了無產階級政黨意識形態對文學的統治作用。隨著左翼文學的日益激進化，文學創作主體和接受主體逐漸被嚴格限定在階級分析框架之內。其實，不僅「大眾」遭遇取代的命運，「文藝」的所指也隨著左翼文學的演變而不斷發生著變化。

　　1920 年代，郁達夫為其主編的《大眾文藝》正名，他這樣寫道：「大眾文藝的內容不過是登載些文藝作品而已。可是文藝也有詩歌，小說，戲劇，雜文等之分。」〔註1〕這裡文藝指小說、詩歌、戲劇等純文學體裁，1946 年鄭振鐸為《文藝復興》撰寫發刊詞，號召作家以西方文藝復興為榜樣，抓住抗戰勝利後難得的自由時光努力創作，不論是他的發刊詞還是刊物所載作品，都指向小說、詩歌類。〔註2〕與此一路徑的「文藝」等同於「文學」不同，左翼文學脈絡中「文藝」的內容表現出逐漸去文學化而曲藝化的特徵。最早如郭沫若對郁達夫大眾文藝釋名流露不滿意見：「所以我希望的大眾文藝，就是無產文藝的通俗化！通俗，通俗，通俗，我向你說五百四十二萬遍通俗！」〔註3〕在對待無產階級與文學關係問題上的分歧是創造社分化的重

〔註1〕達夫：《大眾文藝釋名》，《大眾文藝》1928 年第 1 期。
〔註2〕鄭振鐸：《發刊詞》，《文藝復興》1946 年第 1 卷第 1 期。
〔註3〕郭沫若：《新興大眾文藝的認識》，《大眾文藝》1930 年第 3 期。

要原因之一，郭沫若的激進態度在 1930、1940 年代獲得更大範圍的響應。1942 年毛澤東在延安文藝座談會即以「文藝」之名召開，《在延安文藝座談會上的講話》這篇文章「文藝」一詞出現了 118 次，「文學」一詞出現了 8 次，「文學藝術」一詞出現了 14 次，「文藝」以壓倒性多數戰勝了「文學」而成為主宰。毛澤東批評知識分子作家看不起農民：「不愛他們萌芽狀態的文藝（牆報、壁畫、民歌、民間故事、民間語言等）。」〔註4〕對小說、詩歌的熱愛被毛澤東看做是知識分子小資產階級思想、習慣的表現。1948 年，《大眾文藝叢刊》創刊，它的政治使命在於提前劃分黨的文學格局，茅盾發表於該刊上的一篇文章說：「發掘舊的民間文藝中優美的作品，發展方言文藝，和群眾一起來工作，向群眾學習，和群眾合作，把大眾化工作和群眾文藝組織工作配合起來，這才能收得更大的效果。」〔註5〕並且認為「『民間形式』的如何運用，成為『大眾化』的課題之一。」〔註6〕茅盾所言與毛澤東《講話》一脈相承。正如工人文藝、農民文藝的倡導最終進入工農兵業餘作者寫作實踐一樣，「文藝」對「文學」的取代也通過曲藝性作品的數量優勢與政治扶持體現出來，《群眾文藝》的來稿中，「由六月下半月到現在，大約四個月時間，共二八六篇。詩、快板、唱詞、韻文等五四件，小說一七件，翻譯小說一件，報告文學三０件，劇本六件，論文二四件，雜文四五件，有譜的歌子九九件，通信六件，繪畫四件。」〔註7〕眾多來稿中小說等純文學體裁寥寥無幾，實際登載情況更為觸目驚心，小說「一篇也沒有發」。〔註8〕純文學體裁被貶抑的同時，民間文藝形式被大加宣揚。如倡導腰鼓表演，倡導者主要著眼於推廣腰鼓在經濟上的省錢，並強調在「形式上改造它，內容上改造它。」〔註9〕快板和順口溜也受到重視。〔註10〕在階級身份優劣判定的前提下，文學形式也具有了政治上的高低貴賤之分。毛澤東所謂文藝的普及一面是向民間文藝形式的徹底靠攏，一面是以無產階級思想意識形態對這些文

〔註4〕毛澤東：《在延安文藝座談會上的講話》，華北大學出版社 1949 年版，第 10 頁。

〔註5〕本刊同人、荃麟執筆：《對於當前文藝運動的意見》，《大眾文藝叢刊》1948 年第 1 期。

〔註6〕茅盾：《再談「方言文學」》，《大眾文藝叢刊》1948 年第 1 期。

〔註7〕胡採、王輝：《群眾文藝座談會記錄》，《群眾文藝》（延安）1948 年第 4 期。

〔註8〕戈壁舟：《群眾文藝座談會記錄》，《群眾文藝》（延安）1948 年第 4 期。

〔註9〕蘇一平：《腰鼓：健康的民間藝術》，《群眾文藝》（延安）1949 年第 6 期。

〔註10〕《怎樣寫快板和順口溜》，《群眾文藝》（遼寧）1951 年第 5 期。

藝形式進行的全方位改造。簡言之，以普及的文藝為路徑，黨的意識形態的普及才是最終目的。在這一雙重普及過程中，故事這一民間文藝形式受到了國家意識形態的高度青睞。

第一節　革命故事與革命故事員：民間文藝的革命化與組織化

敘事學中的故事「已經是一個抽象概念，它已經脫離了具體故事所承載的歷史或現實的內涵而成自主的存在。故事在這裡被定義為從敘述信息中獨立出來的結構。」〔註11〕在此理論的影響下，我們幾乎認為故事就是小說。但本書所要談論的故事就是指講故事這一口頭文藝樣式。它存在於民間千百年，以一種懲惡揚善的道德模式影響著民間社會的生存倫理。1949 年後特別是 1963、1964 年的社會主義教育運動和文革賦予了這一民間文藝形式以革命化和組織化的內核。

1963 年，上海為了配合社會主義教育運動籌劃開展的故事活動，以時間早、規模大、成體系成為全國樣板。首先，由各公社選拔故事員、各縣文化館派出幹部，經上海群藝館和青年宮組織舉辦農村故事員學習班；其次，創辦《故事會》提供講演講故事的材料。自此「上海故事活動開始形成了組織故事創作、培訓故事員和一年一度舉辦創作故事會串的工作格局，進入有計劃、有組織領導、有業務指導的發展軌道」。〔註12〕1965 年姚文元發表《創作更多優秀的革命故事》，對社會主義教育運動之前的故事進行了嚴苛的批判，試圖取消故事情節的存在，讓故事完全意識形態化：

> 一種是舊故事的曲折，一種是新故事的曲折。舊故事的曲折，是故意賣上很多「關子」，硬造出很多沒有現實生活根據的嚇人、怕人、騙人的情節，製造一些趣味低級庸俗的刺激，人為地使矛盾久久拖住不得解決。那是脫離革命內容形式主義地去追求曲折，是為剝削階級老爺太太們酒餘飯飽後「開開心」設計的曲折。新故事的曲折，是從藝術上概括了階級鬥爭、生產鬥爭、科學實驗中的複雜性和曲折性，是反映了社會主義革命和社會主義建設的複雜性和曲

〔註11〕周慶華：《故事學》，五南圖書出版股份有限公司 2002 年版，第 10 頁。
〔註12〕習文、季金安主編《上海群眾文化志》，上海文化出版社 1999 年版，第 307 頁。

折性，它能使革命內容通過故事化更加深入人心。〔註13〕

由於姚文元在文革時期政治地位上升，這篇文章幾乎成爲文革期間開展革命故事活動的「聖經」，十七年與文革關係緊密的重要原因在於處於權利頂端人物的延續性。1966 年之前，權力角逐中的勝出者已經爲文革文藝造了盛大聲勢，文革時期僅僅是順流而下。「革命故事，就是宣傳毛澤東思想的，歌頌我黨我軍豐功偉績的，歌頌人民英勇鬥爭、艱苦奮鬥和堅定不移的革命精神的，宣傳共產主義道德品質的，宣揚社會主義新人新事的，揭露國內外階級敵人的醜惡本質。」〔註14〕「革命故事不僅是表彰好人好事的好形式，而且是狠抓意識形態領域內階級鬥爭的有力武器之一。」〔註15〕革命故事要以階級鬥爭和路線鬥爭核心進行創作，「塑造出具有時代特色的、高大的工農兵英雄形象，而不只是表現一般的好人好事。」〔註16〕這三份出自十七年和文革時期的革命故事命名沒有任何不同。

故事革命化完成了意識形態普及的第一步，革命故事的推廣、傳播則需要故事員來完成。

> 我們建立了故事員的記載手冊和通訊聯繫。一般在一兩個月內故事員要向團縣委彙報一次情況。團縣委綜合一些好的故事員的來信印發給他們，交流經驗；還根據各個時期黨的工作的需要，給故事員寫聯繫信，提些要求。在我們下鄉工作的時候，認眞聽取故事員的彙報，檢查、督促他們做好工作。縣、團還經常召開故事員會講，總結交流經驗和部署下一段的任務。〔註17〕

> 要建設一支紅色宣傳員的隊伍，最重要的一條是要突出政治，用毛澤東思想武裝故事員的頭腦，使他們樹立爲革命而講故事、全心全意爲工農群眾服務的思想觀點。〔註18〕

〔註13〕姚文元：《創作更多優秀的革命故事——讀〈故事會〉》，《在前進的道路上》，人民文學出版社上海分社 1965 年版，第 64 頁。

〔註14〕南京部隊政治部文化部：《大講革命故事——開展講革命故事活動的幾點經驗》，《故事會》1965 年第 12 輯。

〔註15〕上海警備區某部一連黨支部：《我們連是怎樣開展革命故事活動的？》，《解放軍文藝》1973 年 12 月號。

〔註16〕《積極開展革命故事活動——開展革命故事活動交流會紀要》，《天津文藝》1973 年第 2 期。

〔註17〕顧根祥、喬琦：《故事員是階級鬥爭的工具》，《故事會》1964 年第 8 輯。

〔註18〕丁學雷：《革命故事是宣傳毛澤東思想的有力武器——上海郊區農村革命故事

爲了使編講革命故事活動經常持久地開展下去，在提高認識的
同時，要廣泛發動群眾，建立一直革命化的故事員隊伍，[註19]

革命故事員的培養是故事活動組織化和體制化的重要環節，它以向上
（團、黨）備案的形式確定了責任追究制度，同時，它以向下（生產隊、公
社）發動的形式保證上級黨的政策及時到達。在左翼文學脈絡中，改造舊說
書人是改造民間文藝的關鍵一環，[註20] 革命故事員的出現是以往改造說書
人策略的極端化。以革命故事取代舊故事，以革命故事員取代舊說書人徹底
改變了民間文藝的存在形態。

一天傍晚，我從田裏收工走過茶館門口，又見很多人圍著一張
桌子，熱鬧得很，仔細一瞧，原來是鄰村的一個老頭子，戴副老花
眼鏡，手捧一本殘缺不全的舊書，邊看邊講《唐伯虎點秋香》。這唐
伯虎是個好吃懶做的寄生蟲，農民兄弟聽了沒有好處。我心裏一急，
渾身熱血沸騰，也顧不得什麽了，馬上跨進茶館門檻，往長凳上一
站，提高嗓音說道：「鄉親們，我來給大家講個革命故事——《紅燈
記》。」[註21]

這是社教運動期間上海著名農民故事員呂燕華的自我介紹，她提及的
《紅燈記》與《唐伯虎點秋香》的鬥爭，顯示了革命道德對封建趣味的勝利。
文革期間，河北束鹿縣故事員劉慶昌與呂燕華的革命使命感如出一轍：

張馬村有個青年，由於受了一個壞人「開卷有益」的影響，整
天迷戀於搜羅《啼笑因緣》等壞小說看，有一次澆地跑了水還不知
道。劉慶昌就主動找上門去，送《豔陽天》等革命文藝作品給他看。
通過革命故事活動，這個青年進步很快，積極參加政治活動，勞動
中搶重活幹，並主動要求當了革命故事員。全村新入團的八個青年
中，就有五個是故事員。[註22]

活動述評》，《人民日報》1966 年 4 月 25 日第 6 版。
[註19] 《積極開展革命故事活動——開展革命故事活動交流會紀要》，《天津文藝》
1973 年第 2 期。
[註20] 林山：《改造說書》，《教育陣地》1946 年第 6 卷第 1 期，林山：《略論舊文藝
與就藝人的改造》，《文藝生活》1950 年第 2 期。
[註21] 錢士權：《我是怎樣成爲故事員的——記呂燕華同志的講話》，《收穫》1965
年第 5 期。
[註22] 紀源：《故事員的故事——介紹農民業餘作者劉慶昌》，《河北文藝》1974 年第
1 期。

劉慶昌認爲不僅演講故事的內容變化了，而且自己的身份也發生了變化：由說舊書人成爲革命故事員。與此相關，他的思想也經歷了形同天壤的變化：從貪財圖利到渴望社會主義永不變顏色，個個青年都當紅色接班人。〔註 23〕劉慶昌的革命史彰顯的是革命意識形態假故事這一形式在農村獲得話語權的過程。

在故事革命化與組織化過程中，各地群眾藝術館、文化館也扮演了重要角色。群眾藝術館、文化館是一種有編制和財政撥款的地方文化部門，「群眾藝術館的經費，應當根據各館的人員編制和工作開展情況，由各省、自治區、直轄市文化局編制預算，列入地方財務計劃。」〔註 24〕自文化部 1956年 8 月 21 日發布建立文化館的通知後，全國群眾藝術館、文化館發展迅速。文革初期受到衝擊，但 1971 年後又逐漸恢復。

我們以文革期間開展革命故事活動最爲活躍也最爲知名的地區文化館建設情況爲例，來看這些基層文化單位的政治職能。1956 年，昔陽縣文化館制訂了農村俱樂部發展規劃。全縣普遍成立農村俱樂部後，遂將全縣劃爲 5 個輔導區，另設 5 個流動展覽站，8 個流動圖書站，19 個流動幻燈站。後爲克服輔導員人手少的困難，又設立了 5 個中心俱樂部。到 1958 年，中心俱樂部發展到 46 個，全縣形成輔導網絡。1971 年底，文化館同大寨展覽館合併，遷入新建路展覽館大院，編制 28 人，設輔導、展覽、創作、美術、圖書及辦公接待等機構。1979 年，昔陽縣成立了 5 個鄉文化站。〔註 25〕

「學大寨，趕昔陽」是文化大革命期間喊得山響的口號，在農業學大寨的政治命令下，大寨、昔陽的群眾文藝活動爲全國所矚目。目前我們無法確知昔陽的群眾文藝活動是否也和大寨農業樣板一樣，得到國家數量驚人的暗中資助〔註 26〕，但我們從上述材料可以看到，1971 年後昔陽縣文化館已經恢復建制，這意味著編制和財政投入可以保證。

文革時期其他作爲典型受到表揚的地區文化館的建制情況和昔陽縣文化館大致相同，如天津市塘沽區文化館：1973 年，文化館回到原址，獨立建

〔註 23〕紀源：《故事員的故事——介紹農民業餘作者劉慶昌》，《河北文藝》1974 年第 1 期。
〔註 24〕中華人民共和國文化部：《關於群眾藝術館的工作和通知（56）》，文藝群字第 16 號，1956 年。
〔註 25〕孫進舟主編《中國文化館志》，專利文獻出版社 1999 年版，第 286 頁。
〔註 26〕宋連生：《農業學大寨始末》，湖北人民出版社 2005 年版，第 266 頁。

制。〔註27〕撫順縣文化館 1963 年，先後舉辦 21 期 250 人次故事員培訓班；〔註28〕1966 年，「文化大革命」開始後，文化館被撤銷，成立文化宣傳站革命委員會，下設社會宣傳組代行文化館職能。1971 年恢復原名稱。〔註 29〕文革最初的打砸搶過後，各地文化館又恢復到了文革前的存在狀態。〔註 30〕雖然在文革期間，財政撥款、工資、政治榮譽等隱藏幕後，但這些因素並不能忽略不計。從新時期以後披露的故事員的材料看來，這些因素可能是農村革命故事興盛的助推器。張功升是遼寧省著名革命故事員，得到的政治榮譽不勝枚舉：1964 年初應瀋陽市委邀請演講故事並介紹經驗受到省委書記接見，1964 年 9 月賀龍、陸定一視察遼寧，張受邀為賀、陸二人演講故事，1965 年 10 月 1 日，張功升參加建國十六週年天安門觀禮活動，1965 年 11 月，張參加全國業餘創作積極分子會議。〔註31〕這些政治榮譽對於農村具有演講故事才能的農民來說無異於天賜良機，講革命故事成為進入國家體制的捷徑。文革時期，在十七年期間受到表彰的故事員部分遭遇了批判，與此同時，也培養、樹立了新的革命故事員典範，這些故事員典範同樣得到了政治榮譽。文革期間的革命故事員進入新時期後依然是當地故事演講活動的骨幹也不乏其人，如河北秦皇島故事員王景林，他 1977 年下半年，被借調到秦皇島市郊區文化館工作。〔註 32〕

第二節　新時期：重述故事傳統與新故事的提出

　　文革結束後，文藝評論以一邊倒的方式對文革期間的革命故事提出了嚴重批判，認為「四人幫」在破壞革命故事方面犯下了滔天罪行。其實，一個

〔註27〕孫進舟主編《中國文化館志》，專利文獻出版社 1999 年版，第 48 頁。

〔註28〕孫進舟主編《中國文化館志》，專利文獻出版社 1999 年版，第 464 頁。

〔註29〕孫進舟主編《中國文化館志》，專利文獻出版社 1999 年版，第 465 頁。

〔註30〕縣文化館是五六十年代、文革期間乃至八十年代前期地方文藝愛好者夢寐以求的有編制的部門，知識青年韓少功因為具有文字宣傳才幹調入縣文化館，新時期以後的余華最為盼望的也是進入縣文化館。

〔註31〕馬鳳蘭、安振泰、楊友誼：《撥動百姓心弦的人──記著名故事大王張功升》，《黨史縱橫》1996 第 6 期。

〔註32〕禾田：《廣闊的道路──介紹業餘故事作者王景林》，《河北群眾文藝》1978 年第 11 期。記者介紹：「他從一個漁民到當上了文化幹部，始終保持著艱苦樸素的作風，由於經常晚上寫東西，眼睛近視了，雖然戴起了眼鏡，看上去仍是一個漁民的形象。」

既有刊物支持，又有各地基層文化館輔助的活動不可能在一夜之間發生，也不可能在一夜之間消失。

　　故事研究者劉守華在文革期間和新時期初年都出版了故事理論的專著，這對於比較不同時期故事理論的聯繫與差異來說是一個不可多得的例子。他1974 年出版了《談革命故事的寫作》，1979 年完成了《略談故事創作》。前者是文革期間唯一一本關於革命故事理論的專門著作，後者則是新時期最早的故事理論著作。後者對前者的改寫、挪用和遺棄，都可以說明故事這一藝術形式遭遇不同歷史敘述時發生了怎樣的變形。

　　1974 年，作者首先對比了傳統故事與革命故事的區別：

> 傳統故事以失敗告終，革命故事以勝利結尾；傳統故事受剝削階級思想影響，革命故事受馬列主義毛思想共產主義影響；傳統故事自發產生，自生自滅，革命故事是有組織有領導有計劃進行的群眾文藝活動。〔註33〕

　　1979 年，作者提出新故事概念：

> 共產黨領導我國各族人民，勝利地進行了一場翻天覆地的革命，將中國歷史掀到了新的一頁。廣大群眾用他們所熟悉喜愛的口頭故事來反映這艱苦卓絕、英勇豪邁的鬥爭生活，把故事文學帶到一個新的發展階段。我們把這個時期群眾創作的口頭故事，叫做新故事，以便和舊時代產生的民間故事相區別。〔註34〕

　　1963 年社會主義教育運動故事確立自我獨立性時表現出了對1949 年後新故事的疏離，認為二者有自發性和非自發性之別。1965 年姚文元《創作更多優秀的革命故事》為革命故事定性，以社教運動故事為新故事，把傳統故事斥為舊故事。1974 年，劉守華革命故事定義是姚文元文章的翻版，也奉社教運動故事為正宗。1979 年他重提新故事，把社教運動故事排除在故事行列之外。不論1963 社教故事自我命名還是1965 姚文元文章抑或是1979 劉守華提出新故事，都把傳統故事命名為舊故事。何為「舊故事」之「舊」，所持理由同一，即缺乏共產主義意識形態。但在何謂「新故事」之「新」方面流露差別，劉守華以 1949 年為新故事的源頭，社教故事和姚文元文章則排斥 1949年後的新故事。劉守華認同十七年，姚文元拒絕十七年，於此可見一斑。

〔註33〕劉守華：《談革命故事的寫作》，湖北人民出版社 1974 年版，第 4～5 頁。
〔註34〕劉守華：《略談故事創作》，長江文藝出版社 1980 年版，第 27 頁。

正如對姚文元文章的審視與無意識認同同在一樣，劉守華對於自己在文革時期的故事建構既有掙脫也有陷落。1974 年他認為：「革命故事的內容是革命的，是我國各族人民在民主革命時期和社會主義時期的鬥爭生活與共產主義新思想的反映。」〔註35〕1979 年他主張：「新故事的「新」，主要表現在內容上，它所反映的是新中國成立以來人民群眾的鬥爭生活與革命精神。現有的作品，側重於歌頌新人新事。通過廣泛取材，展現出我們國家蓬勃興旺的社會面貌與無限光明的前景。」〔註36〕其實，故事內容不論是承載階級鬥爭還是表現新時期的蓬勃面貌，在及時宣講國家政治這一點上，發揮的教化作用是一樣的。

劉守華逐漸開始對新與舊之分保持警惕：「對它們的思想性與藝術性則要作具體分析，不能用『新』與『舊』兩者截然對立起來，全盤否定過去道德傳說故事。」〔註37〕他開始注意到並且敢於提出民間故事並非一無是處。對於革命故事，作者做出反思：「前些年，『革命故事』這個名稱比較流行。群眾說『開展講革命故事的活動』，是為了突出故事活動的革命思想傾向性。這當然是可以的。但把它作為一種文學體裁的名稱來用，就不科學了如果說『革命』的含義是指故事要反映現實的階級鬥爭，則又把故事創作的題材局限於一個方面，等於是作繭自縛。」〔註38〕文革期間革命故事的立法者之一開始對這一提法進行質疑。

劉守華在 1974 年和 1979 年也論述了革命故事與新故事在人物形象塑造、故事情節和故事語言三方面的特點。我們做一簡單對比：

1974 年，他認為革命故事塑造人物形象的特點主要在於：

> 把主人公置於三大革命、特別是階級鬥爭、路線鬥爭的環境中。來表現人物的思想品質，

> 革命故事通常用誇張對比的手法來刻畫人物的思想性格。

> 革命故事善於用高度集中的手法來組織矛盾衝突，刻畫人物形象。

> 革命故事努力學習革命樣板戲「三突出」（在所有人物中突出

〔註35〕劉守華：《談革命故事的寫作》，湖北人民出版社 1974 年版，第 12 頁。
〔註36〕劉守華：《略談故事創作》，長江文藝出版社 1980 年版，第 35 頁。
〔註37〕劉守華：《略談故事創作》，長江文藝出版社 1980 年版，第 27 頁。
〔註38〕劉守華：《略談故事創作》，長江文藝出版社 1980 年版，第 28 頁。

正面人物，在正面人物中突出英雄人物，在英雄人物中突出主要英雄人物）的創作原則，更注意刻畫主人公的精神面貌，讓人物形象顯得更高大豐滿。〔註39〕

1979 年，作者認為新故事塑造人物形象方面的特點是：

現實與理想交融，突出人物的主要性格特徵，將不同人物的思想性格展開對比。〔註40〕

1974 年，作者把革命故事在情節結構方面的特點歸結為：

情節曲折生動，波瀾起伏，有頭有尾，注意故事的完整性，線索單一，繁簡得體，重點突出。〔註41〕

1979 年，他認為新故事情節結構具有的特點是：

意料之外，情理之中；

線索單一，情節曲折；

頭尾分明，前後連貫；

構思新穎，不落俗套〔註42〕

1974 年，他認為革命故事的語言特點分別是：

形象化，精練生動，口語化〔註43〕

1979 年，他把新故事的語言特點依然定義為：

形象化，精練生動，口語化〔註44〕

　　劉守華文革後的故事探討抽離了故事的文革烙印，1974 年他分析故事情節結構時認為「那些封建主義和資本主義舊故事的曲折是故意賣很多『關子』，硬造出很多沒有現實生活根據的離奇荒誕情節，塞進很多趣味低級庸俗的刺激，人為地將矛盾久久拖住不得解決，以適應剝削階級老爺太太們閒得無聊時消遣開心的需要。新故事的曲折，則是從藝術上概括了階級鬥爭、生產鬥爭、科學實驗中的複雜性和曲折性，是各種現實矛盾的反映，它能使新時代工農兵英雄人物的形象在鬥爭中顯得更加光彩動人，使革命政治內容通過故事性更深入人心。我們要求把革命故事的情節編得更加曲折生動，是

〔註39〕劉守華：《談革命故事的寫作》，湖北人民出版社 1974 年版，第 16～17 頁。
〔註40〕劉守華：《略談故事創作》，長江文藝出版社 1980 年版，第 43～52 頁。
〔註41〕劉守華：《談革命故事的寫作》，湖北人民出版社 1974 年版，第 37～43 頁。
〔註42〕劉守華：《略談故事創作》，長江文藝出版社 1980 年版，第 57～75 頁。
〔註43〕劉守華：《談革命故事的寫作》，湖北人民出版社 1974 年版，第 48～54 頁。
〔註44〕劉守華：《略談故事創作》，長江文藝出版社 1980 年版，第 81～97 頁。

為了更好地表達革命政治內容，反映現實鬥爭的面貌。脫離了這個前提，單純追求故事的曲折性，就會走上歪門邪道，陷入資產階級形式主義的泥坑。」〔註45〕這段明顯複製姚文元觀點的話在 1979 年被作者刪除。同樣，作者在 1974 年論述革命故事語言的精練生動時，批判了資產階級和封建階級拖泥帶水裝腔作勢的語言特點，1979 年作者刪除了這樣的階級偏見。

　　抹除了文革意識形態內容，劉守華在兩個歷史時期的論述相似處多於相異處。如對比思想性格塑造人物形象，強調故事情節始有波瀾終又完整的結構，語言特點更是一字不易。這說明革命意識形態對民間文藝形式的改造利用，無法革除民間文藝的基本形式特徵，否則，皮之不存毛將焉附。形式特徵的保留，使得受眾的審美慣性得以保持，這既是社教運動和文革期間革命故事得以迅速普及的原因之一，也是新時期以來，文革期間革命故事演講活動活躍的地區新故事活動依然興盛的原因。

　　從故事的政治化到故事的去政治化，表現在名稱上便是從新故事到革命故事再到新故事，故事幾經翻轉之後的性質歸屬與存在形態備受矚目，它還是民間故事？在群眾文藝的政治黃金期消失之後，故事如何自立？新時期之後，為什麼對故事的命名再次回到新故事這一舊稱謂？對此，劉守華賦予了新故事一個新的特徵：個人獨創性，並由此認為不應該將新故事「歸入民間文學之列了，只能說它們是具有某些民間文學特徵的作品。」〔註46〕他的判斷在當時並沒有引起回應，其他論者大多把注意力集中在新故事的故事性上面。蔣成瑀認為提高新故事的故事性，首先，應該向民間口頭創作學習口語化和想像力，向說唱藝術學習著力刻畫人物性格。其次，要重視故事的開頭結尾。故事開頭不能勾魂吸魄，引人入勝，結尾不留有餘地，不能令人回味無窮，這些都是說故事忌諱的敗筆。最後，故事應該注意運用唱詞和念白。「說話」是以敘述語言為主的藝術，常常又插入唱詞和念白。說同唱、念相穿插，可使故事講演更加豐富多彩，吸引聽眾。〔註47〕也有作者認為故事要有情趣。「故事姓故，即具有一定的故事性。沒有故事性的故事就不成其為故事。從廣義上說，故事從情節、結構、語言到故事員講演時的一招一式，

〔註45〕劉守華：《談革命故事的寫作》，湖北人民出版社 1974 年版，第 40 頁。

〔註46〕劉守華：《略談故事創作》，長江文藝出版社 1980 年版，第 39 頁。

〔註47〕蔣成瑀：《民間口頭故事和說唱文學——略談革命故事的藝術源流》，《革命故事會》1978 年第 3 期。

都可以體現有沒有故事性。從狹義上講，故事性主要是指情節。」〔註 48〕《革命故事會》、《故事會》上刊載了張紫晨《介紹幾種散文體民間文學樣式》〔註 49〕分別介紹了民間傳說、民間語言、民間笑話、生活故事等類型爲新故事作藝術借鑒，石培賢《學習、借鑒傳統藝術形式的一點體會》、〔註 50〕李汝森《談談故事中的「扣子」》〔註 51〕都不斷重申故事性於新故事的重要性。

　　以民間文學血液重塑故事的存在形態是文革結束後新故事討論的主要著眼點，開始越過 1949 年的政治閾限向前回溯，尋找失落的思想藝術資源。至於對新故事的重提，應有兩方面的原因，首先，在貶抑文革十年的語境下，十七年新故事具有政治正確性。其次，新故事符合了當時求新的現代化意識形態，又免除了完全無視政治意識形態的危險性。復次，與十七年的銜接，避免了新故事歷史的斷裂性，《建國以來新故事選（一九四九～一九七九）》把 1949 後出現的故事都納入了新故事行列，並且認爲「新故事應該具有三個方面的特點，故事情節，人物形象和語言藝術。首先要求故事性強，要有引人入勝的情節來吸引聽眾。」〔註 52〕在新時期初年如火如荼的新故事討論後來不了了之，其中原因有研究者認爲是對故事性的探討淺嘗輒止所致。〔註 53〕其實，隨著政治意識形態的日漸稀釋，因強調黨對民間文藝改造而產生的新故事這一概念的瓦解是十分自然的事情。由口頭轉向案頭才是故事最爲根本的改變。

〔註 48〕 嘉禾：《恢復優良傳統，遵循藝術規律——漫談故事創作爲工作重點轉移服務》，《故事會》1979 年第 2 期。

〔註 49〕 張紫晨：《介紹幾種散文體民間文學樣式（一、民間傳說）》，《革命故事會》1978 年第 5 期。

〔註 50〕 石培賢：《學習、借鑒傳統藝術形式的一點體會》，《革命故事會》1978 年第 2 期。

〔註 51〕 李汝森：《談談故事中的「扣子」》，《革命故事會》1978 年第 5 期。

〔註 52〕 中國社會科學院文學研究所各民族民間文學室編：《建國以來新故事選：中國民間文學作品選編 1949～1979》，上海文藝出版社 1980 年版，第 2 頁。

〔註 53〕 王姝：《故事會復刊後的新故事理論探討及其生產實踐——兼及當代民間文學研究範式的反思》，《文學評論》2012 年第 6 期。

第五章　文革文學與新時期文學中的
十七年小說、詩歌傳統

　　從 1949 年到 1966 年，中國當代文學在政黨意志的監督下已經進入了制度化的運行軌道，不論是題材劃分還是敘事模式抑或是主題呈現，都意在確立一個不同於 1949 年之前的文學規範。「事實上，整個十七年文學均可視作對先進『規範』的公式表達」。〔註 1〕文革文學雖然把十七年文學置於批判的深淵，實際上它是對十七年文學激進觀念的全面實踐，最爲重要的是，當代政治制度的一貫性決定了十七年文學和文革文學具有親緣關係的必然性。新時期文學伊始，十七年文學作爲被壓抑的傳統，以典範的形式重新出現。與 1949 年是當代中國重塑歷史的源頭對應，十七年文學也成爲當代文學的必然原點。

第一節　十七年農村題材小說在文革與新時期的延異

　　十七年文學以「革命歷史題材」、「農村題材」、「工業題材」劃分小說類型，「『題材』的這種劃分方式，初看頗有幾分蹊蹺，其實大有道理。文學生產納入國有化計劃經濟，也不一定刻板地依照『國防工業部』、『工業部』、『農業部』的領導機制來操作，其間必定有更複雜深刻的緣由存在。」〔註 2〕就十七年文學的農村題材小說而言，它確實論證了農業合作化的合法性，並產

〔註 1〕丁帆、王世城：《十七年文學：「人」與「自我」的失落》，河南大學出版社 1999 年版，第 33 頁。
〔註 2〕黃子平：《「灰闌」中的敘述》，上海文藝出版社 2001 年版，第 3 頁。

生了具有典範性的作品，構成了當代文學的一份傳統。十七年文學時期，農村題材小說創作領域，既有柳青、周立波、趙樹理、孫犁這樣已經獲得當時文學界認可的代表性作家，也有學步於這些典範作家、開始農村題材小說寫作的青年作者。文革文學雖對十七年文學進行滅絕式批判，但文革文學依然遵循農村題材、工業題材的類型劃分，這是農村題材小說在文革時期得以繼續出現的政治和文學前提。新時期之後，農村題材小說所依託的農業合作化運動發生巨變，隨之，新時期文學的農村書寫也開始變化。農村題材小說從十七年到文革再到新時期的演進過程中，陳忠實、周克芹、葉蔚林、古華、孫健忠始終參與其間，他們的寫作軌跡可以看做是三個歷史時期農村題材小說演進的一個輪廓。

一、陳忠實：文革與新時期的十七年作家

　　陳忠實早期習作都發表在《西安晚報》「紅雨」副刊和「星期文藝」專刊。那是他的寫作練習期，時間不長，各種體裁樣式都有，因「文革」發生而中斷。「文革」中後期，重新發表作品的陳忠實以小說寫作為主，是當時陝西省知名的「工農兵業餘作者」。「文革」結束後陳忠實的短篇、中篇小說漸漸被更多人熟知，但《白鹿原》之前，他沒有寫過長篇。與他的陝西本省同行（比如賈平凹）或其他很多當代中國作家（比如王安憶、莫言）不間斷地、持續性寫作相比較，陳忠實的寫作間歇性、階段性很明顯。在不同的時間段，陳忠實創作的風格也呈現出區隔式的跨越性，即沉默幾年然後再次開始。他這樣不無斷裂的創作經歷似乎也影響到文學史對他的敘述，文學史一般只會在20世紀90年代的長篇小說中敘述陳忠實，這相異於對那些和陳忠實一樣在「新時期」成名的其他當代作家的貫穿性敘述。對於一個在當代中國產生過重大影響但創作過程還沒有完全展現的作家來說，考察他的早期創作是有必要的。陳忠實的早期創作包括「文革」前和「文革」中兩段，而「文革」前（1965年1月28日至1966年4月17日）這一年零兩個月的創作經歷又構成了他寫作的最初形態，這包括他開始文學創作的時代語境和他的寫作方式，以及他的寫作產生的社會反響等。通過對這段創作經歷的考察，我們可以觀察陳忠實的創作是怎樣發生的。

　　《西安晚報》是西安市委的機關報，日報；每週有一次或者兩次副刊版，副刊名為「紅雨」，在 1965 年後半年，又增添了一個文藝性的專刊，名為「星

期文藝」,「紅雨」和「星期文藝」並無實質區別,兩個副刊(專刊)不會在同一版同時出現,但會在同一週依次出現。陳忠實最早的創作都發表在這兩個副刊(專刊)上,共7篇。我在抄錄具體篇目後簡述闡釋之。

1. 《西安晚報》1965年1月28日第3版(星期四)「紅雨」副刊《一筆冤枉債——灞橋區毛西公社陳家坡貧農陳廣運家史片斷》,署名陳忠實

2. 《西安晚報》1965年3月6日第3版(星期六)「紅雨」副刊《巧手把春造》署名陳忠實

3. 《西安晚報》1965年3月8日第3版(星期一)「紅雨」副刊《夜過流沙溝》署名陳忠實

4. 《西安晚報》1965年4月17日第3版(星期六)「紅雨」副刊《杏樹下》署名陳忠實

5. 《西安晚報》1965年12月5日第3版(星期日)「星期文藝」專刊《櫻桃紅了》標明為散文署名毛西農中教員陳忠實

6. 《西安晚報》1966年3月25日第3版(星期五)「紅雨」副刊《春夜》署名陳忠實

7. 《西安晚報》1966年4月17日第3版(星期日)「星期文藝」專刊《迎春曲》署名陳忠實

在陳忠實的回憶中,他的處女作是一篇散文〔註3〕,但據我對《西安晚報》的閱讀,他最早見報的作品是一段快板詞,現抄錄幾段如下:

竹板打得響連天,

我給大家說快板,

別的事情咱不談,

說一段新舊社會的苦與甜。

毛西公社陳家坡,

解放以前窮人多。

窮人的血汗匯成海。

陳廣運的眼淚流成河。

〔註3〕陳忠實:《閱讀自己》,見陳忠實等:《我的讀書故事》,陝西人民出版社2011年版,第22頁。

陳廣運，家裏窮。

父親終年熬長工。

吃的稀湯照影影，

住的爛房看星星。

有一年，麥梢黃，

家裏沒有一顆糧，

五月的天氣特別長，

一家子餓的擰斷腸。〔註4〕

這段快板詞講述陳廣運的父親向地主馬雨秀借糧，並立了借糧文約，秋收後陳廣運的父親託自己的兄弟，即陳廣運的五爸給地主還了糧，但文約沒有毀掉。陳廣運的五爸死後，馬雨秀又去陳家索要糧食，結局是陳家的土地被霸佔，陳廣運父親氣死、母親改嫁。陳廣運成為孤兒後被迫在另一個地主家做長工受苦。快板此後寫到 1949 年：

春雷一聲得解放，

來了恩人共產黨，

打垮地主分田產，

廣運從此把身翻。

互助組，農業社，

廣運事事帶頭幹。

新社會裏新事多，

廣運四十歲娶老婆，

新房蓋了四大間，

農具家具樣樣全，

鋪的蓋的一大堆，

箱子裏還有新衣衫。

娃娃上學把書念，

收音機日夜唱「亂彈」，

幸福的日子多美滿，

幸福的日子比蜜甜。〔註5〕

〔註 4〕陳忠實：《一筆冤枉債——灞橋區毛西公社陳家坡貧農陳廣運家史片斷》，《西安晚報》1965 年 1 月 28 日第 3 版。

快板最後一段表決心：「公社是顆靈芝草，憑咱大夥育苗苗，誰要敢摘一片葉，貧農廣運絕不饒。咱要跟著共產黨，朝著共產主義跑，楞格跑！」〔註6〕陳忠實的這段快板詞是「十七年」文學敘述的口語版，即以講述地主的殘酷和農民的悲慘突出共產黨的救命作用和給予農民的解放感，並且給農業集體化吶喊助威。這都是當時最正確的講述內容，該快板詞具有陳忠實自己特點的是陝西方言的密集使用。陳忠實的第二篇作品是一首短詩。第三篇才是被他認作處女作的散文，《夜過流沙溝》。

這篇散文第一段寫景：「天黑了，上弦月高懸在湛藍的天幕上，恰如快書演員手中的銅片，明潔，玲瓏，可愛；返青的麥苗，散發著清香；山鄉的夜，美麗而恬靜。」〔註7〕文章起始細緻描摹風景的寫法在陳忠實這一時期的創作中一以貫之，也是他這些文章中最為精彩的部分。這篇散文的內容寫「我」夜遇流沙坡村中學生竹葉，剛剛參加區裏植樹造林動員大會回來的她，準備帶領她的同學們學大寨，誓把窮山溝變成花果坡。作者「我」被這種朝氣蓬勃的精神感動。在這篇文章發表兩週後，「紅雨」副刊「讀者中來」刊發了讀者的評論文章《喜讀〈夜過流沙溝〉》：

> 讀過《紅雨》三月八日發表的《夜過流沙溝》以後，使人好像已經吃到了「流沙溝」的幾年以後果樹上的蘋果桃兒那樣甜；又像看了一段彩色故事片電影一樣。
>
> 全文不過一千七八百字，它卻反映了新中國的廣大知識青年，在「廣闊天地裏」，為綠化家鄉向大自然作鬥爭的戰鬥姿態，對讀者是一個很大的鼓舞。
>
> 更值得一提的是作者善於用暗示的筆法。如寫竹葉讓人幫她推車時，從她言語和態度上即能使人一望而知她是一個高舉毛澤東思想紅旗奮勇前進的好姑娘。又如這篇文章，雖然表面上只寫了人物和地點，並沒標明時間，實際上在一開頭「天黑了，上弦月高懸在湛藍欲滴的天幕上」，和以後的「初春的夜晚……」等句子裏，已暗示出這是「三八」節前後的夜景，……另外，文章在寫情寫景方面，

〔註5〕陳忠實：《一筆冤枉債——灞橋區毛西公社陳家坡貧農陳廣運家史片斷》，《西安晚報》1965 年 1 月 28 日第 3 版。

〔註6〕陳忠實：《一筆冤枉債——灞橋區毛西公社陳家坡貧農陳廣運家史片斷》，《西安晚報》1965 年 1 月 28 日第 3 版。

〔註7〕陳忠實：《夜過流沙溝》，《西安晚報》1965 年 3 月 8 日第 3 版。

也有一些獨到之處。〔註8〕

文章這麼快就得到了讀者熱烈的反響，這對於陳忠實的鼓舞是可想而知的。陳忠實後來回憶到：「第一篇散文《夜過流沙溝》發表後，自信第一次打敗了自卑。」〔註9〕陳忠實 1962 年高考落榜，「作為村子裏的第一個高中畢業生回村，很使一些供給孩子念書的人綻了勁。成為念書無用的活標本。除了種地別無選擇，在這種情況下，選擇了文學創作的路。」〔註10〕「為了避免太多的諷刺和嘲笑對我平白無故帶來的心理上的傷害，我使自己的學習處於秘密狀態，與一般不搞文學的人絕口不談文學創作的事，每被問及，只是淡然迴避，或轉移話題。即使我的父親也不例外。」〔註11〕陳忠實立下誓言：「給自己定下了一條規程，自學四年，練習基本功，爭取四年後發表第一篇作品，就算在『我的大學』領到畢業證了。結果是，經過兩年奮鬥就發表作品了。」〔註12〕高考落榜對陳忠實打擊很大，他想通過文學創作改變命運，作品發表即引起反響讓陳忠實看到了希望。1949 年以後作家的幹部化，使得從「現代」進入「當代」的作家受到「單位」的束縛，但對於那些農裔文學青年來說，當作家和當兵一樣是離開農村「吃上公家飯」的重要途徑。

散文《杏樹下》寫「我」看到杏花便想起小時候曾被王財東推到懸崖下的苦難。在「我」陷入回憶之際，遇到放學後自覺來看護杏樹的小朋友。從杏花繁盛想到水澆得好，從而讚歎男女社員劈山引水，特別是小朋友的主人翁感讓自己對比今昔，得出毛澤東時代的兒童真是幸福的結論。這篇散文寫景也比較有特色：「春雨淅淅瀝瀝地下著，我徒步走在回家的原坡上，儘管陣陣冷風夾著雨點摔打在臉上不好受，而我的心情，仍然是舒暢的。你看，那滿坡的桃花、杏花，開得一片爛漫，卻像一張張紅白色的降落傘布滿在坡上；層層梯田，一道道翠綠的麥苗，一道道金黃的油菜花，裹住山腰，伸向雨霧彌漫的原頂。」〔註13〕另一篇散文《櫻桃紅了》，寫櫻桃成熟的五月，老陳在龍灣見到了全公社出名的造林模範張志剛。張志剛簡陋的小屋與滿園成熟的櫻桃恰成對照，以此表現張志剛的新愚公精神。張志剛不讓荒坡進第三個五

〔註8〕顧言誠：《喜讀〈夜過流沙溝〉》，《西安晚報》1965 年 3 月 26 日第 3 版。
〔註9〕陳忠實：《俯仰關中》，江蘇文藝出版社 2010 年版，第 277 頁。
〔註10〕陳忠實：《俯仰關中》，江蘇文藝出版社 2010 年版，第 277 頁。
〔註11〕陳忠實：《俯仰關中》，江蘇文藝出版社 2010 年版，第 277 頁。
〔註12〕陳忠實：《俯仰關中》，江蘇文藝出版社 2010 年版，第 277 頁。
〔註13〕陳忠實：《杏樹下》，《西安晚報》1965 年 4 月 17 日第 3 版。

年計劃的決心讓「我」特別激動。毛澤東著作擺在枕邊，這為張志剛的所作所為找到了思想根源。散文寫張志剛兩次搬石頭，第一次只把它看作是普通的石頭，石頭巋然不動，第二次把它想像成一窮二白兩座大山，就輕而易舉。文章卒章顯志「我似乎看見，那紅通通的櫻桃樹，都變成了一個個胖墩墩的志剛，在憨憨地笑著。」〔註 14〕這種誇大黨員意志力的手法和非常直白的象徵、比喻，讓這篇散文表現出政治浪漫化、詩意化的文學特徵。

這篇散文發表以後，在讀者那裡又引起了反響，「紅雨」副刊刊發了三位讀者的讀後感。「《櫻桃紅了》這篇散文寫得好，讀過之後，真像吃了那『甜絲絲』，『水津津』的櫻桃一樣令人興奮。」〔註 15〕「我愛讀散文，尤其愛讀那短小、詩樣的散文。《西安晚報》去年十二月五號『星期文藝』上發表的《櫻桃紅了》就是一篇值得一讀的散文。你大聲地朗讀之際，一群年輕有為的青年人便躍然出現你面前。」〔註 16〕這位讀者對於陳忠實深表贊同：「這噴香的生活、不僅是文章裏有意烘托出來的而實在是現實生活的真實反映。那『紅通通』的『火傘』分明是鬥爭的火焰、那噴香的滋味，分明是勝利果實的香甜！我雖然沒有領略過龍灣櫻桃的滋味，但讀著文章，閉眼一想，真也彷彿那水津津、甜絲絲的汁液早已沁入心脾了。你再睜眼一看，哪裏又不是充滿了這種瑪瑙樣的詩情畫意呢？」〔註 17〕

在《西安晚報》上像陳忠實這樣經常受到讀者表揚的作者很少。從這些評論的內容看，一則他描寫景物的能力引起了注意，二則他善於用別致的故事和有地方特色的語言及時地表現農業學大寨等政策。前面引述作品都是散文，《春夜》一篇，雖沒有表明體裁，但小說的要素已經很突出了。故事情節的設置特別是小說人物的塑造，都表現出作者在敘述農業合作化故事時比較老到的功力。在我看來，《春夜》是陳忠實早期創作中藝術最為成熟的一篇。

> 一輪滿月托上東山巔，柔和的月光灑滿河灘、原坡和村巷。生產搞得火熱的山村的春夜，一點也不寂靜，樹杈裏的大喇叭播著一天來的生產進程和好人好事，辦公室裏正吵吵嚷嚷地記工，共青團負責人在傳人開會……

〔註 14〕陳忠實：《櫻桃紅了》《西安晚報》1965 年 12 月 5 日第 3 版。
〔註 15〕陳鑫玉：《〈櫻桃紅了〉讀後感》，《西安晚報》1966 年 2 月 11 日第 3 版。
〔註 16〕蘇景斌：《〈櫻桃紅了〉讀後感》，《西安晚報》1966 年 2 月 11 日第 3 版。
〔註 17〕蘇景斌：《〈櫻桃紅了〉讀後感》，《西安晚報》1966 年 2 月 11 日第 3 版。

　　　　吉家灣年輕的生產隊長吉長林，給社員們把明天的活路安排停
　　當，回家喝湯。女人揭開鍋蓋，一股白色的蒸汽直衝頂棚，她麻利
　　地端出一盤蒸紅薯。隔年的紅薯，吃來特別香甜，長林狼吞虎嚥地
　　吃著，腦子卻沒停止活動。利用吃晚飯的時間，想想今天未辦和明
　　天要辦的事，好在喝畢湯後補充安排，這已是他當隊長兩年來的習
　　慣了。尤其在目下，活路稠，生產搞得熱火朝天，根本沒有個整時
　　間想問題，這吃飯時間就顯得尤其重要。剛才，長林給社員們安排
　　了明天修紅薯苗圃和給棉花地壓底肥的活路，這時他想起了治治叔
　　驗收棉籽兒的事。於是，他手裏拿了幾個紅薯，下了炕沿。〔註18〕

　　農業社生產隊長已經經過共產主義思想洗禮而脫胎換骨，心裏裝的只有
生產隊的事情，早已經沒有了一點私心雜念。對此，敘述者是帶著欣賞態度
的；與此相反，生產隊的妻子，能幹的農村婦女依然保持著對丈夫的萬分尊
敬，對此，敘述者是有著認可態度的。「共產主義」的丈夫與「封建主義」的
妻子的相得益彰，分明來自柳青《創業史》那種「先進」的梁生寶與「落後」
的梁三老漢敘述的遺傳，「由於塑造人物時作者採用的視角不同，其人物形象
也就呈現出不同的藝術效果與生命力。」〔註 19〕這種矛盾的敘事視角與錯位
的道德姿態讓柳青一脈的小說，既由於爲農業合作化立法而顯得刻板，又因
生活細節和人物心理的格外生動而表現出濃鬱的生活氣息。這種獨特的敘
述，陳忠實在這裡已經學得入木三分。小說敘寫陝西農村環境和運用陝西口
語也已經比較圓熟：

　　　　月明如水，流瀉在治治叔叔家的院子裏，地上映著花椒樹的暗
　　影；窗上亮著點燈光，屋裏靜悄悄的。長林推開門，見老嬸子懷抱
　　小蒲籮，聚精會神地選棉籽兒，聽見門響，老人抬起頭，戴著老光
　　鏡的眼睛吃力地辨認著來人。

　　　　「嬸，俺叔呢？」長林問。

　　　　「噢，是林娃子。」老嬸子聽出聲音，摘下眼鏡，慈祥地笑了：
　　「屋裏還能呆住他！剛才掏了一擔籠灰，連湯也沒顧得喝，不知到
　　那達去了。你有啥事？」〔註20〕

〔註18〕陳忠實：《春夜》，《西安晚報》1966 年 3 月 25 日第 3 版。
〔註19〕丁帆：《中國鄉土小說史》，北京大學出版社 2007 年版，第 230 頁。
〔註20〕陳忠實：《春夜》，《西安晚報》1966 年 3 月 25 日第 3 版。

　　此外，小說突出了棉花地裏點灰時老五叔提燈照路，長林量碼子，治治叔點灰的圖景。這是有政治寓意的設置：老五叔是模範軍屬，表明農業社的政治路線沒問題，治治叔是貧農的代表，有勞動經驗，爲農業社生產保駕護航，生產隊長長林，根正苗紅的革命後代，是農業社的當然領頭人。「當長林對於自己是不是可以量碼子感到猶豫的時候，治治叔像父親那樣嚴慈地說：『一輩子不剃頭還是個連毛子，我倆能給你量一輩子？不會，你就學嘛！』長林沒話說了，小心地邁開步子，跟著五叔的燈光走，治治叔提著灰籠尾隨在後面。不時地聽見他指點長林的聲音：『腰挺直，步子扯開！』。」革命後代的自我童稚化凸顯了貧下中農的高大形象，階級秩序的老少搭配表現了革命組織的鋼澆鐵鑄。這表現了陳忠實把政治倡導結構在故事中的寫作技巧，這在他「文革」中的小說會有繼續發展。

　　陳忠實早期創作中最後一篇作品是《迎春曲》，這篇作品無限制地頌揚了農民的革命激情，塘家坪連隊的隊員在挖渠的工地上幹活，晝夜不分連軸轉。領隊羊娃這樣說：「農民也懂得了，種莊稼不光是掙勞動日，革命，就不能光顧自個，要全公社，全中國社員一塊起來，革帝國主義的命、革天的命、革地的命，納在一搭革！」誇張的人物性格，宣講式的人物語言，還有浮於紙面的激越的敘述語言，「文革」口號式的喧囂顯然已經影響到了一個習作者的作品。

　　1965 年 4 月 17 日之後，陳忠實再沒有在《西安晚報》上發表作品，《西安晚報》的副刊也消失了。從 1966 年 12 月 31 日「查封西安晚報通告」中，可以獲知，從 1966 年 5 月中旬，《西安晚報》已經開始造反奪權：

　　　　從五月中旬到十月中旬的五個月時間裏，《西安晚報》刊登了許多的消息、通訊、文章、惡毒攻擊和污蔑廣大革命師生的革命行動，並印發了大量歪曲事實的反動傳單，製造輿論，挑起學生鬥學生，挑起群眾鬥群眾，極力爲西北局、陝西省委、西安市委推行資產階級反動路線效勞。九月中旬，《西安晚報》社革命職工造了市委的反，趕走了市委工作隊。報社革命職工原想把《西安晚報》努力辦成高舉毛澤東思想偉大紅旗的無產階級革命化的報紙，徹底肅清資產階級反動路線的影響。但是，兩個半月以來，市委對於其前一時期利用《西安晚報》鎮壓革命運動的罪行，迄今不作徹底檢查交

代，不向全市革命群眾公開承認錯誤，消除流毒。〔註21〕

這封以黑體加粗大字為標題寫就的查封通告火力威猛：

> 《西安晚報》在反革命修正主義分子叢一平（中共西安市委常
> 委）、袁烙（《西安晚報》前總編輯）等一小撮人的控制下，十幾年
> 來執行了一條反革命修正主義路線，忠實地執行了反革命修正主義
> 分子陸定一、周揚等人和舊中宣部的黑指示，大量販賣封建主義、
> 資本主義、修正主義的黑貨，……對黨對人民犯下了滔天罪行。
>
> 為了誓死捍衛毛主席、誓死捍衛毛澤東思想，誓死捍衛以毛澤
> 東為代表的無產階級革命路線，我們決定採取斷然措施，從一九六
> 六年十二月三十一日起封閉《西安晚報》，集中力量徹底摧毀一切資
> 產階級的、修正主義的污泥濁水、殘渣餘孽、為今後辦出一個高舉
> 毛澤東思想的偉大紅旗的、非常無產階級化、非常革命化的報紙創
> 造條件。〔註22〕

發出這份通告的是「西安晚報社捍衛毛主席路線戰鬥總隊，捍衛毛澤東思想戰鬥總隊，捍衛毛澤東思想《驅虎豹》戰鬥隊，《紅苗》戰鬥隊，《紅掃帚》戰鬥隊，西安地區紅衛兵革命造反司令部，西北地區革命師生赴西安革命造反聯絡總站。」「文化大革命」因造反奪權引起的混亂已經橫掃全國，一份市級晚報上的鬥爭就如此尖銳激烈。

《西安晚報》「紅雨」副刊和「星期文藝」副刊停刊，使得陳忠實的創作之路剛剛開始就戛然而止。根據陳忠實在上面發表文章的數量和頻率，以及在讀者中間引起的反響來看，如果不是「文化大革命」的發生，陳忠實的寫作造成全省範圍的影響，極有可能會提前 5、6 年，不會等到 1970 年代中後期。但歷史不可能假設。從上面引述中可以看出，「文化大革命」對於《西安晚報》的衝擊力量之大，是超乎想像的。對於熟悉這份報紙，且常在這份報紙上寫文章的陳忠實來說，這可能使他第一次切身感受到政治干預、擠壓文學的殺傷力。

陳忠實的創作，開始於一個特殊時期，「文化大革命」風雨欲來，政治氣候瞬息萬變，但還沒有最後爆發，還允許有一些個人生活空間存在。比如《西安晚報》在 1965 年還登有五花八門的廣告，還會不定期刊載生理衛生知識。

〔註21〕 《查封西安晚報的通告》，《西安晚報》1966 年 12 月 31 日。
〔註22〕 《查封西安晚報的通告》，《西安晚報》1966 年 12 月 31 日。

讓男青年對於遺精不要驚慌，在春節時，告訴團聚的青年夫婦要注意避孕。雖然這些說明都以積極投身社會主義建設為核心，但還是透露出晚報獨有的市井生活氣息。這表明這份給普通市民閱讀的報紙還是允許有除政治之外的生活休閒，這種生活休閒就包括普通市民對於像陳忠實這樣的文學青年的一些短篇習作的閱讀。但1965年年底和1966年，《西安晚報》開始經常轉載中央報紙的大批判文章，廝殺之聲不絕於耳。陳忠實在《西安晚報》上發表文章的歷史也就此結束。

陳忠實的早期創作有很明顯的特點。首先是高考落榜，不甘心種地一生，不願做農民的現實刺激讓陳忠實向寫作發起進攻。其次，由於他從初中和高中開始對趙樹理和柳青、王汶石的閱讀和崇拜，以及1950和1960年代文壇對陝西農村作家的推崇，使他發現了自己的寫作資源並樹立起寫作的自信。此外，就是「文革」前的報紙副刊為他提供了發表作品的空間。但是，由於政治氣候的籠罩，陳忠實早期創作有很明顯的跟風性質，創作質量參差不齊，並不穩定。特別是他一開始創作就進入了被政治裹挾的寫作狀態中，使他的作品必須在政治正確與敘述藝術之間努力平衡。這可能是他的早期作品有時藝術特色多一些，有時則政治宣傳很顯豁的原因。包括「文革」中後期在內，陳忠實在政治激進時期的創作，斷斷續續持續了十年，並且總是受到好評，對於一個渴望通過文學改變命運的作者來說，這種來自讀者的反饋意見會使他日益認可自己的寫作方式，而這種政治浪漫化和政治美學化的寫作會不斷灼傷作者的藝術才能。

1973年，停筆七年的陳忠實重新發表作品，即《陝西文藝》1973年第3期的小說《接班以後》，從目前陳忠實的自傳性文字中無法得知他在這七年中有沒有進行創作，但可以得出的結論是，七年之後他對小說結構的駕馭能力提高了許多，與此同時，在小說表現政治主題方面，陳忠實也更為嫻熟。

在小說《春夜》中，即使是給棉花施肥這樣的小事，生產隊長吉長林也需要貧農治治叔一再鼓勵。在小說《接班以後》中，劉家橋大隊新上任的黨支部書記劉東海在老支書劉建山面前則是信心滿滿：

你老兒總不能替我開一輩子鐵，有一天，你見馬克思去了，再

遇上這號大鐵，咋開？〔註23〕

劉東海的信心和陳忠實的信心可能來自其時正在提倡的老中青三代幹部

〔註23〕陳忠實：《接班以後》，《陝西文藝》，1973年第3期。

三結合，但以青年爲主培養革命事業接班人的政策。這篇小說受到廣泛好評，具有全國性的影響。〔註 24〕小說敘寫回鄉知識青年劉東海接替原劉家橋大隊劉建山擔任大隊黨支部書記以後，與同族長輩第四生產隊隊長劉天印之間的矛盾鬥爭。劉東海帶領 9 個生產隊大搞農田基本建設，只有第四生產隊隊長劉天印一心撲在副業上想爲隊裏多賺錢。於是，一場走資本主義還是走社會主義道路鬥爭由此開始。在小說中富農福娃被描寫爲添油加醋的禍水人物，指使福娃挑撥離間激化劉東海與劉天印矛盾的是地主分子劉敬齋。劉天印和劉東海的衝突表現了黨內的路線鬥爭，劉東海、劉建山與劉敬齋的仇恨則是兩個階級矛盾鬥爭的體現。陳忠實按照文革文學的基本標準完成了這篇小說。

在以劉天印與劉東海的對立呈現黨內路線鬥爭時，有意無意表現了農村能人劉天印與村中小輩劉東海的輩分之別、權利之爭，這是《接班以後》具有陳忠實自己特點的地方。劉天印是柳青小說中郭振山式的能人，小說描寫了他的住處：

> 走到天印家門口，新砌的磚門樓下，天印推著新飛鴿自行車，跨過齊膝蓋高的木門坎，到了街道上。他換上了自家女人精心縫製的黑卡幾棉襖，腰上結著寬布腰帶，頭上戴一頂長毛狗皮帽子。
> 〔註 25〕

小說也寫到了他的精神狀態：

> 他長得粗粗壯壯，顯得特別結實，碌碡一樣的腰裏，結著一巴掌寬的白粗布帶子。四十五、六歲的強壯的莊稼漢子，頭髮仍然密密紮紮，又硬又黑；一雙顯得有些突出的大眼睛裏，有一種什麼都不在話下的神色。〔註 26〕

劉天印顯然是老一輩農民中的強者，在土改前，劉天印式的農民是農村倫理秩序的主持者。他根本沒把後輩小子劉東海放在眼裏，「自從東海當了黨支部書記，劉天印心裏像擱了啥東西，總是回轉不順。選舉會上，老支書說東海這好那好，天印心裏總不實在。再說劉家橋這麼大的攤攤，他能領得起？不行！」小說中劉東海獲得劉家橋的領導權是由於老支書劉建山力薦。

〔註 24〕 《接班以後》入選陝西人民出版社《陝西文學新作選》，陝西人民出版社 1974 年初版，1975 年第 2 次印刷；也入選人民文學出版社《朝暉——上山下鄉知識青年創作集》，1974 年版。該書前言特別提到《接班以後》。

〔註 25〕 陳忠實：《接班以後》，《陝西文藝》，1973 年第 3 期。

〔註 26〕 陳忠實：《接班以後》，《陝西文藝》，1973 年第 3 期。

從劉家橋大隊副書記的擔心看來，劉東海顯然並不具備擔任支部書記的能力，副書記的建議是「先做支委，開會做個記錄，給村民傳達，給上級寫個彙報，總結材料，在公社會議上代表支書發言。」顯然這是農村幹部的仕途經驗談，但劉東海成為黨支部書記，沒有遵循這一傳統步驟，這可能是已經四十多歲的四隊隊長劉天印不滿的真正原因，更何況劉東海是小輩。不論政治資歷還是鄉村輩分，劉東海都不可能超過劉天印。

> 嚇誰哩，複雜，還有土改、合作化那陣複雜嗎？我和老支書土改鬥爭劉敬齋那會兒，你還爬在地上耍尿泥兒哩！你小夥把問題看得太嚴重了嗷！拿階級鬥爭嚇我，壓住我？

> 「哼，你娃剛上臺，就想在我天印頭上開刀呀！我天印也不是好惹的……你眼裏沒有人嗎！還想叫人眼裏有你……」

> 東海問：「天印叔，到那裡去？」

> 「印叔，我想咱倆談談，你啥時候能回來？」

> 「你是書記麼！領導叔哩嘛！領導對下級講話，不是『指示』是啥？哈哈，是『指示』，是！」〔註27〕

在劉天印與劉東海的交鋒中，劉天印以自己的年長和資格老表現出對劉東海的蔑視。這種資格老是因為他在土改、農業合作化時代的堅定。但劉天印與劉東海的鬥爭沒有經過幾個回合，便敗下陣來：

> 社員們圍了一堆，劉天印在人堆裏蹦躂著，腳下踏著雜亂的步子，平時紮得又平又展的白布腰帶，一頭鬆開了，掉在屁股後頭，也沒發覺，嘴裏濺著白沫，可著嗓子吼：「啊，你，你海娃，現在是書記嘛！你有職有權，你看著辦吧！我準備好上你的鬥爭會！啊哈，我不怕。我等著下臺哩」

> 海娃，站在人頭前，沉靜而氣憤，不說話。〔註28〕

這與小說開篇對劉天印精神強悍的描寫並不對稱，敘述者介入小說，以貶抑和褒揚對立的敘述姿態給讀者以強烈暗示，神化劉東海，醜化劉天印。當劉東海和敘述者以黨的化身的身份制服了劉天印之後，敘述者對劉天印的道德態度再度出現逆轉：

〔註27〕陳忠實：《接班以後》，《陝西文藝》，1973 年第 3 期。
〔註28〕陳忠實：《接班以後》，《陝西文藝》，1973 年第 3 期。

他滿懷深情地叫了一聲：「天印叔！」社員們更安靜了，目不轉睛地盯著年輕的支部書記。天印這人，要吵，要鬧，他都不怕；可是在這種場合下，他簡直有點心慌意亂，無所適從了，他自己也感到胸膛裏的那股氣在往下消。

「天印叔！」海娃又重複了一句，

「對，海娃，叔明天開社員會，檢查批判自個的資產階級思想，也是教育社員哩！你參加一下會議吧！」

「海娃，人家把叔叫做踢腿騾子！其實，只要車把式硬手，能把咱調到轅裏，可楞拽楞拽哩！」天印說。東海被逗笑了，說，「天印叔，我相信你。」〔註29〕

對黨和黨的化身劉東海臣服的劉天印重新贏得了敘述者的好感。作為一個轉變式的人物，小說完全沒有交代劉天印的思想轉變過程。和其他文革小說作者一樣，預設的主題決定了陳忠實小說的故事走向。在不妨礙小說主題的情況下，富有鄉村倫理關係的叔侄對話曇花一現。

1974 年《陝西文藝》第 5 期，陳忠實發表了小說《高家兄弟》，小說圍繞誰該上大學，有沒有必要上大學這兩個問題展開敘述。高村黨支部委員兼飼養員高兆豐堅決阻止弟弟高兆文上大學，認為他有個人思想想走白專道路，與此相反，公社文教幹事祝久魯被塑造為階級敵人，慫恿高兆文離開農村背叛貧下中農。與高兆文形成對比的是發誓紮根農村一輩子的赤腳醫生劉秀珍。小說情節是對張鐵生交白卷事件的直接複製：「秀珍，把頭揚起來，進考場！萬一真的出什麼難的怪的題目，咱就不答它！乾乾脆脆寫上：我是貧下中農的赤腳醫生，會看病，不會答你們的題，我是為了更好地為社員服務，才來上大學；你們辦社會主義的大學，我要上；你們再辦修正主義的舊大學，拿八抬大轎抬我也不來！就是這話。」如前文所述，高考落榜嚴重打擊了陳忠實，對大學的嚮往使他訂下自學四年的苦讀計劃，並決心以寫作來改變命運。但時隔十年之後陳忠實寫作了這篇完全否定大學的小說，這可能是他為了迎合 1974 年打擊教育黑線回潮而作。1979 年，陳忠實再次講述上大學故事。《幸福》敘述大學之於青年的重要性。《幸福》反轉了《高家兄弟》的敘述，小說中的引娣謊話連篇，在科研站搶佔頭功，獨霸上大學機會。與

〔註29〕陳忠實：《接班以後》，《陝西文藝》，1973 年第 3 期。

《高家兄弟》中的秀珍溫良謙遜一腔革命正氣截然不同。《幸福》中的幸福高考成功引來眾人羨慕，與《高家兄弟》中除階級敵人歡迎大學之外其餘皆深惡痛相差甚遠。此外，別具意味的是，《幸福》中的幸福在文革中由於上大學不成而造成的心理創傷在新時期高考成功後完全治癒。

《高家兄弟》的結局是高兆豐以父親和祖輩的革命事蹟感化高兆文，把高兆文拉回到革命隊伍中來。小說敘述了完整的革命家史，從高老大反抗財主到高老大的孫子參加土改以及在農業社犧牲，再到高兆文繼承革命遺志和農業社一起成長。陳忠實演繹論證農村從土改到農業合作化的全過程，在中篇小說篇幅內追求柳青小說式的「史詩」範型。

1975 年第 4 期《陝西文藝》，陳忠實發表《公社書記》。小說講述同為長工出身的公社書記徐生勤與副書記張振亭在工作作風方面的巨大差異。張振亭被塑造為一個被資產階級自私自利思想腐蝕了的幹部，徐生勤則是永葆革命青春的黨的化身。小說安排了隱藏著的階級敵人，分別是張寨副業組長張宗祿與縣工廠材料員張宗義。前者是張財主的長工頭後者是張財主的三少爺。為了完全對應資產階級思想在共產黨幹部身上以改頭換面的形式出現這一意識形態說教，小說不惜製造階級敵人把張財主的皮襖由緞面換成呢嘰贈送給張振亭的情節，對文革政治的完全複製讓陳忠實的小說日益僵化。

在描寫地主之殘忍方面，陳忠實小說的誇張程度令人咋舌。《公社書記》敘述山洪爆發之際，張財主為了保住水澆地把放水口對準張振亭一家，張振亭父母、妹妹被大水沖走。即使如此，張財主依然不依不饒，張振亭賣水果也不為所容，逼迫他給張家做長工，張振亭因磨麵撒了麥子被張財主打得暈過去。「屋漏偏逢連夜雨」的農民苦難疊加敘述，財主對某一個貧下中農「情有獨鍾」的反覆懲罰的失真表達，文革時期的陳忠實，複製意識形態走向極端。

與階級鬥爭激進敘述奇妙地結合在一起是生活細節的生動描寫：

> 啊呀，飼養室簡直成為大夥兒的活動中心，夜晚，下雨天，人不斷！有人是來文談農業社的事情的，有的人是來看自己的牲口肥了，瘦了？甚至有人給飼養員叮嚀自己牲口的脾性：「咱那黃牛，是慣下的，不撒麩子不吃喀！」「咱那黑鼻頭，愛喝稠泔水……」還有幾回，飼養員高志成看見，有人借聊天的機會，偷偷從袖口掏出一

　　個黑蒸饃，捏碎擂到自己那頭牛的槽道裏……〔註30〕

　　這些細節表現了農民在遭遇集體化之際的一絲恐懼和幾分擔心，流露出以土地為生的莊稼人對牛、馬親人般的愛護與疼惜。在表現農業合作化時代農民心理方面特別是梁三老漢式的老農民心理方面，陳忠實確實得到了柳青的真傳。「現在回味起來，對我而言，柳青的《創業史》和王汶石的《風雨之夜》的最直接的啟示，是把小說的藝術真實和生活真實的距離完全融合了。尤其是我生活著的關中鄉村，那種讀來幾乎鼻息可感的真實，往往使人產生錯覺，這是在讀小說還是在聽自己熟悉的一個人的有趣的傳聞故事。我對創作的迷惘和虛幻的神秘面紗可以撩開了，小說的故事和人物就在我的左鄰右舍裏生活著。」〔註31〕柳青和王汶石作為 1950、1960 年代最為著名的農村題材小說作家，給與了陳忠實以深刻的影響，陳忠實學會了他們善於用人物語言表現人物個性性格的方法，也同他們一樣積極闡釋社會主義新人，這一點在王汶石的小說中更為明顯。

　　陳忠實文革中的作品都引起了較大反響，他是文革期間陝西省農村題材小說的代表性作家。如前文所述，陳忠實是一位極其在乎作品評論和社會反響的作家，這種在乎使他容易順從評論的走向。

　　　　小說的作者，是一個長期生活在三大革命運動第一線的農村人民公社的領導幹部。這是陳忠實同志接觸各種人物，瞭解各種事件的機會。《高家兄弟》有現實生活依據，但是經過改造的。這期間起到作用的是陳忠實反覆閱讀《觸龍說趙太后》。他反覆地閱讀了《觸龍說趙太后》這篇文章，考慮著這樣一個問題：一個青年應該走什麼道路：是只為個人謀私利，做資產階級的俘虜，還是一心為公，做共產主義的接班人？怎樣才能發揚革命傳統，堅持無產階級事業接班人？怎樣才能發揚革命傳統，堅持無產階級專政下的繼續革命？陳忠實遇到了苦悶，不久，作者有機會到南泥灣「五・七」幹校進行勞動鍛鍊，沸騰的生活，澎湃的激情，周圍多少可歌可泣的事件一齊向作者襲來，激起了他一陣陣的創作衝動。就在這個時候，鍾志民的退學申請書發表了，它給了作者以強烈的思想震動；而到延安毛主席的革命舊址，又點燃了作

〔註30〕 陳忠實：《公社書記》，《陝西文藝》，1975 年第 4 期。
〔註31〕 陳忠實：《俯仰關中》，江蘇文藝出版社 2010 年版，第 278 頁。

者思想上的火花。一個閃光的思想突然產生了：革命，就是要像當年毛主席在延安時期那樣，要有那麼一股勁，那麼一股革命熱情，那麼一種拼命精神，就是要艱苦奮鬥，自力更生，一心為公，徹底革命，就是要保持革命的純潔性。久久思索著的問題一旦找到了答案，原來還不那麼清晰的人物和事件帶著激動人心的力量，就一下子鮮明地呈現出來，使得作者不得不在每天勞動之餘，夜深人靜之際，寫作他的《高家兄弟》。〔註32〕

　　這篇評論體現了文革時期主流意識形態對陳忠實小說創作的認知：三大革命運動第一線深入生活，五七幹校磨練意志，時事激發靈感，領袖聖蹟給予精神昇華。在《陝西文藝》編輯部召開的工農兵作者創作座談會上，陳忠實作為創作典型被兩次提及。

　　　　陳忠實結合《高家兄弟》談了經驗。他對於生活中的走後門現象，認為只著眼於批評這種不正之風思想太低，教育意義有限。……於是，他以社會主義歷史時期的階級鬥爭、路線鬥爭為綱，從反復辟、反倒退、在無產階級專政下繼續革命，讓先輩開創的革命事業、革命精神永不走樣，永不褪色這一角度，重新進行構思，終於改變了原來單純反「後門」的設想，使《高家兄弟》這篇小說在思想上、藝術上都有較大的提高。達到了一定的深度。

　　　　……這就是說，刻苦學習馬列主義、毛澤東思想，長期地無條件地全心全意地深入工農兵火熱的鬥爭生活，努力改造世界觀，是搞好創作的先決條件。陳忠實同志在這方面體會是比較深的。他生在農村，長在農村，中學畢業後在農村教書，應該說對農村生活比較熟悉。即使如此，當他還沒有把自己的業餘文藝創作與黨的革命事業聯繫起來，沒有深入自覺地解決深入生活和改造世界觀的問題時，仍然寫不出好東西。後來，他來到公社工作，參加了清理階級隊伍的、一打三反、整黨建黨，到基層蹲點，到幹校學習，在實際鬥爭中認真讀馬列的書，學習毛主席關於無產階級專政下繼續革命的理論，經常觀察分析農村兩個階級、兩條道路、兩條路線鬥爭的新特點，努力向貧下中農學習，比較自覺地用文藝為現實的階級鬥

〔註32〕 延眾文：《深刻的主題思想，感人的英雄人物——評〈高家兄弟〉》，《陝西文藝》1975年第2期。

争和路線鬥争服務。只有在這個時候，他才邁出了堅實的步子，……

〔註 33〕

同一時期出現的張繼芳〔註 34〕和費秉勳〔註 35〕的評論也從世界觀改造和深入生活兩方面評價了陳忠實的創作道路。頌揚他創作經歷的這類評論有可能讓他更加熱衷於跟風創作。1976 年第 3 期《人民文學》發表了陳忠實的小說《無畏》。能夠在復刊不久的《人民文學》發表作品，顯然和他在前幾年發表了三篇受到歡迎的小說有關。這一次，陳忠實繼續緊跟政治。周恩來病重期間，鄧小平復出，他開始在農業、工業、教育文化事業方面進行全面整頓，整頓工作很快見到成效。與鄧小平意見相左一方利用毛澤東對整頓工作的警惕，發起了針對鄧小平的反擊右傾翻案風運動。《無畏》以小說的形式復現了這一政治運動。

小說敘述豐川縣縣委書記劉民中在夏季農田基本建設中執著推廣東楊公社的工作方法：包幹到人，提高工作效率。這一做法遭到躍進公社黨委書記杜樂的堅決抵制。抵制的理由無他，這違反農業學大寨的基本經驗，這是工分掛帥物質刺激的修正主義表現。1975 年全國第一次農業學大寨會議召開，陳永貴的口號是大批修正主義，大批資本主義，大幹社會主義，所謂大批促大幹。杜樂就是堅決執行這一政策的代表。而縣委書記劉民樂推廣東楊經驗則得到來自上面領導關於整頓的重要講話。小說雖沒有提到鄧小平的名字，用「那個人」指代。小說發表之際，反擊右傾反案風在黨報上已經鬧得沸反盈天，讀者一看便知小說批判矛頭是指向鄧小平的，（1976 年 4 月 7 日，鄧小平被撤消一切職務，1976 年第 3 期《紅旗》雜誌發表初瀾文章《堅持文藝革命，反擊右傾反案風》，《解放軍報》1976 年 3 月 4 日第 1 版全文轉載。）影射之意非常明顯。

小說正面描寫了文化大革命。躍進公社年輕的黨委書記杜樂和縣委副書記程華都是文革中的造反派，1968 年後，二人成為縣革委會的副書記。顯然，杜、程都是文革的受益者。小說寫到程華積極支持工作組砍伐集體耕地、宅

〔註 33〕 本刊記者：《努力創作更多更好的社會主義文學作品——〈陝西文藝〉編輯部召開工農兵作者創作座談會的情況報導》，《陝西文藝》1975 年第 2 期。

〔註 34〕 張繼芳：《在階級鬥爭中塑造革命接班人的形象——評《接班以後》，《陝西文藝》1974 年第 3 期。

〔註 35〕 費秉勳：《新人的頌歌》，《河畔紅梅》（百花文學叢刊），陝西人民出版社 1974 年版，第 361～370 頁。

基地周圍社員栽種的樹木。這類在農業學大寨運動中把農民副業斬盡殺絕的做法把農民逼上了絕路，小說對此表現了讚揚態度。房東大嬸開玩笑勸杜樂對和他具有革命友誼的程華溫柔一點：

　　　　大嬸說：「學大寨，你天天喊鬥鬥鬥！這號事，也要鬥？」

　　　　杜樂大聲肯定：「對！大嬸是一樣啊！主要靠鬥！」〔註36〕

小說人物已經徹底被意識形態附體，沒有絲毫「人」的氣息。

　　「四人幫」被抓以後，陳忠實沒有馬上寫出新作品，1976 年第 6 期《陝西文藝》發表了他歡呼華國鋒和慶祝粉碎「四人幫」的文章。文章寫道：「感謝毛主席給了我做人的權力，交給了我讀書的權力，教給了我做人的道理，指給我們青年生活的道路，革命的道路，我從一個只會割草、拾柴的小奴隸，成為黨的幹部。是毛主席給了我一支筆，一支在上層建築領域鬥爭的筆，歌頌我們敬愛的領袖，歌頌我們偉大、光榮、正確的黨，歌頌毛主席的革命路線的英明和正確。牢記毛主席『到火熱的生活中去』的諄諄教導，永遠紮根農村，投身三大革命鬥爭的火熱生活，首先作一個與貧下中農實行三同的基層幹部，才能使自己獲得取之不盡、用之不竭的創作源泉，也才能使自己不斷改造世界觀，防止演變為資產階級的俘虜。我們刻苦學習毛澤東思想，特別是毛主席關於社會主義歷史時期階級鬥爭的一系列英明論述，對於我們理解社會主義革命的對象、任務、特點、規律，是指路的明燈，是認識紛紜複雜的鬥爭狀況的金鑰匙，用此研究分析一切人，一切階級，一切言論，都是銳利的武器，使我們的筆尖，鬥爭的鋒芒，直指那些搞陰謀詭計、篡改毛主席指示的黨內走資派。」〔註37〕陳忠實還沒有從政治的傳聲筒的角色中轉變過來。

　　1979 年陳忠實在《陝西日報》發表了小說《信任》，不久被《人民文學》轉載，並獲得全國優秀短篇小說獎。《信任》講述羅村大隊在四清運動中結下仇怨的兩家在文革結束後的和解。四清運動中被補劃地主成份、1979 年年初平反後重新上任的羅村黨支部書記羅坤的兒子羅虎打了現任團支部組織委員大順，大順的父親是羅村大隊貧協主任羅夢田。羅虎此舉是借著政治翻身報仇雪恨，補劃羅坤地主成份的正是羅夢田。羅坤不計前嫌照顧大順依法懲辦兒子羅虎，羅坤所做所為不僅讓羅夢田感激涕零，也征服了整個羅村大隊，

〔註36〕陳忠實：《無畏》，《人民文學》1976 年第 5 期。

〔註37〕陳忠實：《努力學習，努力作戰》，《陝西文藝》1976 年第 6 期。

尤其是四清運動比較活躍的積極分子。羅夢田的講話為小說點題：

> 「同志們，黨給我們平反，為了啥？社員們又把我們擁上臺，
> 為了啥？想想吧！
>
> 「同志們，我們羅村的內傷不輕！我想，做過錯事的人會慢慢
> 接受教訓的，我們挨過整的人把心思放遠點，不要把這種愁氣，再
> 傳到咱們後代的心裏去！〔註38〕

　　小說中還有兩個細節別有意味，第一，羅夢田反問羅村村民：「合作化那陣咱羅村幹部和社員中間關係怎樣？大家心裏都清白！」第二，羅坤的心理活動：「有時候又一想，四清運動工作組那個厲害的架勢，倒有幾個人頂住了？他又原諒夢田老漢了。」〔註39〕顯然，小說把農業合作化時代指認為黃金時代，四清則是人人自危的根源。從這篇小說看來，陳忠實對農業合作化的信任沒有發生變化。此外小說中沒有提到文化大革命，連四人幫也沒有觸及。可見，陳忠實寫作時的小心謹慎。把文革中因政治鬥爭導致的農民之間的猜忌歸之於四清，這是陳忠實的創造，幾乎沒有第二個作家如此。1979年中央對文化大革命還沒有徹底否定，華國鋒政權依然遵循毛澤東的階級鬥爭路線繼續滑行，凡是派和改革派的鬥爭還沒有完全明朗化。而劉少奇當時還沒有平反，《信任》雖沒有提到劉少奇的名字，但四清運動的主要負責者是劉少奇。應該說把文革的罪責歸之於四清在 1979 年是比較安全的政治選擇。陳忠實 1979 年寫作的所有小說都把黨內鬥爭的原因歸之於四清，如《小河邊》、《七爺》。

　　表現群眾和受難幹部對黨的感激和信任是陳忠實 1979 年小說很突出的主題。《小河邊》中的黨支部書記在四清運動家破人亡，但對黨極其忠誠：「匣蓋上，畫著一個象徵著鐮刀和錘子的拙笨的圖案，染著淡淡的紅色。……『這是我的黨費！』老漢慢慢拉開匣蓋，露出一紮捆得整整齊齊的人民幣和一堆硬幣，『夏天我在柳林裏拾蟬殼兒，到小鎮藥鋪裏賣了，月月按時交。』」〔註40〕「『我活是黨的人，死了還是黨的……』」。〔註41〕

　　《七爺》表現了一個善良好心的富農，與文革小說對富農的妖魔化不同，

〔註38〕陳忠實：《鄉村》，陝西人民出版社 1982 年版，第 12 頁。
〔註39〕陳忠實：《鄉村》，陝西人民出版社 1982 年版，第 4 頁。
〔註40〕陳忠實：《鄉村》，陝西人民出版社 1982 年版，第 47 頁。
〔註41〕陳忠實：《鄉村》，陝西人民出版社 1982 年版，第 48 頁。

七爺被打倒後依然關心集體。此外，小說講述了縣委公社劉主任、田莊大隊三隊隊長與「我」聯手糊弄縣委路線教育宣傳隊馬隊長的故事，他們不再像公社書記徐生勤、村支部委員高兆豐、劉家橋大隊書記劉東海時時反修防修，階級鬥爭路線鬥爭年年講、月月講、天天講，而是認為路線教育是一陣風，他們相信「有那麼一天」，世界會顛倒過來。《心事重重》講述退休的方三老漢給公社書記送禮的心史，由於送的禮物不對路被書記批評。黯然傷心之際，未來的兒媳經學校黨委書記教育主動上門認錯。小說所要表達的顯然在於：黨是好的，只是一部分人存在問題。《立身篇》敘述公社王書記和民政幹部巧妙應對人情，公平分配招工名額。陳忠實對農村政策反思最為深刻的是《豬的喜劇》，通過來福老漢兩次養豬經歷，呈現了朝令夕改的農村政策給農民帶來的傷害。來福老漢和老伴提前商量怎樣花銷賣小豬的錢，表現了農村的悲慘處境。但小說把錯誤歸之於路線教育組組長韓主任。文革結束後，陳忠實在艱難蛻變中繼續創作，雖提出文革造成的問題，但因涉及對黨的評價，所以問題最終被懸置起來。

在第一時間反映政治事件和主要政策，是陳忠實小說寫作的首要特點。1973 年寫革命接班人問題，1974 年寫歌頌張鐵生式的英雄，1975 年寫農業學大寨，1976 年寫反擊右傾翻案風，1978 年表現對犯錯幹部的團結。陳忠實會隨著政治運動變化的風向隨時調整自己的寫作重心。1978 年以後，他寫富農的善良、寫對犯錯幹部的團結，並且獲得全國小說獎，與他習慣跟風寫作不無關係，並不能說明他的思想真正發生了轉變，對文化大革命具有了深刻反思。

陳忠實小說中的農民不是普通的貧下中農，大都是農村幹部，如生產隊隊長、生產隊的黨支部書記、公社黨支部書記等。他非常熟悉農村幹部，陳忠實本人就擔任農村幹部達二十年之久。此外，陳忠實的小說會不斷重述中國農村從土改到初級社、中級社、高級社再到農業合作化、四清、農業學大寨等全過程，他小說中的人物都經歷、參與了這些運動。他試圖通過這些逐級遞增式的農村運動論證他們依次進行的合法性與正確性。從陳忠實 90 年代的反思看來，他直到 80 年代後期才逐步認識到 1949 年後農村土地制度和農村政策的弊端。作為一個長期擔任農村幹部的作者來說，對自己曾經投入過青春力量的諸多農村政策很難做到完全驅逐。

綜觀陳忠實文革時期和新時期的小說創作，我們可以得出這樣的結論：

在寫出《白鹿原》之前，他始終是一個十七年文學作家。

文革時期，陳忠實與同是陝西省業餘作者的賈平凹和路遙相比創作已經接近成熟。從賈平凹和路遙在文革時期對詩歌、散文、小說、通訊特寫、革命故事各種文體都一一嘗試來看，他們在文革時期的創作屬於練筆階段，沒有找到屬於自己的寫作方式。而陳忠實不同，練筆在文革前已經基本完成，特別是從 1973 年的《接班以後》對 1966 年的《春夜》超越來看，陳忠實在1973 年已經具備了小說家的能力，並熟知自己擅長所在。同時，他文革結束前的創作已經表現出穩定性，不論是時間的穩定性（一年一篇）還是藝術含量的均衡性抑或是選擇題材和敘述角度的連貫性都可以說明陳忠實找到了獨屬於他的平衡政治運動要求與藝術技巧的方法。文革結束後，陳忠實的小說《信任》雖然獲得了全國獎項，並且一直保持創作，但他文革後的小說不論從受到關注的程度還是從創作的開拓性來講，都不及文革時期的文學練習者賈平凹和路遙。可以說陳忠實的小說已經停止於十七年時期。

文革時期的土地制度和十七年時期並無實質區別，柳青和王汶石在十七年時期塑造集體化時代農民的方法，陳忠實在文革期間依然可以運用，沒有隔膜。新時期，陳忠實對文革後中國農村土地政策的變化以及與此相關的農村文化生態沒有及時做出反映。他熟悉在集體化面前失去土地和牲畜的農民，他不熟悉或者他不接受在去集體化時代得到土地的農民。他善於塑造集體化時代的農村幹部，卻不可能塑造出新時期去集體化後農村的農民形象的典型。他所擅長的敘述方法、人物塑造方式適應於人民公社時代，他一直以觀察人民公社時代的方式觀察人民公社解體後的農村，這種錯位的方式讓陳忠實雖一直在表現新時期農村，但已經無法達到生活的真實與藝術的真實完全沒有距離這一他最為推崇的寫作效果。他在新時期的停滯如同他最崇拜的王汶石一樣，在文革結束後已經無所作為。所以，陳忠實在新時期很長一段時間只是一位十七年時期的農村題材小說作家，和新時期無關。

不過，他在新時期所寫作的農村題材小說，以及他在新時期的創作心理與人生體驗，卻是值得探究的文學史現象。如果討論十七年農村題材小說與十七年農村小說作家的困境，陳忠實小說與陳忠實本人都具有歷史標本的價值。特別應該注意的是，陳忠實的新時期農村題材小說被新時期文學史敘述遺忘的現象，也是具有時代症候的。他的小說是與新時期文學對十七年農村

敘述的批判性相對立的一種懷舊敘述。這種懷舊敘述呈現了作爲農業合作化實踐的農村幹部陳忠實與描寫農業合作化並以柳青爲寫作範型的陳忠實的精神困境。這種精神困境對於新時期文學研究當代文學研究而言是不能錯過的。

　　生產隊長形象是陳忠實70年代末期與80年代前中期中短篇小說著重表現的人物形象。這些生產隊長形象與進入文學史敘述的80年代小說中的生產隊長形象有極大的差別。80年代農村題材小說中的生產隊長形象來自於一批廣有影響的知青小說，比如朱曉平《桑樹坪紀事》，李銳《厚土》系列小說，這些小說中的生產隊長是農業集體化政策的基層實施者，具有宗法制族長的威嚴，具有不可撼動的政治權力，這些權力使他們成爲當地糧食、財富以及性別尋租的最高統治者。這樣的寫作在農業集體化政策被家庭聯產承包責任製取代的時代語境中，是十分符合新時期讀者對農村錯誤政策的認知的。這些生產隊長的醜陋、蠻狠與暴力成爲荒誕的農業政策的代名詞。他們迅速成爲新時期農村題材小說中極其類型化的一群。陳忠實的小說卻一再呈現了不同於這一類型化的生產隊長形象。這其中包含著陳忠實本人的內心體驗與精神矛盾。在我們觀察十七年文學培育的農村題材小說作家面對新時期與新時期文學的精神困境時。陳忠實的內心體驗與精神矛盾是不能忽視的。

　　「作爲一個農村題材寫作的作者，你將怎樣面對30年前『合作』30年後又分開的中國鄉村的歷史和現實？」〔註42〕這是困擾陳忠實精神與寫作的最大難題。陳忠實有著長達十幾年的農村基層幹部的生活經歷，他全程參與了農業合作化的實施過程。與此同時，他又是一個在少年時期對十七年農村題材作家柳青充滿崇拜的作家。在他的生活與在他的寫作中，表現農業合作化的合法性與正確性是難解難分的，已經成爲他生命認知與文學創作視角的一部分。但時代發生了巨大的變化，農業合作化集體化被家庭聯產承包責任製取代。在面對這一巨變時，陳忠實的震驚與猶疑是非常強烈的。但同時又是堅定的，因爲執行命令的組織性已經成爲他的基本素養。這一點是十七年作家的典範秉性。「在作爲一個基層幹部的時候，我毫不含糊地執行『中共中央一號文件』精神，切實按照區委區政府的具體實施方案辦事，保證按照限定的時間，把集體所有的土地，耕畜和較大型的農具分配到一家一戶；在我轉換出寫作者的另一重身份的時候，感到了沉重，也感到了自我的軟弱和

〔註42〕陳忠實：《尋找自己的句子》，北京大學出版社2011年版，第149頁。

輕，這是面對這個正在發生著的生活大命題時的眞實感受。」〔註43〕這是陳
忠實本人的夫子自道。《梆子老太》中的胡長海與胡振武也是如此：「不管感
情上是否通暢，他們已經向縣委明確表示：保證尊重社員意見，由社員選擇
責任制承包的形式。」〔註44〕陳忠實描述自己經歷農業集體化政策退出歷史
舞臺之際的心境與他小說中生產隊長形象的心境，二者之間有著強烈的對應
性。從這個角度來說，這些小說是陳忠實的自敘傳，也是與陳忠實一樣的農
村基層幹部的集體自敘傳。他們在十七年時期推進農業合作化進程，並爲之
付出了大半生的精力，但人到中年、晚年，卻必須推翻前半生推行的政策。
新時期文學關注了家庭聯產承包責任制實施之後農村生產力的解放，是對
「新」的農村景象的表現。但那些歷史的創造者們轉變爲歷史落伍者的心境
卻幾乎沒有表現。陳忠實小說對這些歷史的「遺民」做了詳細的呈現。

> 王書記不再勸解了。看景藩老漢那麼固執，把話再說得硬些，
> 可能要傷這位老同志的感情哩。馮家灘黨支部書記馮景藩同志的狀
> 況，他是清楚不過的：身體欠佳了，思想餓難以適應已經發生了急
> 劇變化的農村工作。老漢把三中全會以後黨在農村經濟政策上所做
> 的重大調整，看成是對合作化的否定；把責任制總是叫成分田單
> 幹，那不僅僅是口語上的失誤。這種思想狀態，不是馮景藩老漢一
> 個人的特殊反應，和他年齡相仿的那一批「老土改」，大都如此。
> 〔註45〕

　　小說以王書記的視角，也就是以新時期家庭聯產承包責任制的推行者的
視角，復原新時期語境中能夠迅速跟上時代變化的幹部（政策的準制定者與
推行者）對十七年基層幹部（政策的具體實施者）的看法，這種視角符合陳
忠實理性視域中對新政策的接受。與此同時，小說對馮景藩心理的描寫卻體
現了敘述者對已經跟不上時代變化的基層老幹部的同情與共鳴特點。

> 　　眞是令人寒心哪！想當年，馮景藩在馮家灘辦起河西鄉第一
> 個試點社的時光，鄉上縣上領導們嘴裏喊著他名字的聲音，夠多親
> 切！你王書記調來河西公社才幾年？你知道馮景藩爲了農業社熬
> 過多少心血？你知道馮景藩在三年困難時候領著社員大戰小河灘
> 的壯舉嗎？你知道馮景藩從縣裏鄉里領回去多少獎旗錦標嗎？你

〔註43〕陳忠實：《尋找自己的句子》，北京大學出版社 2011 年版，第 149 頁。
〔註44〕陳忠實：《梆子老太》，《藍袍先生》，北京十月文藝出版社 2012 年版，第 123 頁。
〔註45〕陳忠實：《初夏》，《四妹子》，時代文藝出版社 2008 年版，第 177 頁。

知道中共馮家灘支部書記在「四清」運動中挨打受罵的委屈嗎？馮
家灘生產搞不上去，怪他還是怪「四人幫」呢？馮景藩走過院子，
心裏好悽惶！老了，成了讓王書記嫌棄的累贅了！自己還有什麼意
思在馮家灘去撐那個局面呢？〔註46〕

　　黯淡、淒涼與自尊是陳忠實在新時期爲十七年農村基層幹部做出的心理
素描。他爲已經或正在退出歷史舞臺的農業合作化基層實施者塑造了悲劇性
的精神群像。他寫了馮家灘大隊長馮志強的死。「馮家灘大隊長馮志強在四
清中因受不了冤枉，把指頭塞進電燈接口裏，結束了自己二十多歲的生命。」
〔註47〕小說表現過馮景藩和兒子馮家駒的一次深談，在馮景藩的回顧中，他
對辦農業社沒有給予否定評價，認爲是「放衛星」把馮家灘農業社的家底砸
爛包了。並且舉例做了證明，社員齊心協力修堤在沙灘上奪回三百畝稻田，
最終吃上了白米。四清運動開火與文化大革命開始讓農業合作化陷入了困
境。陳忠實小說對農業合作化的看法與觀點沒有隨著新時期的政策與時俱
進。這種遲疑在某種程度上是難能可貴的。當代農村政策論證了農業合作化
的正確性，同時也論證了農業合作化解體的必要性。但既經歷農業合作化施
行又經歷農業合作化潰敗的歷史見證人的形象是缺乏的。這一群體潰敗的生
命體驗在新時期是不合時宜的。但陳忠實卻寫出了這份不合時宜的潰敗體
驗。

　　陳忠實在小說中塑造了家庭聯產承包責任制時代的生產隊長形象。這一
形象的塑造顯示了陳忠實的懷舊性與理想化。馮馬駒依然是一心裝著社員的
生產隊長形象「今年一年，做到家家有餘糧；明年，使家家的收入平均一千
元；五年過了，我要對學生實行免費讀書，老人實行贍養制度，家家有電視
機，隊裏建起文化宮……」我能做到這些，算我一生沒有白活……」〔註48〕
這其實是另一個馮景藩。「來娃本人有殘疾，又養著個啞巴女人，還有個上
學的娃子，怎麼混日子呢？」〔註49〕馮馬駒對於來娃的關心與梁生寶創辦農
業社照顧栓栓特別相似。小說還寫到了馮德寬的父親叮囑兒子馮德寬一定要
支持馮馬駒。馮德寬是當年第一個支持馮景藩辦農業社的人，如今再次出
現，表示了對馮景藩的信服與對馮馬駒的信任。這是十七年文學時期農業合

〔註46〕陳忠實：《初夏》，《四妹子》，時代文藝出版社2008年版，第178頁。
〔註47〕陳忠實：《初夏》，《四妹子》，時代文藝出版社2008年版，第166頁。
〔註48〕陳忠實：《初夏》，《四妹子》，時代文藝出版社2008年版，第241頁。
〔註49〕陳忠實：《初夏》，《四妹子》，時代文藝出版社2008年版，第162頁。

作社創辦中農業社長與社員關係的重演，隱含著強烈的階級信任感。陳忠實以十七年生產隊長的精神特質來塑造新時期生產隊長的懷舊舉動，我們可以把它看做是陳忠實的一種調和與平衡的努力，在失落的十七年農業合作化政策與新生的家庭聯產承包制之間找到一種調和的銜接點。在講究個人致富的新時期注入平均主義的十七年農業集體化遺風。馮馬駒對生產隊剩餘勞動力的擔憂，對勞動力不足家庭的擔憂，有著強烈的集體主義精神氣質。

陳忠實的矛盾、徘徊既是現實的難題，也是精神的難題，同時更是一個創作的難題。1982 年，陳忠實在現實與文學創作中都遭遇了巨大的精神震驚與刺激。在現實中，陳忠實做了實驗。這一年，陳忠實個人種地，收了 20 袋新麥，2000 斤，這算中等收成。但這一料麥子的收成，抵得上生產隊三年或四年分配的夏季口糧。實驗的結果讓他無法面對自己的歷史與當代中國農村的歷史。陳忠實看到了農業集體制的荒誕，但這些問題他無力回答，也無法面對。最終，他把國家層面的話題轉換到個人選擇，「何必在一顆樹上弔死。」選擇避開這一悖論性的人生境遇與當代農村歷史。〔註 50〕也是在這一年，陳忠實讀到了在《收穫》發表的路遙的《人生》。他當時創作激情正高漲著，讀罷《人生》之後，卻是一種幾近徹底的摧毀。〔註 51〕我們知道，路遙《人生》的意義在於，它寫了一個獨立的個人，一個不再以土地為生命原點與終點的個人，是一個脫出了土地束縛的個人，而這是陳忠實以及柳青的小說中被壓抑的和被忘卻的。

在陳忠實的回憶中有一個極富症候性的細節，他在騎著自行車走鄉串戶落實家庭聯產承包責任制的夜路上，突然想到如果柳青在世，對於他一生文學事業中論證的農業合作化的正確性遭遇到現實的推翻，他會怎麼辦，想到這一點，陳忠實驚嚇得從自行車上跌落下來。通過這一細節，我們可以看到陳忠實在新時期新的農業政策到來之際精神的崩潰。這種精神的潰敗給陳忠實的小說創作帶來了遲滯與停滯，也促使他發生新變，這種新變是極其艱難的。「我在上世紀 80 年代初發生的精神和心理剝離，延伸並貫穿著整個 80 年代，既涉及現實和歷史，也涉及政治和道德，更涉及文學和藝術。這種連續不斷的剝離的每一次引發，幾乎都是被動的，〔註 52〕「這種剝離一次接一次

〔註 50〕陳忠實：《尋找自己的句子》，北京大學出版社 2011 年版，第 155 頁。
〔註 51〕邢小利：《陳忠實傳》，陝西人民出版社 2015 年版，第 150 頁。
〔註 52〕陳忠實：《尋找自己的句子》，北京大學出版社 2011 年版，第 161 頁。

發生時儘管多屬被動，而一旦我面對其頗爲艱難甚至痛苦的過程時，卻是一種類近決絕的挑戰心態。」〔註53〕此後的陳忠實沒有再專注描寫當代中國農村，而是把目光向前追溯，聚焦在了當代歷史的前史。他小說寫作的轉向是耐人尋味的。一方面，他放棄了對自己最熟悉的當代農村生活的描述，也許他一直沒有找到一種合適的敘述方式。這可以看做是十七年文學中農村題材小說傳統在新時期的延宕與停滯。另一方面，他在90年代的《白鹿原》中創造和實踐了一種新的歷史觀念與新的歷史敘述方式，這可以看做是他以小說的方式對自己過往的敘述傳統的一次藝術和思想的突圍。

二、周克芹：社會主義新人塑造的貫穿性

　　與陳忠實一樣，周克芹十七年期間已經開始創作。1954年周克芹發表了處女作《老鹽工袁大爺》，文革前他還有小說《在列車上》（1955）、《秀雲和支書》（1960）、《井臺上》（1964）。《秀雲和支書》講述科研小組成員秀雲關心隊裏的棉花蟲害問題而不惜親嘗農藥，她鄙棄城市願意永遠留在農村嫁給羅書記。小說特別突出了羅書記的兩項發明：克服農藥隨露水蒸發問題而改用噴灑農藥粉劑，避免農藥隨高溫蒸發而加大藥劑水份。這類所謂發明卻得到了包括秀雲在內的社員的高度讚揚。《井臺上》表現人民公社時期一個生產隊合力抗旱的美德，劉素英選擇與部隊轉業軍人大明結婚而拒絕嫁到壩上不愁水吃的地方；生產隊長老鍾總是最後擔水，雖然是一桶泥水但也覺得清亮；社員林鬍子家中發現水源，爲了集體棉花豐收林鬍子甘願拆掉房子。周克芹文革前的小說以表現社會主義道德、塑造社會主義新人爲主要特點，表現出一份稚拙之氣，沒有太多特色。

　　文革和新時期周克芹發表的小說數量比較多。包括《李秀滿》（1973年）、《早行人》（1974年）、《棉鄉戰鼓》（1974年）、《希望》（1978）、《青春一號》（1978）、《災後》（1978）、《石家兄妹》、《石家兄妹短篇小說集》（1978）、《兩妯娌》（1979）、《許茂和他的女兒們》（1979）。其間也發表散文和創作通訊若干：《來自化林的報告：銀花朵朵》（1975）、《永遠做毛主席的文藝戰士》（1976）、《修正主義的破爛》（1977）、《關於短篇小說的通信》（1977）、《關於生活的通信》（1978）等。

〔註53〕陳忠實：《尋找自己的句子》，北京大學出版社2011年版，第161頁。

不論是周克芹自己還是評論者都強調了他創作的連貫性，對他文革時期的創作並非諱莫如深。作家在創作連接上的「光滑」再一次說明從文革到新時期文藝路線的一脈相承。他在文革時期的小說創作被評論者認為由於堅持深入生活，抵制了「四人幫」文藝政策，他自己也承認小說創作成熟於文化大革命時期：

> 使人高興的是，在「四害」橫行，妖物彌漫的日子，周克芹同志的頭腦是比較清醒的；他對甚囂塵上的幫理論，是牴觸不滿的，他沒有為趕時髦而作違心之言，也沒有懾於反動思潮的壓力而留下虛偽的篇章。從他創作的總的傾向看，他保持了忠實於生活的嚴肅的創作態度。應當說，這正是一個革命的文藝戰士最可貴的政治品質和值得稱道的創作特色。〔註54〕

> 周克芹同志的道路是正確的，願他更堅定地走下去；他在短篇創作中已經開始結果了，祝他今後更加花繁果碩。〔註55〕

> 回想起來，我比較自覺地用文藝來為無產階級政治服務、為工農兵服務，比較自覺地深入生活，那是文化大革命中的事情。〔註56〕

就周克芹個人而言，不論是文革還是新時期，他主要著眼於正面塑造社會主義新人，較少正面涉及階級鬥爭，並曾為此受到一些批評：「就拿《災後》來說吧，應當說這篇作品對生活的開掘比過去深了一步，但仍使人感到眼光稍嫌局限於生產隊一個狹小的範圍裏。小說描述的這場抗災鬥爭，是在粉碎『四人幫』前後這個重大歷史轉折時刻發生的，可是對『四人幫』的干擾破壞這個比天災更嚴重的『災害』和群眾對此所作的抵制鬥爭，卻只有簡略幾筆插敘交代，並游離於故事情節之外，這就使得典型環境和時代氣氛的描寫不夠充分，從而影響到作品的思想深度。」〔註 57〕其實，正因為如論者所批評的那樣，周克芹不太熱衷敘述宏大的路線鬥爭故事，他文革時期的創作在新時期之後依然獲得認可，並且也快速地融入到新時期創作潮流中。

《李秀滿》講述勝利大隊黨支部書記李秀滿的精神成長過程。小說以回

〔註54〕陳朝紅：《根深葉茂——談農民作者周克芹的創作》，《四川文藝》1978 年第 10 期。

〔註55〕履冰：《重讀〈李秀滿〉》，《四川文藝》1977 年第 12 期。

〔註56〕周克芹：《關於生活的通信》，《四川文藝》1977 年第 8 期。

〔註57〕陳朝紅：《根深葉茂——談農民作者周克芹的創作》，《四川文藝》1978 年第 10 期。

憶的形式敘述了丈夫在土改中犧牲的女社員李秀滿繼續丈夫遺願在農業合作化運動中背著孩子帶領社員創辦合作社的故事。小說以幾次尋訪不遇表現李秀滿的忙碌，沒有描寫農業學大寨場面。《早行人》講述雞叫三遍之際，鄧二娘與小牛給縣委夏書記送藥而夏書記早已失蹤的故事。小說對夏書記如何熱愛毛著作和領導社員抗旱保豐收沒有直接描述，而是通過送藥的鄧二娘與請夏書記喝藥的小牛與楊二嫂的對話表現出來。

　　《棉鄉戰鼓》敘述在紅蜘蛛蟲害襲擊棉鄉時，以生產隊長萬青為代表的群眾與地主分子侯通壽和副業組長朱應五的路線鬥爭。小說為了表現階級鬥爭的激烈，設計了地主分子侯通壽給女兒灌酒卻宣稱因噴灑農藥而中毒的情節。女兒小侯與父親斷絕關係，揭發父親散佈謠言動搖社員抗災決心，擾亂棉花科研組姑娘們的信心。小說把群眾對侯通壽的鬥爭敘述為批判林彪反革命修正主義的極右實質。這是周克芹自 50 年代發表小說以來敘述階級鬥爭最為劍拔弩張的一篇。1975 年周克芹發表《來自化林的報告：銀花朵朵》，講述劍門山區化林大隊黨支部書記張正桃帶領社員在高寒山區種植高產棉花的事蹟。小說描寫了化林大隊在大風後補種棉苗，在大雨後摘棉桃回家晾乾的事蹟。文革後評論對這篇小說不再提及。

　　文革結束後，小說《青春·號》以三位同班同學不同的人生選擇來敘述文革與新時期故事。農學院畢業生耿傑數十年如一日進行棉花改良實驗，同學王超則是縣革委會委員。耿傑的實驗在文革結束後獲得成功隱約說明文革如同棉花實驗中的暫時波折，終究會走出陰影。其次縣委在 1965 年提出農業規劃二十年，十年內研製出優秀高產品種，以時間長度彌合了政治裂隙。耿傑與農村姑娘桂花結婚生子，耿傑的戀人小陳嫁給王超但婚姻不幸，文革的災難被表現為惡有惡報善有善報的因果報應故事。

　　《災後》是周克芹新時期小說中最有特色的一篇。小說敘述 1977 年春天，江州壩子生產隊長辛大哥的妻子辛大嫂的一段心事。村子遭了災，辛大哥體諒國家難處在先，拒絕支持。他說服辛大嫂拿出自己的體己錢，買了種春莊稼的化肥。事後不久，辛大哥與辛大嫂在給家裏買米還是給隊裏買農藥之間爭執不下再次發生口角，階級鬥爭轉換為夫妻矛盾。小說表現了辛大哥夜深未歸辛大嫂怨悔交加的感情，心理描寫筆觸細膩綿密。這在《許茂和他的女兒們》中得到更多表現。在《兩妯娌》中，周克芹通過表現歷史和時代加之於女性人物的情感重壓來反思歷史這一創作傾向已經日漸明朗。小說講

述自衛反擊戰時期兄弟倆上前線後兩妯娌的心理變化，小說誇張地描寫了二媳婦盼望丈夫上前線即使犧牲也是衛國爭榮的心態，表現了大媳婦在犧牲光榮的輿論中日漸憔悴。

《許茂和他的女兒們》是周克芹文革結束後發表的長篇小說。講述葫蘆壩大隊許家姐妹個人命運變遷與時代的關聯。主宰許家姐妹命運的兩方面力量分別是葫蘆壩大隊黨支部副書記鄭百如和縣委工作組組長顏少春。前者代表文革中的罪惡個人，後者則是打擊罪惡個人的黨的化身。小說擺脫了他十七年和文革時期小說敘述模式之處主要表現在：黨沒有完全解決許秀雲們的問題，並且通過顏少春的自白說明黨內鬥爭格外激烈。周克芹新時期之前所有的小說都表現了黨的戰無不勝，而《許茂家的女兒們》給出了一個疑問式的結局。

不過，周克芹還是表現了對黨的信任，這主要是通過許秀雲對大姐夫金東水的感情來表現的，這是小說的主要故事結構，但這場感情卻經不起推敲。許秀雲對金東水的愛從何而來？小說只是表現了許秀雲格外心疼外甥，這和她與金東水的愛情沒有太多關係，但小說卻一再表現許秀雲的癡情。金東水是葫蘆壩大隊原黨支部書記，而許秀雲的丈夫則是葫蘆壩大隊黨支部副書記，她逃離鄭百如卻選擇留在葫蘆壩，其實是選擇留在金東水身邊。小說詳細描述金東水忍辱負重為葫蘆壩大局著想，手捧《小型水利電站》勾畫葫蘆壩未來藍圖。「這個剛強的漢子懂得：個人問題是受著社會問題制約的，當黨和人民都面臨著困難的時刻，他怎麼能要求自己生活得美滿呢？在這樣的歲月裏，他咬緊牙關忍受著一切困苦，甚至殘忍地強迫自己不要泡在個人的情緒裏面，而潛心於研究、修改和豐富他那建設葫蘆壩的藍圖，準備什麼時候拿出來獻給黨、獻給鄉親們。」與其說許秀雲對金東水一往情深，不如說這是許秀雲對黨的戀情。

對黨的信任在《許茂和他的女兒們》中還表現為一種諒解式的敘述方式。這主要表現為敘述者在為黨立言和為民立言之間曖昧的敘述姿態。以同情人民的口吻表達了對黨的嗔怒之後，又以人民的身份表現對黨的原諒和期待。

　　特別是這些年來，黨的政策總是落不到實處，那些上邊來的幹部沒有一個不是打著共產黨的招牌的，可他們有些人卻破壞黨的招牌，可他們有些人卻破壞黨的政策，像國民黨一樣欺壓農民！想想

嘛，在這種情況下，像許茂大爺這樣的農民，他當然有理由對我們黨抱懷疑的態度：『共產黨對農民有哪些好處啊？』他是不能不這樣思考的啦！」〔註58〕

　　我們黨正是通過大量的顏少春這樣的忠誠幹部，把億萬農民引上了社會主義的集體化道路，並且有決心，有信心，要把他們引到共產主義！〔註59〕

　　四姐啊！你的悲哀是廣闊的，因為它是社會性的；但也是狹窄的——比起我們祖國面臨的深重災難來，你，這一個葫蘆壩的普普通通的農家少婦的個人的苦楚又算得了什麼呢？……〔註60〕

「我們黨」、「我們祖國」、「把他們引到共產主義」、「像許茂大爺這樣的農民」、「你，這一個農家少婦」。在兩相對比中，「他們」、「農民」和「農村少婦」出於被拯救和被憐憫的客體位置，而「我們黨」、「我們祖國」卻佔據了施與者的主體位置，不僅如此，「我們黨」和「我們祖國」由於是「我們」，再次把「像許茂大爺這樣的農民」、「你，這一個農家少婦」召集起來，吸納到「我們」中來，並且給出了具體理由：「面臨深重的災難」。在這種諒解式的敘述中，文革製造者始終是缺席的。

　　周克芹是自覺的以柳青寫作方式為學習對象的。《許茂和他的女兒們》發表後，周克芹在給中國青年出版社編輯王維玲回信中說：「《創業史》可稱建國以來最優秀的長篇，現在我在四川省簡陽縣紅塔區長期體驗生活寫作，柳青的道路，是我所崇拜的，而且決心付諸實踐，踏著這位前輩的足跡前進。雖然我們這一代人在各方面的修養都比他差得多，很可能到死的一天也追趕不上，但我願努力並以此自勉。」〔註61〕對柳青論證時代政策寫作的認真追隨，讓周克芹的寫作既與時代潮汐呼應，同時由於柳青式的「十二分的認真」，讓他的為時代寫作也會流露出時代的陰影，因為他在寫政策的同時也在寫政策中的個人。

〔註58〕周克芹：《許茂和他的女兒們》，《紅岩》1979 年第 1 期。
〔註59〕周克芹：《許茂和他的女兒們》，《紅岩》1979 年第 1 期。
〔註60〕周克芹：《許茂和他的女兒們》，《紅岩》1979 年第 1 期。
〔註61〕王維玲：《歲月傳真——我與當代作家》，首都師範大學出版社 2009 年版，第 328 頁。

三、葉蔚林：歌詞創作與農村題材小說創作的對話

葉蔚林在新時期發表《藍藍的木蘭溪》和《在沒有航標的河流上》之前，寫作已經很長時間了。1959 年他在上海文藝出版社出版了散文小說集子《邊疆潛伏哨》，1978 年出版了小說集《過山謠》。他經歷了部隊作家必備的成長過程，這類作家最初一般是部隊的宣傳幹事，由於長期從事與文字有關的工作便從通訊到散文到小說一路寫下去，但藝術的成熟可能會經歷漫長的過程。《臂章的故事》（《作品》1957 年第 1 期）寫阿芳姑娘對解放軍的思念，小說格外稚拙。《邊疆潛伏哨》（《解放軍文藝》1957 年第 5 期）寫班長對戰士的愛護，《布穀鳥》（《解放軍文藝》1957 年第 6 期）講述一個會學布穀鳥叫的戰士剛剛開始戀愛卻犧牲了的故事，《一公里土地》（《作品》1957 年第 2 期）敘寫巡邏兵把國防看得比妻子生孩子更重要，《英山港的主人》（《作品》1957 年第 2 期）表現巡邏兵對地形的熟悉，《民兵隊長一家》（《作品》1957 年第 7 期）寫民兵隊長一家的高度警惕，從這篇小說開始，作者開始懂得小說的結構布局。《叛逆的山泉》（《作品》1957 年第 9 期）寫了一個傳奇的復仇故事，《越南姑娘》（《作品》1957 年第 8 期）、《彩色的夢》（《長江文藝》1957 年第 9 期）、《榕樹和哨兵》（《長江文藝》1958 年第 2 期）等也都表現戰士生活。文革前，葉蔚林主要圍繞部隊生活進行練筆。

葉蔚林文革時期的創作在結構方面較之於十七年有所提高，並且開始了農村題材小說創作，還形成了他固定的故事模式：作為敘述者的「我」在不同時期到訪故事發生地並且見到主人公，通過回憶、對比表現小說主題。這種模式直到 1979 年《藍藍的木蘭溪》依然如此。

寫於 1972 年 9 月的《過山謠》寫我三進瑤山，進而表現過山謠的生活變化。寫於 1973 年 3 月的《九嵗神話》講述小桑塘黨支部書記李石桐與兒子、女兒在血淚家史的激勵下成為學大寨模範。寫於 1974 年 8 月的《唱給韶峰的歌》是散文式的頌歌，表現毛澤東家鄉從辦農民協會到七十年代的變化。寫於 1974 年 1 月的《激流飛筏》敘述青梅寨復員軍人趙大芒身殘志堅學會放排的故事。寫於 1974 年 10 月的《藍天》表現知識青年杜筱琴訪醫問藥學習治療蛇毒，訪藥過程中她墜崖掉到藤蘿樹上，便索性蕩起秋韆唱起歌。葉蔚林這時期的小說有童話色彩。他善於描寫風景的能力也在這一時期的小說中體現出來，如《晶妹子》（《解放軍文藝》1974 年第 7 期）、《狗魚的故事》（《湘江文藝》1975 年 6 期）、《大草塘》（《朝霞》1975 年第 8 期），特別是《狗魚

的故事》營造了淒清的意境：

> 當月明之夜，南風輕吹，他站在溪邊，摘片木葉含在嘴裏，娓娓地吹響，狗魚就會爬出洞穴。雌的雄的，大的小的，著迷地匍匐在他周圍。有的將扁圓的頭，枕在他的腳背上；有的探起身，用尖利的細齒扯他的褲管……神話是美麗動人的，然而卻是抓不住的彩虹。〔註62〕

　　文革結束後，葉蔚林也應和時代大潮寫了詛咒「四人幫」、歌頌華國鋒的小說、散文，如寫於 1977 年 8 月的《幸福的老人》、《韶山明燈照萬代》（《江西日報》1977 年 12 月 26 日第 4 版）以及《訪燈記》（《浙江文藝》1978 年第 1 期）這些作品延續了他風景描摹加時代主題的敘述模式。《小遠的故事》（《少年文藝》1978 年第 3 期）繼續了他童話風格，《地下亮光》（《人民文學》1978 第 3 期）則誇大了黨員的意志力。

　　葉蔚林自文革開始寫作農村題材小說便一直沒有中斷，成爲新時期文學的代表性作家。與他的小說創作相伴隨的是歌詞創作〔註63〕，二者形成一種緊密的對話關係。這表現在兩個方面。首先，歌詞創作特別是民歌創作以風景起興再加入故事的寫法影響了他的小說寫作，新時期初年其小說《藍藍的木蘭溪》備受矚目，同期，他有歌詞創作《靜靜的木蘭江》。歌詞和小說所敘述的故事完全不同，前者表現一個農村生產隊長家長式的專制作風給青年帶來的傷害，後者則表現對周恩來的懷念之情。但二者都以木蘭江作爲敘述和抒情的背景。其次，他的歌詞創作習慣讓他的農村題材小說在敘事方面表現出韻律感和抒情性。「藍藍的木蘭溪照樣流，水柳長在高岸上，新竹生在山岡上；芳草芊芊，野花飄香。可是，我們美麗而善良的趙雙環呢，她在哪裏？她在哪裏？」歌詞創作突出形象化描摹避免敘事的特點在他小說中的反映便是較少直接詳細描寫事件過程，也不呈現悲劇的慘烈，而是借景抒情渲染悲劇氛圍。這使他的小說在文革和新時期具有少見的抒情性，但也帶來了缺乏

〔註62〕 葉蔚林：《狗魚的故事》，《湘江文藝》1975 年第 6 期。
〔註63〕 葉蔚林從十七年到新時期創作的歌詞：《泉水過村流》（《湖南文學》1964 年第 1 期），《承做革命人》（《歌曲》1964 年），《快站到反美示威的行列来》（《音樂創作》1965 年第 4 期），《戰鬥的越南》（《湖南文學》1965 年第 12 期），《抓革命促生產戰歌》（《工農兵文藝》1974 年 9 期），《華主席最愛韶山沖》、《韶山銀河頌》（《湖南群眾文藝》1977 年第 1 期），《懷念賀龍》（湘西民歌聯唱）（《解放軍文藝》1978 年第 11 期），《誇貨郎》（常德絲絃）（《湖南群眾文藝》1978 第 1 期），《靜靜的木蘭江》（《湖南群眾文藝》1978 年第 3 期）。

發掘人物性格不無單薄的缺點。

四、古華：風俗的擠壓與釋放

　　與葉蔚林不同，古華文革前的寫作已經較爲成熟，並且不同於葉蔚林的專注於以風景抒情，古華主要著眼於湖南農村風俗的展現。1978 年古華出版小說集《莽川歌》，收錄他 1962 年到 1978 年代的短篇小說。小說《杏妹》描寫回鄉知識青年對杏妹因愛而生的誤會和埋怨，極富情調。《甜鬍子》把守園老漢疼愛孫女但又囿於規矩和自己道德之間的爲難寫得惟妙惟肖。《果山風雨》（寫於 1964 年 10 月）講述會計莉姑通過訴苦激發受到資產階級思想誘惑的父親和哥哥覺醒，表現了「只要社會主義的蜂和人民公社的蜜」的政治主題。《莽川歌》（1965 年 7 月）講述莽川農業社長魯山濤帶領社員養蜂的故事，故事完整，結構圓熟。文革中古華寫作的小說有《「綠旋風」新傳》（1972 年 5 月）、《山裏妹娃》（1973 年 2 月）、《紅松谷》（1973 年 11 月）、《仰天湖傳奇》（1974 年 10 月），〔註64〕但最有代表性的是長篇小說《山川呼嘯》。小說講述呼龍峽公社黨委書記柳旺春在縣委書記黎勤耕的支持下大搞農田水利基本建設的故事，與此同時，小說表現了柳旺春與水利工地指揮長龍友田以及石匠李面福之間的階級鬥爭。縣革委會副主任李子川是作爲可教育的老幹部來塑造的。小說在階級鬥爭故事的設置和敘述語言方面都具有典型的文革文學特徵。首先，文革時期小說的階級鬥爭都是通過人物的階級立場對立來表現的，並且這種階級對立具有世襲特徵，對立階級之間絕無轉化的可能。《山川呼嘯》也是如此，龍友田投身革命即是爲了謀取個人私利，所以注定是革命的敵人，而李面福則是不安心農業生產的富農，與之相反，貧下中農恩大爺、滿堂紅主任則具有無產階級優越的道德力量，永遠正確的柳旺

〔註64〕　《仰天湖傳奇》是對《山川呼嘯》的提前練筆，還是作者文革後的改寫，無法確定。雖然小說注明寫作時間是 1974 年 10 月，但出版時已經是 1978 年。從小說對指揮長這個人物的塑造來看，《仰天湖傳奇》不同於《山川呼嘯》。《山川呼嘯》中的指揮長龍友田是作爲走修正主義路線、破壞工地的階級敵人來表現的，最後被大水沖走了。但《仰天湖傳奇》中的指揮長熊汗泉卻不是，他和李望泉有著兄弟般的友情，雖有怕承擔責任，不相信群眾的缺點，但在關鍵時刻還是聽從王書記和李書記的領導。在陰河引水工程的最後階段，眾人都已經撤出天坑，只有李書記和廖支書留在下面存在生命危險，是他提前預測到這種情況，給縣裏打了彙報，才使得縣裏派了船和車來，把李、廖二人從呼龍蕩接出去。

春是根正苗紅的革命後代。其次，文革小說的樣板戲化在《山川呼嘯》中表現得極爲突出，小說中的人物對話以樣板戲式的戲劇對白出現。

　　「現在我問你，公社娃，你家住哪？家裏還有些什麼人？」老艄公眼睛睜得圓圓的。

　　「大爺，我家住莽川公社恩仇村，家裏只有一個老母親」柳旺春知道，恩大爺是思念游擊隊那娃兒心切，把自己當作那娃兒來懷疑了。

　　「家住莽川恩仇村？你可是母親她親生？」老艄公又問。

　　「恩仇村是老輩人取下的名字。我媽對我喲，比親生的還勝十分？」這艄公大爺對革命先烈的真摯感情，使他深受感動。〔註65〕

文革時期主流意識形態要求所有文學形式都學習、貫徹樣板戲創作方法，小說戲劇化就是典型例子。古華在小說中表現風俗的優長在文革時期受到壓抑，《山川呼嘯》中取代舊時趕集風俗的是農業學大寨運動：

　　縣城今冬趕街，跟往時大不相同。往時趕街，一月三旬，每旬一、六，那些打扮得花花綠綠的妹娃，那些穿戴著新衣新褲的後生子，那些豐收之後面帶笑容、口袋裏裝著滿鼓鼓錢荷包的當家嫂子、主事漢子們，一串連著一串，一批接著一批，或八九成群，或兩人成對，或擔著生產隊裏一挑挑水淋淋的時鮮白菜，或推著社隊企業一輛輛咕咕轆轆的獨輪車，車上裝著一筐筐堆頂冒尖、才下樹的黃晶晶無核密桔、春凌甜橙，或背了滿簍滿簍集體牧場產的青皮鴨蛋、麻殼雞子，或一榴風踩著線車，後邊搭個嘻哈女客……人們從四鄉的大路小路趕進城來，一大早就把個寬闊的十字交叉柏油街道，擠成了十字人河。只見紅綠頭巾、尖頂草帽、各色腦瓜在這十字人河裏浮游蠕動。人疊著人，肩接著肩，腳跟抵著腳跟。那嗡嗡嚶嚶的鬧市聲喲，響及整個諾大的山區縣城……

　　今年冬天，縣委動員全縣人民自力更生學大寨，艱苦奮鬥改山河，大搞農田基本建設，但見城裏一批批幹部、學生、居民扛著紅旗下鄉，而鄉下能進城來趕街辦事的，不外是些平日不大出門的老嫂子、老爺子、小娃子。還有，就是各個水利工地派來購買蔬菜魚

〔註65〕　古華：《山川呼嘯》，湖南人民出版社1976年版，第252～253頁。

肉、油鹽醬酢的大車子，小車子。車箱兩側後壁，大都貼著彩色橫幅：「農業學大寨」，「備戰、備荒、爲人民」，「水利是農業的命脈」，「鞏固和發展無產階級文化大革命的勝利成果」。這些披掛著彩色標語的大車、小車，滿街裏「嘟嘟——」，「笛笛——」，「嘎嘎——」，大喇叭，小喇叭，就像競賽喉嚨似的，高一聲、低一聲、長一聲、短一聲。車輪揚起岩灰泥塵，發動機突突突喘著粗氣，拐彎的拐彎，倒車的倒車，裝貨的裝貨，趕路的趕路……怪不得有人說：往時趕街人疊人，如今趕街輪壓輪。眞是別有一種熱鬧氣氛，另成一番繁榮景象。〔註66〕

古華善於用密集的語言流和排比式的修辭呈現湖南農村、山區縣城的日常景象，他的小說首先給與讀者的是應接不暇的風俗萬象與活色生鮮的生活氣息。但在文革時期，古華是把這些作爲「往昔」來敘述的，與「往昔」相對的，是革命、政治的堅硬。文革結束後，古華把革命對風俗的勝利顛倒過來，《快樂菩薩》龍門寨大隊宣傳委員吳布龍「紅白喜事吹拉彈唱，四條凳子都拿得起放得下」，雖然公社宮書記強制要求過革命化的春節，但龍門寨幾百號壯勞力「大年初一不挖山，初二不積肥，初三初四都沒有上水利，而是跟著一條香火龍，一頭布獅子，鼓樂喧天，遊鄉串洞，『恭喜賀喜』」，這儼然表明革命在風俗面前的節節敗退。

五、孫健忠：鄉土味中的民族性

與陳忠實、周克芹、葉蔚林、古華經歷相同，孫健忠也是在十七年時期開始寫作，並且活躍於文革時期，新時期繼續保持著旺盛的創作力。

孫健忠在十七年時期的創作主要有：《瑞雪兆豐年》（《湖南文學》1960 年第 3 期），《陶小青》（《湖南文學》1960 年第 8 期），《趙萬榮的故事》（特寫）、《湖南文學》1960 年第 11 期），《牡鹿湖畔紅旗飄》（特寫）、（《湖南文學》1960 年第 12 期），《從農記》（《湖南文學》1961 年第 6 期），《春水長流》（《湖南文學》1961 年第 11 期），《木哈達的狗》（《新湖南報》1962 年 2 月 4 日第 3 版），《一隻鑲銀的咚咚喹》（《湖南文學》1962 年第 6 期），《生命之歌——歌頌雷鋒》（《湖南文學》1963 年第 4 期），《映山花》（《湖南文學》1965 年第 3 期），《五台山傳奇》（《長江文藝》1963 年第 11 期），《『老糧秣』新事》（《人民文

〔註66〕 古華：《山川呼嘯》，湖南人民出版社 1976 年版，第 184～185 頁。

學》1965 年第 3 期）等。孫健忠十七年時期的作品依兩個面向展開，一是描寫人民公社、大躍進，一是表現土家族的風土人情。《瑞雪兆豐年》中的民兵連長奉成奎帶領化學小組尋找肥料忘記了結婚和過年。這是一個和周立波《山那面人家》極其相似的故事。《春水長流》表現龍溪寨生產隊黨支部書記彭青樹插秧築壩兩不誤，如火的激情只因為參加了兩次黨訓班。《「老糧秫」新事》中的縣糧食局倉庫管理員老王是部隊南下戰士，在新時代做出新舉動：糧食徵購船卡在峽谷，他不顧病痛下水拉船，內心滿是糧食支持古巴的激情。《趙萬榮的故事》敘述生產隊副隊長趙萬榮開荒種地響應毛澤東大辦農業大辦糧食的號召，與他唱反調的是會計鄧道倫。

表現土家族風土人情的小說是孫健忠小說獨有的特點，如《一隻鑲銀的咚咚喹》，漢族小姑娘楊歌在暑假來到土家族苗族自治州，向土家族小男孩卡鐵學習吹奏咚咚喹，小說表現了土家族的飲食、語言和生活習慣。雖然古華和葉蔚林也對湖南地區少數民族風情多有表述，但與出身於土家族的孫健忠相比終有旁觀者的眼光。孫健忠小說對土家族語言的呈現就是古華和葉蔚林的小說所沒有的。即使從全國十七年和新時期以來的農村題材小說的範圍看，在鄉土味中表現民族性或者說以民族性體現鄉土味，孫健忠也是不多見的一個。

文革期間孫健忠發表的作品有：《獻上一朵臘梅花——熱烈歡迎湖南省京劇團下鄉演出勝利歸來》（《湘江文藝》1976 年第 1 期），《風呼火嘯》（《湘江文藝》1973 年第 5 期），《縣委書記》（《解放軍文藝》1975 年第 12 期），《娜珠》（《湘江文藝》1976 年第 1 期），《洞庭波湧》（《人民文學》1976 年第 4 期），文革結束後他的作品主要有《華主席來到土家寨》（《湘江文藝》1976 年第 6 期），《鄉愁》（《湘江文藝》1979 年第 9 期），《滔天浪》（《湘江文藝》1979 年第 1～2 合刊）以及完稿於 1979 年的《甜甜的刺莓》。

小說《娜珠》中的同名女主人公出生於地勢平坦適宜耕種的岩下，嫁到了條件艱苦的岩上。但她不以為苦，抵制搞副業的李四，堅定搖擺的丈夫多松，最終成為岩上的生產隊長。在敘述階級鬥爭方面，這篇小說與其他文革小說無異，延續了孫健忠十七年期間小說特色的是對土家族語言的呈現和對民族風俗的展現。

文革結束後，孫健忠小說的民族性日益凸顯。《滔天浪》講述沅水上白浪灘兩位標攤能手過灘龍和滾浪蛟在新時期總任務前的心情變化。打破黑夜不過灘這一老規矩，過灘龍欣然接受，滾浪蛟則有點想不通。小說最為動人地

方在於表現了滾浪蛟的矛盾心理，他對於傳奇生活結束的歎息和憂慮，對於即將走出傳說的光暈，對於不再受到眾人矚目的日子的無法割捨，都遠遠超出了新時期總任務在他內心激起的豪情。《鄉愁》講述文革派系鬥爭的惡果。兩個從城裏來的無名男性分屬不同派系，卻都陷入了一個少數民族鄉村女性的情感漩渦。最終結局是這兩個都誓死保衛毛澤東的男人同歸於盡。這個鄉村女性以溫柔醇厚的品性挽救、抵抗政治暴力的努力可能是孫健忠在文革結束後思考中國如何走出文革創痛時得出的答案。《甜甜的刺莓》依此思路繼續深入，小說中布穀寨的黨支部書記向塔山是作為文革中的風派人物來批判的，這個人物在小說中被塑造為寨子裏的活閻王，他拆散竹妹和三牛的愛情，並且以竹妹的婚姻要挾枹木寨黨支部書記畢蘭大嬸。與向塔山不同，生產隊長三牛被塑造為辛勤肯幹、自覺抵制浮誇風，對竹妹一往情深的農村幹部。小說結尾畢蘭大嬸堅決把身心俱疲的竹妹留在枹木寨，讓她對生活做出新的選擇。顯然，溫柔敦厚的三牛和如三牛一樣溫柔敦厚的土家族山水才是竹妹的療傷之地。此時，土家族山寨具有了治癒文革傷痛的話語功能，由此，鄉土民族性的意義變得獨立起來。

陳忠實，周克芹、古華、葉蔚林是文革後重要的農村題材小說家，特別是周克芹、古華、葉蔚林在新時期初年格外令人矚目。他們不同於論文中曾有論及的葉辛、張抗抗、王小鷹、路遙、賈平凹等在文革時期開始發表作品在新時期後引起廣泛矚目的知青作家。他們都從文革前開始創作，貫穿了十七年、文革和新時期三個時代，以往的論述會把這兩類作家置於同一語境中進行論述，認為他們都是跨越文革和新時期的貫穿性作家，其實不然，不同的創作經歷以及成長經歷使他們的作品表現出不同的風貌。陳忠實等人出身工農兵，屬於根正苗紅一類的作家，像陳忠實和周克芹還長期在農村擔任會計、隊長和黨支書等職務。他們雖然在十七年時期開始創作，但因其不成熟沒有像成名作家那樣遭受政治懲罰，文革期間，他們的政治出身給與他們發表作品的可能性。新時期伊始，當文學表現出對十七年文學的認同之際，在十七年期間開始創作的他們會較快地寫出符合新時期文學規範的作品。1980年代中期之後，這批作家在藝術創作方面進入平淡期。

六、「紮根地」的分裂：李銳在文革與新時期的農村敘述

1988 年李銳因發表《厚土》系列小說獲得文學界廣泛認可，這距離他發

表第一篇作品已經 14 年，1974 年，李銳發表了革命故事《楊樹莊的風波》，文首標明作者是蒲縣插隊知識青年。這是北京知青李銳插隊山西呂梁地區的第五個年頭，距離文革結束還有兩年時間。《楊樹莊的風波》講述新上任的隊長、年輕的共產黨員李大海與前任隊長、「階級敵人」於得榮的鬥爭故事。在故事中，於得榮來自閻錫山的保安隊，是混進革命隊伍的「反革命分子」，在更換隊長之際，於得榮借穿中農張老滿的一雙大鞋偷盜隊裏的麥子，偷麥之後又將麥子藏匿在張老滿家中，以此要挾張老滿站在自己一邊，與楊新作對。於得榮的反革命履歷、調包計故事和革命樣板戲《海港》錢守維故事基本一致，這是當時主流文學評論號召文藝創作全面移植、學習革命樣板戲的結果。故事的後半部，李大海營救張老滿的兒子而置自己兒子於不顧讓張老滿幡然悔悟，這是當時爭取中農政策的文學化圖解，李大海勇戰飛車的經歷則顯然有《歐陽海之歌》故事模式的遺傳。不論是故事模式還是人物形象，都可以看出李銳受到 1949 年後黨文學傳統的深刻影響。這篇作品擁有李銳自己特點方面在於，故事以山西農村婦女的對罵開始，李大海妻子和於得榮妻子你來我往，語言潑辣，新一任隊長妻子沒有沾上隊長的黨氣，還可以擁有一些個性，這在文革文學中是較爲少見的。

知識青年李銳不論他彼時的內心是否對這一運動——知青上山下鄉，對於自己的經歷——插隊乾旱貧瘠的呂梁山區有過反思，就當時他呈現的作品來看，他在文革文學的主流敍述中開始練筆，並以自己的作品論證了文革、知青上山下鄉運動的合法性。他的徹底反思需要再等十多年以後才得以發生。

1968 年 12 月 22 日《人民日報》發表了毛澤東語錄：「知識青年到農村去，接受貧下中農的再教育，很有必要。要說服城裏幹部和其他人，把自己初中、高中、大學畢業的子女，送到鄉下去，來一個動員。各地農村的同志應當歡迎他們去。」從此，掀起了長達十餘年的上山下鄉運動。〔註67〕

「農業是國民經濟的基礎，農村是可以大有作爲的廣闊天地，貧下中農是對知識青年進行再教育的好老師，一切有革命志氣的下鄉知識青年，都應當下定決心在農村紮根一輩子，革命一輩子，爲農村的社會主義革命和社會主義建設貢獻自己的力量。」〔註68〕

〔註67〕 1950 年代中期開始，已經有城市青年學生被號召落戶農村，但大規模的知青上山下鄉運動從 1968 年開始。
〔註68〕 《抓好下鄉知識青年的工作》，《人民日報》社論，1970 年 7 月 9 日。

「在偉大的無產階級文化大革命中，廣大知識青年積極響應偉大領袖毛主席關於『知識青年到農村去，接受貧下中農的再教育』的號召，紛紛到農村這個廣闊的天地裏安家落戶，踴躍地走上了同貧下中農相結合的康莊大道。」〔註69〕

「知識青年上山下鄉這股滾滾的革命洪流，猛烈地衝擊了幾千年來剝削階級輕視農民、輕視勞動的舊思想和舊習慣，起了移風易俗、改造社會的巨大作用，密切了城鄉關係，加強了工農聯盟，對我國的政治、思想、經濟、文化等領域，已經並將繼續產生深刻的影響。」〔註70〕

這是 1970 年代知青上山下鄉運動高潮時期官方的論述，知青李銳對上山下鄉運動的態度很長一段時間內都與主流意識保持一致，包括文革結束後。

《楊樹莊的風波》之後，李銳與王子碩合作發表了《東風吹來百花開──歡呼黨的「十一大」勝利召開》，文章讚頌華國鋒剿滅「四人幫」的功績，以極其熱烈的政治期待熱情歌頌了「十一大」，並對社會主義文藝事業繁榮興旺的前景表現了樂觀祝願。此後的作品是《幸福的時刻》，文章緬懷周恩來去世，回憶 1966 年周恩來指揮中學生演唱《大海航行靠舵手》的情景，文末以周恩來精神永存和以粉碎「四人幫」這一消息告慰周恩來結尾。《北京的來信》以一封被裝裱在牆上的信引出故事。1972 年，抗日戰爭時期民兵英雄馬開旺丟失了殘疾證明，於是給華國鋒寫信求助，希望當年的民兵隊長華國鋒給他寫封證明信。華國鋒回信後，全村人一片歡呼回憶起華國鋒吃苦在前的光榮故事。文中有這樣的描寫：「打開信封，一股中南海的暖風，沁肺腑！摸摸信紙，華政委留在紙上的溫暖，傳遍全身！看看字跡，每一個有力的字體，每一個清晰的標點，如細針密線，把華政委和老根據地的人民緊緊相連！」這十分符合「四人幫」被抓之後，華國峰作為毛澤東接班人被全民崇拜的政治語境。其時，刊物封面、扉頁、插頁的畫作和書寫華國鋒革命事蹟的特寫、通訊、散文蜂湧而至。這些頌歌作品主要表現為以下幾種方式：第一，「你辦事，我放心。」主題重複出現，表達毛澤東「託孤」於全國人民的政治宣示，第二，關於華國鋒的畫作全部克隆毛澤東的著衣風格和手勢動作、表情，第三，敘述華國鋒在山西和湖南時期的革命事蹟和在全國各地的親民故事，表達他已經經歷革命的風吹雨打和為人民服務的忠誠。顯然，作為插隊山西的知青李

〔註69〕 《抓好下鄉知識青年的工作》，《人民日報》社論，1970 年 7 月 9 日。
〔註70〕 《進一步做好知識青年上山下鄉的工作》，《人民日報》社論 1973 年 8 月 7 日。

銳也融入了這條政治洪流。

《脈搏》以女護士陳小娟的口吻講述衛校畢業生在上班第一天遭遇的奇蹟：鋼鐵英雄牛福海倒用體溫計，伴裝健康逃出醫院回到廠裏進行技術革新。牛師傅雖因急性腎炎雙腿雙腳浮腫，但終於技術革新成功。這類所謂土專家攻克高科技，排斥知識分子、工人至上的技術革新故事是文革期間大搞三大革命運動〔註71〕、工業學大慶的產物。小說中護士長的一段話也體現了文革文學中最流行的修辭，以具體事物來象徵宏大的主流話語：「我說的是一個老工人對革命工作的熱心，對社會主義事業的責任心！這是體溫計永遠也量不出的！你知道嗎？」文革結束後，李銳並沒有很快地走出文革文學的話語模式。

李銳與張石山共同署名的《兩闖蒼鷹峰》表現出較高的藝術品質。小說表現太行機車廠車間主任孫亮頂住「四人幫」壓力，公開招考司機的故事。在準女婿玉海的考試過程中，他嚴肅認真，用技術說話。在小說中，老孫與玉海在蒼鷹峰上的對話生動傳神，特別是老孫的語言表現出老司機坦蕩勇敢的個性。老孫的女兒孫玉秀置身於父親和男朋友之間，且又面臨政治壓力，小說對孫玉秀焦急的心情也刻畫得豐富細膩。此後，李銳嘗試過較多題材的文學創作，在經歷了較長一段時間之後，他才開始擺脫主流意識形態的束縛。

在1970年代，可以代表李銳對於上山下鄉運動、對於知青態度的作品當屬《紮根》，小說講述知識青年楊新滿腔階級仇恨、立志一輩子紮根農村的故事。小說表現了楊新與貧下中農之間的深厚情誼，地主分子趙源財的萬惡不赦。小說對知識青年與貧下中農的深厚情誼主要表現在兩個方面，一是知識青年對農村的熱愛與奉獻、二是貧下中農對於來自城市的知識青年的重視，特別是對於來自北京的知識青年的格外信任與崇拜。1970年代李銳反覆書寫的這一切在1980年代被他完全顛倒過來，他在1970年代講述的知青故事在1980年代遭遇徹底瓦解，上山下鄉運動的神聖性化為齏粉。在《紮根》中，知識青年是為共產主義獻身的一群：

　　咱革命青年圖的不是上大城市，不是為名為利，而是跟著毛主席，一輩子幹革命，紮根山區，把青春獻給共產主義事業！

你聽我說完。你聽我說完，你想我能離開山區嗎？現在我能放下貧下中農的印把子離開趙家溝這場激烈的鬥爭去上大學嗎？這裡的鬥爭都需要咱這

〔註71〕三大革命運動是指階級鬥爭、生產鬥爭和科學實驗。

些年輕人呀！六年了，貧下中農不光是我的老師，也是我的親人，我能甩開他們嗎？⋯⋯

貧下中農對知識青年滿是信任：

散會以後，老李留下楊新囑咐了幾句：「新娃，你是個新黨員，又是個知識青年，往後辦事多向貧下中農請教，只要跟群眾擰成一股繩，啥事也好辦。」

地主則是萬惡不赦，所謂滿肚子變天帳：

土改以後，地主趙源財除了留給他家住的兩間房子外，其餘的財產被分光了，他恨得咬破了舌頭。就在土改這一年，他在自家院子裏栽了一棵小楊樹，他給這樹起了個名字，叫「記仇樹」。從此以後，每天早起他都要把這樹看兩眼，遇到不稱心的事，就拿斧子在樹干上砍上一道，當作記仇記號。他想呀，盼呀，夢想有一天，這些翻身戶們再倒下來，趙家溝再變成他耀武揚威的天下！

然而在 1988 年，在李銳的敘述中，這些都發生了巨大的逆轉：

老以前，鋤玉茭邸家給吃餄餎，山藥蛋熬粉條子，管夠。現在沒有餄餎，也沒有粉條子，只有隊長豹子樣的吼罵。

1949 年後，由高玉寶小說《高玉寶》塑造的地主形象周扒皮、泥塑《收租院》塑造的地主形象劉文采、擁有各種文學體裁的《白毛女》塑造的地主形象黃世仁和《紅色娘子軍》（同樣擁有各種文學體裁）塑造的地主形象南霸天，形塑了 1949 年後地主的存在肖像。這些地主形象完全顛覆了傳統社會中鄉紳在維持地方經濟、文化統一方面發揮的獨特作用。李銳在《紮根》中塑造的趙源財就是周扒皮形象譜系中的一個，但《鋤禾》中的邸家則並非如此。地主時代有餄餎和山藥蛋熬粉條子吃，消滅了地主的時代則肚腹空空。判斷歷史的對錯是非並不簡單，自此，李銳躍出了主流意識形態的壓抑。

學生娃從隊長手裏接過那箇舊紙筒筒，弄不大明白為什麼新報紙總是被剪了鞋樣子或是糊了牆；也弄不大明白，既是專門「開」給學生的語錄，為什麼總要由他這學生娃念給眾人聽。可是有那一分管著，他還是要念：

「知識青年到農村去」

「算述了吧，你也歇歇嘴。」

可以說，這聲貧下中農的斷喝不僅喝止了《鋤禾》中的學生娃，也喝止了整個 1970 年代的上山下鄉運動。十年青春在農民眼裏無非是紙上談兵。李

銳 1980 年代的小說不再以一個知青的視角對上山下鄉運動進行回顧，而是或以一個農民的視角進行感受性的講述，這感受關乎饑飽、性欲（《眼石》、《好漢》、《假婚》），或以一個夾雜著審視者的冷靜和在場者的熱度的混合視角進行描述加分析式的敘述。這類混合式敘述是內心獨白與全知分析，關乎苦中煎熬、關乎痛苦中的憐惜，甚至是一份有些畸形的溫情（《青石澗》、《二龍戲珠.》。那些隱忍者的悲喜歌哭都有著黃土的顏色，不是具名的，而是歷史的子孫（《秋語》、《看山》）。李銳 1980 年反思歷史最突出的思想貢獻是他寫出了歷史作為一種遺產對置身期間的人的影響力。

　　《厚土》系列中的《合墳》，講述了原知青點鄉親為一位犧牲了的女知青「合墳」的故事。這位為了大寨田犧牲的女知青可以看作是殉情於時代的象徵，農業學大寨是文革期間喊得山響的口號。然而昔日的政治口號遠遁，紀念她的只有當地的風俗。犧牲的知青是歷史政治的惡果，而祭奠她的卻是歷史的遺存，在小說中，歷史的遺存與時代政治相遇時，雖有摩擦發生，老村長既口口聲聲反對迷信但又無不一一照辦就是明證，但結果卻是長久的歷史撫慰了時代的犧牲者。小說中最為詭異的是《毛主席語錄》在墓地中的留存，毛時代如同那張陰氣森森的墓地語錄，在當代中國歷史中留下烙印。李銳既看到了時代強權的疲軟，同時也看到時代強權日漸作為一種新的歷史的可怕。

　　李銳從 1970 年代到 1980 年代遭遇了劇烈的思想轉變。1970 年代李銳的知青故事完全複製主流話語中知識青年上山下鄉的表述，與現實生活中知青的悲慘命運完全不符，是屬於歷史錯位的文學寫作。1980 年代，李銳開始正視知青下鄉，包括對自己下鄉生活的自審，終於開始獲得歷史與文學的對視契機，完成了對自己 1970 年代的超越，也完成了一次對整個知青下鄉運動的檢視。《厚土》系列作品是李銳 1980 年代最富有思想深度的作品，同時也是整個 1980 年代文學重要的思想收穫之一。

第二節　十七年敘事詩傳統在文革與新時期的變異與發展

　　1975 年，梅紹靜以陝北插隊知青的身份出版了個人詩集《蘭珍子》（《蘭珍子》在 1973 年已經完成，並開始修改，直到 1975 年由陝西人民出版社出版），曾得到地方和中央媒體的一致好評，是文革後期被推崇的知識青年詩

人，但還沒有經過文革批評話語的更多闡釋，「文革」結束了。梅紹靜於 1986年出版了詩集《她就是那個梅》，並獲得全國第三屆優秀新詩集獎，由於當時詩歌具有全民參與的廣泛影響力，以及這本集子中的代表作《她就是那個梅》、《日子是什麼》被選入高中語文讀本，梅紹靜獲得了全國範圍內的詩名。在梅紹靜的個人詩歌史上，這是她第二次引起詩壇關注。《她就是那個梅》奠定了她在 80 年代中國詩歌界的位置。此外，梅紹靜在 1983 年出版了個人詩集《嗩吶聲聲》，1990 年出版了《女媧的天空》。她一度被指認爲是與舒婷、顧城一樣的青年詩人，但實際上梅紹靜的詩歌創作和舒婷們並不屬於一個路向，這包括她進入詩壇的方式、被詩壇接納的原因，以及詩歌中體現出來的藝術傳統，詩歌的風格等方面。從 1973 年到 1990 年，梅紹靜詩歌寫作的貫穿性在當代詩歌界並不多見。她以一個青年詩歌作者的身份被 1970 年代所識別和鼓勵，又被 1980 年代所接納和推崇，而兩個年代分別隸屬於被歷史敘述指認爲不同時代的文革與新時期，在歷史敘述中的時代分野處，梅紹靜何以越過話語的雷池，安全著陸，在這跨界過程中，詩歌扮演了怎樣的角色，發揮了什麼樣的講述功能。文革、新時期與詩歌又是如何互相命名的，這是我們要關注和試圖解釋的主要問題。

一、《蘭珍子》：文革詩歌與十七年民歌體敘事詩傳統

1975 年，梅紹靜的敘事詩集《蘭珍子》由陝西人民出版社出版，自出版後，好評多有。這些文章讚頌《蘭珍子》表現了所謂社會主義新生事物——合作醫療和赤腳醫生。也認爲它「在無產階級文化大革命階級鬥爭的基礎上，塑造了赤腳醫生楊蘭珍的典型形象。」〔註72〕這篇表揚文章提到了《蘭珍子》「在表現形式上採用了陝北民歌體」，〔註73〕另外一篇評論文章在表揚詩集表現了知識青年上山下鄉和赤腳醫生兩件社會主義新生事物後，也主要表揚該敘事詩對於信天遊的運用。「新詩應在批判地繼承古典詩歌和民歌的基礎上發展。《蘭珍子》在詩歌的表現形式和韻律方面，特別是在學習民歌、學習群眾語言方面，作了可貴的努力，取得了一定成績。」〔註74〕還有文章認爲「新

〔註 72〕韓望愈：《一代新人的讚歌——評敘事詩〈蘭珍子〉》，《人民日報》1976 年 3月 20 日第 5 版。

〔註 73〕韓望愈：《一代新人的讚歌——評敘事詩〈蘭珍子〉》，《人民日報》1976 年 3月 20 日第 5 版。

〔註 74〕定亞、茹桂、王晨：《信天遊一曲唱新人——評敘事詩〈蘭珍子〉》，見《陝西

的作者，新的詩篇，歌頌社會主義的新生事物，這正是以革命樣板戲為榜樣的群眾文藝創作運動蓬勃發展的生動體現。」〔註 75〕很多評介文章都是依此路徑，認為它成功實踐了革命樣板戲的創作方法，表現了社會主義新事物，體現了毛澤東倡導的新詩向古典和民歌學習的精神。〔註 76〕

《蘭珍子》主體部分共有七章，第一章，心願；第二章，任務；第三章，迎戰；第四章，初勝；第五章，共安危；第六章，闖關；第七章，風波未止；開頭有引歌，結尾有尾聲，結構齊整。該敘事詩主題容量巨大，講述女知青楊蘭珍冒雨趟水搶救貧下中農下一代，研製土成藥、支持合作醫療的故事。在詩歌結構方面的特點是以人物關係的敵我、親疏推動故事發展，設置了與楊蘭珍作對的遊醫李醫生，安排了潛伏下來的地主惡霸張老三。這一組尖銳的階級鬥爭模式支撐起長詩的主要故事框架。楊蘭珍具有革命後代身份，父親是二十多年前的八路軍楊排長，兩代人親子血緣的延續隱喻從革命走向革命，而楊排長對張老三父子的鎮壓與張老三對楊蘭珍的仇恨隱喻階級鬥爭無處不在。貧下中農與楊排長的軍民魚水情和貧下中農對革命後代楊蘭珍的責任感則意在說明革命精神代代傳，江山一片紅。

《蘭珍子》「發現隱藏的階級敵人」這一故事模式是文革作品的典型模式，這顯然是對樣板戲《海港》的模仿實踐。最有意味的是《蘭珍子》的詩歌寫作模式與十七年文學的緊密聯繫。首先在於它的民歌體，研究者認為十七年詩歌的特徵是「以民歌式的比喻、誇張、比擬取替了現代詩歌的本質特徵——象徵，表現出向民謠趨就的傾向」。〔註 77〕《蘭珍子》被當時評論津津樂道的就是它對信天遊比興手法的運用；其次在於它的敘事詩體裁，十七年期間，敘事詩成為創作熱潮。敘事詩熱可能是當代文學的史詩性追求在詩歌領域的表現。「據粗略統計，這個時期的長篇敘事詩有近百部。較知名的有李季的《菊花石》、《生活之歌》、《楊高傳》（共 3 部），《向崑崙》，阮章競的《金色的海螺》、《白雲鄂博交響曲》，田間的《長詩三首》、《英雄讚歌》、《趕

　　出版圖書評論文集》（第二集），陝西人民出版社，第 18 頁。

〔註 75〕定亞、茹桂：《贊新人新詩——讀長篇敘事詩〈蘭珍子〉》，見《陝西出版圖書評論文集》（第二集），陝西人民出版社，第 25 頁。

〔註 76〕如葉詠梅、徐岳：《又一株新苗吐翠——喜讀長詩〈蘭珍子〉》，《陝西文藝》1976 年第 2 期，吳成瑞、鄭文宣、杜育民：《廣闊天地育新苗——長詩〈蘭珍子〉讀後》，《西安日報》1976 年 3 月 29 日。

〔註 77〕丁帆、王世誠：《十七年文學：「人」與「自我」的失落》，河南大學出版社 1999 年版，第 80 頁。

車傳》（共 7 部），李冰的《趙巧兒》、《劉胡蘭》，臧克家的《李大釗》，郭小川的《白雪的讚歌》、《深深的山谷》、《一個和八個》、《嚴厲的愛》、《將軍三部曲》，艾青的《黑鰻》、《藏槍記》，聞捷的《復仇的火焰》、《東風吹動黃河浪》，喬林《馬蘭花》，王致遠的《胡桃坡》等」〔註 78〕《蘭珍子》對於塑造人物的熱衷與追求歷史敘述的完整性表現出上述「十七年」敘事詩的基本特徵。

　　在《紀要》中十七年文藝黑線是作為靶子來批判的，但《蘭珍子》具有的民歌體敘事詩風格實是繼承了十七年詩歌的衣缽。從梅紹靜《蘭珍子》的受到表揚看來，說明十七年的詩歌傳統在文革中是有限度地得到允許的。《蘭珍子》致敬十七年詩歌的被允許可能和它採用了信天遊的形式有很大關係。首先，由於陝北特別是延安的神聖化而賦予了來自延安的民間形式——信天遊以神聖性。其次，信天遊自延安時代起一直到十七年，由於敘述、歌頌了開天闢地的領袖而變得不可冒犯，成為了文藝的潛在樣本，這讓《蘭珍子》無形中就有了政治上的安全性。同時，毛澤東的《在文藝座談會上的講話》和《紀要》在文革期間是文藝創作並列的指導方針。《講話》中的民族風格在這裡就被指認為信天遊，從延安走向北京的革命政權在文藝形式上表現出對於革命發源地文藝形式的政治偏愛，梅紹靜詩歌適時而出，天時地利。

二、「蘭珍子」與「我就是你的梅」：革命後代與落難學生

　　在梅紹靜的《蘭珍子》、《嗩吶聲聲》、《她就是那個梅》和《女媧的天空》等詩歌創作中，抒情主人公始終沒有變化，都是一個女知青的形象。但這個女知青與農村與農民與國家的關係卻隨著時代語境的變化而不斷做出調整。如何調整，詩歌中留下了哪些調整的痕跡，詩歌寫作前史是否參與了之後的寫作，這對於一個跨界的詩人來說是重要的。

　　在長詩《蘭珍子》中，楊蘭珍既是紅衛兵，又是革命後代。

　　　　一條藤上的紅果果，

　　　　老八路的女兒來到咱山窩窩。

　　　　馬蘭草長了一鋪攤，

　　　　蘭珍子的父親離開咱二十年。

　　　　「溝溝裏過來就住到小陽莊，

〔註78〕洪子誠：《中國當代文學史》（修訂版），北京大學出版社 2007 年版，第 58 頁。

他是當年八路軍的楊排長。〔註79〕

　　革命血緣成爲這部詩集中最爲主要的歌頌對象之一，父輩在這裡開始革命，子一代在這裡繼續革命。這種以父子骨肉血緣來象徵革命血緣的敘事模式在文革中甚爲普遍。是文革中繼續革命政治口號的文學化。在這種敘事模式中，女知青的身份非常模糊；革命後代，一個要被貧下中農改造、愛護的革命後代的身份格外凸顯。如何稱呼楊蘭珍，長詩中專門有一段介紹。

　　　「馬蘭花開香噴噴，

　　　　她的名字叫楊蘭珍。

　　　「好熟的名字鄉土氣，

　　　　蘭珍這是延安娃的名。

　　　「大夥愛她像親女子，

　　　　親熱的叫她蘭珍子。

　　　「露土苗苗盤了根，

　　　　咱教育革命後代有責任！〔註80〕

　　黨支部書記認爲楊蘭珍這樣的名字具有鄉土氣，把楊蘭珍稱呼爲蘭珍子，這是貧下中農與革命後代階級關係親密的表現。這可以稱作是對楊蘭珍的一種革命命名，也是革命精神的傳遞，八路軍二十年前幹革命，八路軍的女兒二十年後繼續革命。這種由命名而表現出的關係親密，其實不僅來自於階級情誼，貧下中農對革命後代的照顧，也來自於陝西鄉村間的倫理情誼。從關於陝西方言的研究中獲悉，「子」是小稱和愛稱，當地人口語裏經常有帶子尾的名詞，表現長輩對小輩的疼愛和對於小巧的東西的珍惜之感。如，「女子」，有兩個意思，表示女兒和女孩兒；「娃子」，表示兒子和男孩子。〔註81〕言談口吻之間，流露出長一輩對於晚一輩人視若己出的體貼愛護。

　　《蘭珍子》中階級深情背後鄉間倫理情誼的隱秘流露的情形到《她就是那個梅》時被徹底翻轉，鄉間親情得以大面積地表現。文革語境中以隱蔽的方式出現的鄉村倫理稱謂，在梅紹靜「文革」結束後的詩歌中表現得很突出。

　　　二女子生下就哭不出聲！

　　　是你大娘抱了公雞來喚我的梅。

〔註79〕梅紹靜：《蘭珍子》，陝西人民出版社1975年版，第11頁。
〔註80〕梅紹靜：《蘭珍子》，陝西人民出版社1975年版，第12頁。
〔註81〕孫立新：《陝西方言漫話》，中國社會出版社2004年版，第207頁。

　　「嘴對著嘴喚了嘛，喚活來我的梅，你說叫了喚梅，究竟對不
對？」
　　只有你喜歡過我名字裏的梅啊，
　　我本就是你喚來的那一個梅！
　　不是你把我從大路上喚回你窰裏來的嗎？
　　不是你給了我第一陣哭聲？
　　啊，母親！我長在這兒多像馬茹子啊，
　　顯眉顯眼的，可也叫你放心！
　　什麼時候起，外鄉人問我是誰，
　　你就在那人面前說：「她是我的梅」？
　　什麼時候起，你在草窰裏尋著幾顆野鴿子蛋，
　　在窪窪上擼著一把杜梨兒。
　　也這麼叫著我：「來！我的梅！」。
　　我想不起來了啊，喚梅的母親！
　　我總是看見一個學生女子走在那溝溝底，
　　她就是那個在你懷裏哭過的梅啊，母親！〔註82〕

　　在《蘭珍子》中把楊蘭珍親切地稱作蘭珍子的是黨支書大娘，詩歌意欲
表現解放軍與老根據地群眾的魚水情以及老根據地群眾對革命後代的反哺。
而在《她就是那個梅》中，這個紅衛兵和革命後代已經轉換爲一個來插隊的
學生女子；並且這個學生女子有很多說不清的委屈，隱忍著的痛苦，知識青
年上山下鄉運動帶給一代人的痛苦在這首詩裏以一個非常具體化的身體情狀
表現出來，那就是無法哭出聲來。詩歌用一個具有象徵性的映襯對比手法來
表現這一情狀，突出知青「梅」與大娘的親生女兒在大娘心中的同等重要性。
大娘的二女兒喚梅出生時哭不出聲，面臨著死的威脅，而學生女子梅也是在
大娘的呼喚中活過來，發出了第一聲哭泣，獲得重生。「可是那天以後，我好
好地活下來了，像棵野果子，我也包著兜活著的滋味。」〔註83〕文革中知識
青年上山下鄉，是爲了進行思想改造，重獲新生，《蘭珍子》表現的就是這個
政治主題。文革結束後的《她就是那個梅》在詩歌的表層看來已經和《蘭珍
子》迥然不同，但在詩歌的深層結構中，一種城市知識青年在農村獲得改造，

〔註82〕梅紹靜：《她就是那個梅》，作家出版社 1986 年版，第 34 頁。
〔註83〕梅紹靜：《她就是那個梅》，作家出版社 1986 年版，第 34 頁。

獲得新生的模式卻一以貫之，沒有改變。發生改變的是對頌揚對象進行了調整：前者強調革命後代回到老根據地重走革命父輩的長路，後者則突出陝北老鄉對於落難學生的深切同情。這種落難學生的自我身份塑造是梅紹靜後期詩歌中主要的身份認同。

　　《她就是那個梅》與《蘭珍子》相比，抒情主人公投注在插隊地的價值觀念也做了大幅度的調整，這種調整不僅是梅紹靜個人的，也是整個知青群體的。具有知青身份的作家在 80 年代後期對於插隊生活的認識和情感發生了很大的改變。從 1980 年代初的怨懟轉變爲對插隊地的懷念，比如史鐵生《我遙遠的清平灣》。這種知青群體的思想變遷和文學思潮的變化深刻影響了梅紹靜，或者也可以說梅紹靜的創作也是促成這種文學思潮形成的一個因素之一。

　　在《蘭珍子》中，紮根農村是楊蘭珍的信念：

　　　　「北溝的山丹丹南窪的松，

　　　　咱一輩子紮根在農村中。」

　　　　女子話少聲音響，

　　　　老輩輩黨員眼發亮。

　　　　黨支書大娘握住女子的手，

　　　　貼心的話兒出了口：

　　　　「女子，活一世莫把親人忘，

　　　　女子，活一世要跟著咱們的黨！〔註84〕

　　紮根農村既是對黨忠誠的表現，也是對階級情誼的重視。在《她就是那個梅》詩集中，這種階級感情已經消失。插隊知青被梅紹靜塑造成一個暫時落難的學生，這種暫時不僅被學生本人所知悉，更被陝北老鄉所知悉；老鄉知道學生們終究是要回去的，回到北京去。插隊知青具有了被貶謫者的身份，於是被同情和自憐。知青的暫時受難與自憐和「文革」時期紅衛兵紮根在農村廣闊天地大有作爲的豪情相比發生了徹底改變。

　　　　「陝北老漢家，

　　　　「城裏女娃娃，

　　　　「你有家不能歸，

　　　　「我能歸可沒有家！」

〔註84〕梅紹靜：《蘭珍子》，陝西人民出版社 1975 年版，第 74 頁。

> 我早該把那小曲兒忘記了，
>
> 要不是還有
>
> 這些詞兒的話……
>
> 如今我依然流淚，
>
> 可是喜歡的呀！〔註85〕
>
> 「娃想家，悽惶！」〔註86〕

在《可愛的兩朵蒺藜花》中，以一個本地人自說自話的口吻描述給學生娃們送棗醋的感受，北京知青的優越感通過插隊地同齡人的謙恭自卑姿態表現出來：

> 又提上個罐罐下山去了嘛，
>
> 人家可希罕你那棗醋哩嘛。
>
> 人家比咱們貴氣，
>
> 人家是學生娃！
>
> 你解下人家北京有幾條街？
>
> 你認得人家的爹？人家的媽？
>
> 人家不想盛啦不盛，
>
> 走了嘛，快快兒回她的家！
>
> 去學生窯裏嘛，去嘛，
>
> 莫讓人家笑話你，去了嘛！〔註87〕

這三首詩中陝北老漢對知青的憐惜，陝北大娘對於知青的疼愛，以及陝北當地知青的同齡人對知青的羨慕，其實都是作為知青的梅紹靜對自己知青身份的認知。在梅紹靜的詩歌中，一般以學生女子或城市學生自稱，較少地直接稱呼自己是知青。在一首直接稱呼自己是知青的詩歌中，知青對陝北生活的審視表露無遺：

> 他們全家
>
> 住著這一孔小窯洞，
>
> 牆上貼著
>
> 布票和糖紙，

〔註85〕梅紹靜：《她就是那個梅》，作家出版社 1986 年版，第 44 頁。

〔註86〕梅紹靜：《她就是那個梅》，作家出版社 1986 年版，第 47 頁。

〔註87〕梅紹靜：《她就是那個梅》，作家出版社 1986 年版，第 111 頁。

啊，貼了那麼多！

我知道

牆上的糖紙

是我們知青扔下的。

也知道

那一張張糖紙

是誰揀起來的。

我爲黃兒，

是的，

爲他難過。〔註88〕

三、陝北與延安：從革命聖地到母親、祖國以及民族

陝北與延安是梅紹靜的插隊所在地，由於陝北尤其是延安對於中國革命的特殊意義，對延安的歌頌也就是對革命起源的歌頌。在《蘭珍子》中，延安被敘述爲力量之源。在梅紹靜文革後的詩歌中，陝北與延安以較爲複雜的面向出現。其一，如上文所述，與落難學生的身份相對應，陝北被描述成落後破敗的鄉村。其二，陝北成爲中國的一個縮影，這個中國歷經磨難，但胸懷寬廣，從黑暗中走出，是所有國家兒女的庇護所，而學生女子就是成千上萬個受苦的國家兒女中的一員。其三，陝北以一個包容苦難，承擔歷史的巨人的形象出現，任何災難也阻擋不住這個巨人前進的腳步，這個巨人是民族的象徵。以陝北象徵祖國（中國）的詩指向當代歷史，包括文革，以陝北象徵民族的詩指向的歷史極爲深廣，不描述具體事件，僅僅詠歎泛化的滄桑。梅紹靜很少直接表達文革十年對自己青春的褫奪帶來的怨恨與失落，即使有所披露，也會很快地轉化爲一種人生在苦難中得到昇華的感情。並且會把這種個人苦難與祖國和民族的苦難做出對比，得出前者微不足道的判斷，進而表達自己對祖國、民族的敬意，並發出願意與她共同承擔苦難的誓言。比如：「我想哭，不僅爲你的苦鬥和忍耐，不僅爲你哺育了我十二年。爲自己的軀殼裏並沒有高尚的精神，爲自己的生活裏並沒有堅強的信念。那些牽動心腸的悲歡，在你的面前是多麼可鄙可憐。我現在該做些什麼？怎樣才能對這個

〔註88〕梅紹靜：《她就是那個梅》，作家出版社 1986 年版，第 86 頁。

世界有點兒貢獻？」〔註89〕「小飯罐是一首延續了幾千年的詩篇。」「是因為我沒有想到，自己這也是這偉大民族的一員。」〔註 90〕抒情主人公表現出自責的罪愆意識：「不要恨我，不要恨我吧，我回來了，母親對我永遠只有愛和慈祥。收留我吧，高原！難道母親會嫌棄女兒的淚水沾濕了她的衣裳？在外邊風風雨雨地過了十年，我歸來太晚了，真的太晚了啊，今後讓你的呼吸永遠拂著我的頭髮，讓我的心中永遠只有你的目光。收留我吧，高原！」〔註91〕而對於祖國這樣的抒情對象，抒情者只是不悔。「祖國啊，你再窮再窮，也有種子撒進犁溝，孩子的希望藏在犁頭。你為我捧的並不是一顆顆金豆，我的心卻離不開你的每一條壟溝。」〔註 92〕「從光禿的山坡上站了十年，但也在今天贏得了尊敬與愛情，」「我想起自己——失去了多少時間啊？到夜半，還有鳥兒來提醒。從前我是鶯雛，現在卻像杜鵑，歌聲既不溫柔也不輕盈。聲音變了希望就變了嗎？不，祖國啊，我要歌唱著迎接你金黃的黎明。」〔註 93〕梅紹靜以陝北喻示母親、祖國、民族的詩歌，表達的情感最為豐富複雜，表現出知青作者在曾經的信念轟毀之後無以言說的焦灼、痛苦與自我安慰以及自勉，因此，她的這類詩歌也就最具思想標本的價值。

　　此外，在梅紹靜以延安為抒情對象的詩歌中，除了有與祖國同受難的犧牲之情、從苦難中走出的涅槃之意、對母親的依戀之感，還增添了一種戀人式的眷戀與欽慕。

　　　　　給延安
　　　　　這是我的延安
　　　　　等了我整整一個夏天，
　　　　　現在正用吹過千溝萬壑的風
　　　　　輕輕撫摸我的臉龐的延安。
　　　　　我的臉遲熟的糜子一樣在這撫摸中殷紅殷紅的了。
　　　　　彷彿是在一瞬間才感到自己的心

〔註89〕梅紹靜：《她就是那個梅》，作家出版社 1986 年版，第 69 頁。
〔註90〕梅紹靜：《她就是那個梅》，作家出版社 1986 年版，第 2 頁。
〔註91〕梅紹靜：《她就是那個梅》，作家出版社 1986 年版，第 74 頁。
〔註92〕梅紹靜：《她就是那個梅》，作家出版社 1986 年版，第 4 頁。
〔註93〕梅紹靜：《她就是那個梅》，作家出版社 1986 年版，第 9 頁。

　　已結出了果實，

　　而那自己也看不見的根系

　　在這土地上已紮得：

　　那麼深，那麼深了。〔註94〕

　　在《蘭珍子》中，抒情主人公對延安的熱情是知識青年對革命的熱情，《我就是那個梅》詩集中對延安的熱情沒有消除，但以另一種形式出現，是一種戀愛式的激情。延安如同一個兄長般的戀人：沉默堅忍，執著等待。「等了我整整、整整一個夏天的延安啊，你也相信我成熟了，眞正的成熟了嗎？我甚至也不能相信自己生命力的旺盛，難道久渴的青春已經給我帶來了收穫？我的那些個迎向第一縷陽光的日子眞的沒有白過？我的這些個隱現在腳印中的日子也眞的沒有白過？從此不會是孤單一粒了的我，也有了一個無論風霜雨雪決不拋棄我的家了。啊，延安！」〔註95〕延安之於詩人的意義在不同的歷史語境有所偏移，但重要性卻沒有改變，這抑或可以說明在文革繼續革命的話語模式中成長的知青詩人，無法割捨延安和革命在她思想成長歷程中曾發揮的作用。

四、梅紹靜的信天遊：從革命形式到故事重述

　　不論是在文革還是新時期，梅紹靜的詩歌都是以「信天遊」的風格而引人注目。但在從文革到新時期的轉變中，信天遊在梅紹靜詩歌中扮演的講述功能發生了很大的變化。在《蘭珍子》階段，信天遊是梅紹靜詩歌講述的革命形式。

　　羊羔羔吃草芽跑山窪，

　　蘭珍子學習回來勁兒更大。

　　晴天上藍來藍格英英彩，

　　英姿颯爽鐵姑娘排！

　　白羊肚手巾三道道藍，

　　早年的「遊醫」進了合作醫療站。〔註96〕

　　信天遊曾經與政治捆綁在一起，使得梅紹靜的詩歌獲得了形式的政治正

〔註94〕梅紹靜：《她就是那個梅》，作家出版社1986年版，第55頁。
〔註95〕梅紹靜：《她就是那個梅》，作家出版社1986年版第56頁
〔註96〕梅紹靜：《蘭珍子》，陝西人民出版社1975年版，第16頁、19頁。

確性，隨著時代語境的變遷，信天遊在梅紹靜詩歌中的作用也多有變化。1980年代早期，信天遊的歌詠風格在梅紹靜那裡凸顯爲一種地域文化的表徵，同時，信天遊的敘事性也使得梅紹靜的詩歌表現出散文化的特點。與此同時，重述信天遊故事成爲梅紹靜的寫作重心之一。寫於 1983 年的《信天遊》這樣寫道：

> 可我再不是「鳳英」，再不是「四妹子」，
> 再不是那些叫不上名兒來的逝去的姑娘！
> 可我決不願再唱《走西口》，
> 我的胳膊要像富裕的日子
> 把三哥哥緊緊兒摟在胸膛。
> 我決不願再唱《蘭花花》，
> 那賣給人的命運再也甭想落到我的頭上。
> 人人都在唱我的過去，
> 那唱我未來的歌呢？她在哪兒隱藏？〔註97〕

　　從上面的詩句中可以看出詩人改變信天遊傳統故事中女性主人公的悲劇命運的思想傾向。到《藍花花》和《西州曲》時期，詩人完全是對信天遊經典故事《蘭花花》、《走西口》的重新講述。這兩個故事講述的都是一個無望等待的女性，在陝北也在整個中國西北地區流傳甚廣，是前現代古老中國因生存艱難而上演的愛情隔絕的悲劇。不論是《走西口》還是《蘭花花》，女性都是被敘述者，即使是《走西口》以女性的傾訴爲主，但傾訴的是對一個永遠出走的男性的牽掛和擔憂，但在梅紹靜的重述中，這是一個敢於表達勇於行動的女性。

> 妹妹不坐花轎活著來成家
> 妹妹不打夥計長和哥哥在一搭
> 穿上線線繡個鴛鴦真
> 沒有那媒人也能成個婚〔註98〕
> 哥哥妹妹膽大了嘛
> 清水水也能點成個燈　嗨呀〔註99〕

〔註97〕梅紹靜：《她就是那個梅》，作家出版社 1986 年版，第 101、102 頁。
〔註98〕梅紹靜：《女媧的天空》，北方文藝出版社 1990 年版，第 63 頁。
〔註99〕梅紹靜：《女媧的天空》，北方文藝出版社 1990 年版，第 67 頁。

　　在梅紹靜的重述中，她可以衝破流言蜚語，打破貞節觀念，獲得情感的自主。對於信天遊故事主體性格的改變，也就改變了信天遊的思想核心，它由一首淒絕隱忍的悲歌變成一部抗爭吶喊的心史。在梅紹靜 80 年代初期的一些詩歌中，對於陝北女子的堅忍與沉默表示了無節制的讚頌（如《陝北女子》、《熱炕頭》），但她 80 年代後期的詩重塑了陝北女性形象。可以說，梅紹靜改寫了信天遊傳統，信天遊也改寫了梅紹靜的詩歌。

第六章　告別文革，走向新時期：
1976～1979 作家形象形塑的意識形態性

　　1976 年 10 月，「四人幫」被抓，文化大革命至此走到了另一個關節點。由於凡是派和改革派的鬥爭還沒有明朗化，前者暫時處於優勢位置，舉國輿論依然一致歡呼文化大革命。與文革時期不同的是批判林彪反革命集團時添了「四人幫」幾個字。受到政治氛圍的影響，文藝界對文化大革命的態度也矛盾重重。隨著改革派的勝出，對文化大革命的態度又為之一變。如何面對文革，怎樣面對新時期，這兩個問題擺在了 1976 後文學議題的首要位置。如何評價文革主流作家是一個極為關鍵的問題。一場全民參與十年的政治運動，其政治正確性與意識形態神聖性向來毋庸置疑，然而轉眼之間這場運動被指認為一場由「四人幫」操縱的陰謀。在對陰謀的審判中，除「四人幫」作為罪犯以外，文革主流作家作為陰謀的附和者遭到批判，但這類批判不久之後被這場審判中一直缺席的國家主流話語制止。在 1976、1977、1978、1979 這些刻板的數字背後，是文革與新時期不同時代時間不同思想觀點、政治政策的較量、博弈、妥協與新變。

　　對文革的態度關涉對十七年的態度，很多作家在十七年時期的歷次政治運動中已經遭受批判，接著在文革中遭遇徹底政治清洗。在新時期雖批判「四人幫」但繼續熱愛黨以及回歸十七年的時代語境中，這些作家怎樣區分文革和十七年時期受到的懲罰。此時，作家形象留存了時代更迭之際意識形態變幻的影像。

第一節　文革主流作家：浪子回頭金不換

　　自 1971 年後文藝刊物復刊、創刊和出版社恢復工作，文革主流文學生產進入了一個相對有序的階段，五六年間出現了眾多集體寫作組和工農兵業餘作者。這些寫作實踐依據「三結合」寫作方式，遵循「三突出」創作模式，在人物塑造、語言表述方面全面搬用、套用樣板戲，形成了一批符合文革文學規範的作品。文革結束後，一些作者表達了對文革時期寫作的懺悔之意：

> 訣別了，違心的頌歌，
>
> 我的詩，終於從受騙後幡然悔悟，
>
> 痛心的淚珠，從筆尖滴落——
>
> 我們吮吸著你的血汗和乳汁，
>
> 卻幫著敵人，從反面上了最好的一課，
>
> 詩和我，一齊做著最痛苦的懺悔，
>
> 母親啊，請你寬恕我們的過錯——
>
> 我的詩和靈魂，一齊在煉獄中燒冶，
>
> 詩，才有了今天這勇敢的訣別——
>
> 我們萬分慶幸啊，我們還年青，
>
> 這訣別啊，沒有延續到彌留的時刻……[註1]

　　對於在文革時期發表過很少作品的年輕作者而言，也許一首懺悔的詩歌就可以過關，但對於像浩然這樣在文革文學中具有重要位置的作家來說，如何走向新時期是頗有曲折的，他從文革走向新時期的過程，意識形態烙印極為鮮明。

　　1976 年《人民文學》復刊後召開學習毛澤東詞二首發表座談會，謝冰心、茅盾、葉聖陶等老作家都出席了座談會，浩然發表了談話：

> 我們的文藝戰線，同樣是「舊貌變新顏」。毛主席發動和領導
> 的文化大革命，摧毀了文藝黑線，以革命樣板戲為標誌的文藝革命
> 取得了輝煌勝利。「舊貌換新顏」，主要是舊的隊伍變成了嶄新的隊
> 伍：大量的工農兵拿起筆來，衝上了文學藝術陣地，成了我們文藝

[註1] 袁文燕：《訣別——一個青年作者的自白》，《新疆文藝》1980 年第 1 期。

隊伍的骨幹力量。同時，專業作者變化也很大，他們經過文化大革命的鍛鍊和考驗，其中的中年一代在政治思想和藝術水平上有很大的提高，成為新隊伍中一支活躍的力量；老作家煥發了革命青春，也揮筆上陣了！這樣老、中、青三結合的文學藝術隊伍，以及他們創作出來的各種形式的作品，數量越來越多，質量越來越高，構成了我們文藝陣地的「到處鶯歌燕舞」的繁榮局面。今天這個座談會，就是一個生動的例子。〔註2〕

　　與浩然不同，在座老作家沒有發言，一律發表舊體詩詞表示祝賀。幾個月後文革結束，浩然處於全國輿論的風口浪尖。1977 年第 6 期《北京文藝》發表熊德彪《且看浩然的「幸福」與「自豪」》對浩然 1974 年 10 月 6 日發表在《光明日報》上的《我們的幸福，我們的自豪》提出批判。認為浩然懸崖勒馬、幡然悔悟的時候到了。王自力《如此「反其意而用之」》也對浩然提出批判，劉安海《浩然創作的新路的實質是什麼？》、凡華《文壇撐杆派》、友元《「捂」與「悟」》和馮丁的《隨風其人》都對浩然進行了嚴厲批評。

　　　　「我們知道，《西沙兒女》的作者並不是初學寫作的年輕人，而是一個寫過多部長篇，有相當寫作經驗的作家，對於生活是創作的源泉這一馬列主義的道理，他是清楚的，以前也確實走過一段比較紮實的路子。可是，如今為什麼一反自己的創作道路，敢於這樣「勇敢地」嘲弄生活呢？原因蓋在於他這次是「奉旨」寫作。」「我們希望作者勇敢地正視自己的錯誤，痛改前非，回到毛主席革命路線上來。這樣，是會受到人民群眾的歡迎的。」〔註3〕

　　　　「無法否認，《三把火》的作者曾在黨的親切關懷和教育下，寫過一些受到群眾歡迎的作品，但是近年來卻走上了創作的邪路。從一九七四年炮製《西沙兒女》到一九七六年九月《百花川》出籠，作者在陰謀文藝的邪路上越陷越深。如今，短命的陰謀文藝徹底覆滅，他必須迅速地從這條道路上離開，早日回到毛主席革命路線上來。我們熱切地期待作者能猛醒回頭，痛除病根，重新起步。」〔註4〕

〔註2〕《學習毛主席詞二首座談會紀要》，《人民文學》1976 年第 2 期。
〔註3〕張書芳、楊喜順（北京衛戍區某部）：《一部「幫性」十足的小說——評〈西沙兒女〉》，《北京文藝》1978 年第 6 期。
〔註4〕徐明壽：《漫天大火為哪般？——評〈三把火〉到〈百花川〉的奧妙》，《北京

作者李德君不僅對浩然的創作變化進行了剖析，還批評了北京市委在文革結束後對浩然的庇護：

> 從《三把火》到《百花川》向人們揭示了這位作家的又一變化。《三把火》寫成於七五年十月，七六年九月更名爲《百花川》出版單行本，其間經過了一年時間。從修改過程可以看出，「四人幫」篡黨奪權的陰謀活動每加緊一步，這位作家便在修改時把調子升高一度。這樣的修改說明了什麼呢？難道不是很清楚地表明他盡力地向陰謀文藝靠攏嗎？說《百花川》實際上加入了陰謀文藝的「排炮」行列是並不過分的。

> 「四人幫」粉碎以後，這位作家應該迅速改正錯誤。雖然當時他也寫過揭發材料，表示願意和「四人幫」劃清界限，但因當時態度不對，決心不大，進步比較遲緩。加上當時有關部門和市委有關領導同志對這位作家的錯誤也採取了錯誤態度，不但沒有及時組織對於他的揭發批判，反而在他對錯誤沒有認識的情況下，讓他當市人民代表、市革委會委員，還要送到五屆人大去。這樣做的結果，不僅助長了這位同志的錯誤態度，也捂住了北京市文藝系統揭批「四人幫」運動的蓋子。〔註5〕

1978 年報刊輿論對浩然的態度發生了變化，《北京文藝》發表編者按：「本著團結——批評——團結的原則，毒草小說《西沙兒女》作者比較誠懇地檢查了自己的錯誤，與會同志用熱烈的掌聲歡迎了他。文化局評論組『辛文彤』和本刊編輯部在大會上做了檢查以後，也受到了與會同志的歡迎和鼓勵。」〔註6〕「浩然同志以《我的教訓》爲題，在大會上回顧了自己走過的創作道路，對吹捧和美化江青的壞作品《西沙兒女》的嚴重錯誤等進行了檢查。」〔註7〕「人民不會拋棄一個犯了錯誤的作家。現在這位作家在北京市文聯的會議上作了比較認眞的檢查，得到了同志們的好評。黨和人民也希望他盡快用實際行動改正錯誤，放下包袱，拿起筆來，跟上時代的步伐前進。」

文藝》1977 年第 7 期。

〔註5〕李德君：《危險的道路，嚴重的教訓——評〈西沙兒女〉作者的變化》，《北京文藝》1978 年第 10 期。

〔註6〕《編者按》，《北京文藝》，1978 年第 10 期。

〔註7〕《汲取教訓、振奮精神、繼續前進：北京市文聯舉行三屆二次擴大會》《北京文藝》1978 年第 4 期。

〔註 8〕1978 年全國輿論表現出與 1977 年截然相反的態勢，在批判文化大革命的同時對文革主流作家表示寬容。「說了過頭話，做了過頭事的作者主要不能責怪他們，都是反革命修正主義文藝路線的受害者，要團結起來，不要糾纏歷史舊賬，對於那些由於受『四人幫』的影響說了錯話，寫了錯誤文章的，只要不是壞人，就要積極鼓勵，通過揭批『四人幫』，提高他們的路線覺悟，不是陰謀活動的骨幹分子，也要幫助他們認識錯誤，改正錯誤，繼續前進。」〔註 9〕

1979 年召開的第四次文代會為如何面對文革主流作家劃定了方向：

> 要根據黨的「懲前毖後，治病救人」的政策，幫助犯過錯誤的同志，只要他們認識了自己的錯誤，就不要嫌棄他們，而要團結他們，鼓勵他們。要做切實的細緻的工作，消除文藝工作者之間的隔閡，在為實現四個現代化服務的大目標下攜起手來。〔註 10〕

於是，一場針對浩然捲入政治鬥爭的批判轉變為一個走失浪子回歸家庭的倫理故事。「作家浩然同志說到自己去年曾經因為受到同志們的批評心裏感到苦悶。這時劉紹棠、林斤瀾同志主動去看望他、幫助他，使他深受感動，終於重新振奮精神，總結教訓，開始了新的寫作。」〔註 11〕1979 年，中國作協湖南分會編選一套《中外兒童文學作品選》並準備創辦兒童文學叢刊《小溪流》，湖南作協組織全國兒童文學作家的筆談時邀請了浩然。《湖南文藝》摘登了兒童文學作家給作協湖南分會編輯的信，其中有浩然的一封。這封信表現出非常時期浩然的非常心情：「在我目前的處境中，您主辦編選中外兒童文學時，能夠想到我，無疑是個極為珍貴的鼓勵。因而，我雖不是『名家』，也沒有『名作』，還是積極響應，挑兩篇我覺得有一定的兒童特點和兒童趣味的小故事寄上，供您擇其一。祝您的工作順利，並希望繼續關心我。」〔註 12〕浩然在四面楚歌的境遇中，希望被關注的強烈渴求溢於言表。

〔註 8〕 李德君：《危險的道路，嚴重的教訓──評〈西沙兒女〉作者的變化》，《北京文藝》1978 年第 10 期。

〔註 9〕 《陳丕顯同志湖北省第四次文學藝術界代表大會上的講話》，《湖北文藝》1978 年第 2 期。

〔註 10〕 《迎接社會主義文藝復興的新時期──熱烈祝賀中國文學藝術工作者第四次代表大會勝利閉幕》，《人民日報》1979 年 11 月 17 日第 1 版。

〔註 11〕 胡余：《當代文藝史上的一個里程碑》──第四次全國文代會側記，《文藝報》1979 年 11、12 期合刊。

〔註 12〕 《當代作家談兒童文學》，《湖南群眾文藝》1980 年第 6 期。

　　在對待浩然的態度方面，新時期意識形態經歷了從政治對錯的判斷到對失足者的挽救的轉變過程，這表現出這樣的政治潛臺詞：作家和國家與人民一起受到了「四人幫「的矇騙，罪錯僅僅應該歸咎於「四人幫」。在主流意識形態從政治判斷轉向道德判斷時，浩然本人的態度也發生了變化，從最初的沉默轉向充滿怨懟之氣和委屈之感。1974 年，《浩然作品研究資料》已經出版，這在文革中是絕無僅有的，而新時期之後備受冷落。浩然把這種冷熱對比理解爲人情冷暖，顯然浩然分享認同了主流意識形態對他的道德指認。

　　如前文所述，因爲《無畏》過於明顯地影射了鄧小平，陳忠實在新時期之後遭到了讀者的批評。「我那一年正陷入某種難言的尷尬狀態。我在前一年爲剛剛復刊的《人民文學》寫過一篇小說，題旨迎合著當時的極左政治，到粉碎「四人幫」後就跌入尷尬的泥淖了。社會上傳說紛紜，甚至把這篇小說的寫作和「四人幫」的某個人聯繫在一起。尷尬雖然一時難以擺脫，我的心裏道也整斷不亂，相信因一篇小說一句話治罪的時代肯定已經結束了，中國的大局大勢是令人鼓舞的，小小的個人的尷尬終究會過去的。」雖說如此，他把這一時期關心他的朋友看作是對他的不離不棄。「我感到一種溫暖，我充分感受到陷入尷尬之境時得到的溫暖是何等珍貴的溫暖。」〔註 13〕《信任》發表後陳忠實收到眾多讀者來信。「我一封一封讀著那些從全省各地發往報社的信，禁不住眼熱欲淚。不完全因爲他們對我的一篇小說說了怎樣的好話，更多的是我太需要他們對我的『信任』了。那一封一封熱情洋溢的信向我證明了最基本的一點，正是我最心虛著企望充實的一點。」〔註 14〕小說經杜鵬程和王汶石推薦被 1979 年的《人民文學》轉載。「此前三年，我在剛剛復刊的《人民文學》上發表過一篇迎合當時潮流的反『走資派』的小說，隨著『四人幫』的倒臺以及一切領域裏的撥亂反正，我陷入一種尷尬而又羞愧的境地裏。在這樣的處境和心境裏，老王老杜們的一舉關愛的話和一些關愛的行動，必然會鑄就我心靈裏永久的記憶。」〔註 15〕陳忠實表現出從哪裏跌倒再從哪裏爬起來的心理。有過文革創作經歷的人在政治正確與道德優劣的兩難處境中抉擇，最終傾向於認同道德失誤，而沒有一個作家對自己俯仰於政治的寫作行爲做出過深刻反思與反省。在道德指認中，這些作家傾向於把新時期的

〔註 13〕陳忠實：《憑什麼活著》，時代文藝出版社 2011 年版，第 74 頁。
〔註 14〕陳忠實：《憑什麼活著》，時代文藝出版社 2011 年版，第 23 頁。
〔註 15〕陳忠實：《憑什麼活著》，時代文藝出版社 2011 年版，第 43 頁

暫時指責等同於古代文人的貶謫，所以不僅沒有回顧歷史的理性衝動，而是滿懷明珠見棄的情緒。

第二節　文革中被貶抑的作家：霜葉紅於二月花

　　文革結束後，在文革中被打倒的作家獲得了重新說話的可能，作家自述和作家訪問記大量產生，這是一種以作家形象塑造爲書寫方式的文革敘事。這些作家不論創作經歷還是生活閱歷都各有不同，所擅長的文學體裁和題材也都迥然相異，但他們的文革記憶則表現出驚人的一致性。文革並非災難，而是一種獲得。文革受難史被表述爲一次深入生活的機會，永遠消失的創作時間被表述爲一次漫長的創作準備。當代作家在新時期初年永遠地失去了一次反思文革的機會，輕易進入對新時期的狂歡之中。

　　李準是十七年期間農村題材小說領域的代表性作家，他把文革對於自身創作的影響敘述爲一則因禍得福的寓言：「烏鴉把烏龜抓到天空，問它怕什麼？烏龜說我怕水，烏鴉說我偏要把你丟到水裏去。烏龜掉進水裏它就有了自由，有了生命。『四人幫』以爲把我流放到農村去，就可以壓到我，其實恰恰相反，我和人民在一起，就像長壽的烏龜回到江河裏，我的政治生命和藝術生命得救了。」〔註16〕

　　丁玲把長達二十多年的懲罰看作「到群衆中去落戶」，「各人有各人的路。她走的路是，不把自己當作一個作家，既下去了，就完全作爲那裡的一分子，把自己的命運和當地群衆的命運連在一起，慢慢地，自然會發生興趣，也不再覺得勉強了。」〔註17〕徐遲表現了忘記過去的豁達：「前些年的不愉快、辛酸甚至血淚，他無暇去回憶了。億萬人民奮戰四化的壯麗圖強烈地吸引著他，震撼著他的心靈。」〔註18〕李準與丁玲不約而同地對「人民」與「群衆」這類政治正確的詞語表示認同，個體自我遭遇政治迫害受到的身心打擊隱藏不見，文革帶給他們的精神創傷被輕輕抹除。即使如徐遲承認文革有血淚、辛酸，但也被新時期振奮的鑼鼓轉移了注意力。

〔註16〕羅君，徐春發：《和人民血肉相連——訪作家李準同志》，《文匯報》1979 年 1 月 3 日第 3 版。

〔註17〕黃蓓佳：《「到群衆中去落戶——訪丁玲》，《文匯報》1979 年 10 月 22 日第 2 版。

〔註18〕史中興：《他追趕時代的腳步》，《文匯報》1979 年 11 月 5 日第 3 版。

較之於作家自述視文革爲因禍得福，文藝媒體講述作家從文革到新時期的人生經歷則呈現爲多去春來的溫暖故事。「林彪、『四人幫』雖然陰狠殘暴得舉世無雙，但我們，比他們有力量。我們不但滿懷信心地穿過他們製造的血腥的漫漫黑夜，而且還有力量在明媚的春天裏繼續放聲歌唱！」〔註 19〕新時期給予了艾青以新的生命，「短短一年多時間裏他的足跡踏遍了塞北嶺南。他去了大慶，去了鞍鋼，去了海南前哨，去了東海之濱，去了北方邊城，還隨同對外友協的一個代表團訪問了西德、奧地利和意大利，所到之處，都有詩作。」〔註 20〕《明星璀璨，藝術回春——訪幾位著名電影演員》這篇文章提到：白楊正在創作反映科學家愛國事蹟的劇本，趙丹和黃宗英在修改劇本《聞一多》。〔註 21〕嶄露頭角的年輕作者表達的同樣是對春的欣喜：朱筆在握勁描春。〔註 22〕

新作迭出也是受難作家煥發青春的表現。《揮筆寫新作，文壇正春天——訪幾位從事新作的作家》寫道：長篇小說《青春之歌》的作者、女作家楊沫，正在精心修改新創作的反映抗日根據地的戰鬥生活和共產黨內兩條路線鬥爭的長篇小說《東方欲曉》。老作家巴金正致力於翻譯十九世紀俄羅斯文學家赫爾岑的回憶錄《往事與深思》。著名的散文作家謝冰心，最近應教育部的約請，爲小學語文寫作教材，並爲文藝刊物撰寫兒童文學作品。已經發表過七部詩集的工人詩人黃聲孝，正在從事長篇敘事詩《站起來了的長江主人》第三部的創作。他常到工人中去，徵求對作品的意見。青年作家張天民在完成電影劇本《創業》及同名長篇小說後，繼續寫做石油工人鬥爭生活「三部曲」，爲工業學大慶的群眾運動大唱讚歌。寫作過程中，他常聽取電影工作者的意見。作家駱賓基報病堅持寫作，女作家草明準備加緊新長篇小說的創作，作家叢維熙、鄧友梅、王蒙、劉紹棠滿懷信心重返文壇。〔註 23〕

從冬天走向春天，從黑夜走向光明，這類春天與晨曦的文學話語，潛在

〔註 19〕 柯岩：《我們這支隊伍》，《人民日報》1979 年 11 月 16 日第 3 版。

〔註 20〕 新華社記者：《文藝創作之泉在奔湧——記第四次文代會的幾位代表》，《人民日報》1979 年 11 月 16 日第 3 版。

〔註 21〕 徐春發：《明星璀璨，藝術回春——訪幾位著名的電影演員》，《文匯報》1979 年 1 月 21 日第 2 版。

〔註 22〕 武建中：《含苞蓓翠吐芳芬——訪〈我的兩個女兒〉作者蔣韻》，《山西日報》1979 年 4 月 4 日第 3 版。

〔註 23〕 司馬小萌：《願文壇百花吐豔——訪出席第四次文代會的北京代表團》，《北京日報》1979 年 11 月 7 日第 3 版。

地表現出冬天愈寒冷徹骨春天愈陽光普照，夜晚愈黑暗淒冷晨曦愈明媚溫暖的思想指向，作為冬天與夜晚喻指的文革的存在也就成為必然。既是必然，唯有珍惜春天與晨曦般的新時期方為正途，對文革的反思付之闕如。

除了春天與晨曦話語，霜葉紅於二月花也是新時期初年描述新時期與文革關係的重要修辭。春天話語與霜葉紅於二月花修辭在作家形象塑造中彼此倚重轉移了歷史反思對象：文革之於作家，遭受政治迫害與身心打擊是一次不可多得的精神成長機會，紅於二月花的霜葉。政治迫害的製造者——社會主義國家權力是缺席的；新時期之於作家，社會主義國家權力出現，它是春天的給與者，霜葉般的二月花可以綻放。於是，應置於質疑和反思位置的社會主義國家權力反轉成為恩情的輸出者，真正的掠奪者被永遠擱置起來。

工人作者費禮文自訴內心：「這漫山遍野的紅葉林，所以能有這樣紅，這樣美，它離不開陽光雨露，肥沃土壤，還要不斷地和冰霜風雪作鬥爭，今天，我們要加倍珍惜大好時光，團結起來向前邁。」〔註24〕《晚秋紅葉正濃時——訪幾位老文藝家》敘述了老作家的歸來。以「潑墨重繪王昭君」描述曹禺，六十八歲的老人在新疆騎馬、跳舞，記者不禁讚歎：哪像個年逾花甲的人呵！以「因為我們還年青」來描述七十八歲的冰心：「我永遠和孩子們在一起，好好學習，天天向上！」記者描述《三寄小讀者》正從冰心的書桌上，一篇一篇飛向孩子們手中。以「而今百齡正童年」來描述八十二歲的散文家曹靖華。作家學習訪問團要到大慶、鞍山、柴達木，曹靖華執意前去：「我要跟上新形勢，一同奮進啊！」〔註25〕以「烏柏經霜葉更丹」來描述姚雪垠，〔註26〕同樣的修辭也運用到對劇作家陳白塵的描述中：「歲寒知後凋」。〔註27〕于伶從事新劇本創作則被描述為老樹新花：「在新的長征途中，老一輩的藝術家們，鬥志火旺，才華迸發，正引吭高歌譜新章，揮毫裝點好山河，老作家于伶身在病房，依然手不釋卷地翻閱史料，修改他創作的電影劇本《翻天覆地》。」〔註28〕老劇作家曹禺煥發了革命青春。〔註29〕《粉碎「四人幫」，文藝老兵得解放》、〔註30〕《滿目青山——訪老作家黃源、許欽文、陳學昭》、

〔註24〕費禮文：《霜後紅葉葉更紅》，《文匯報》1979 年 11 月 7 日第 2 版。

〔註25〕韓舞燕：《晚秋紅葉正濃時》，《人民日報》1978 年 10 月 16 日第 2 版。

〔註26〕劉文勇：《烏柏經霜葉更丹——訪姚雪垠》，《體育報》1979 年 11 月 28 日第 2 版。

〔註27〕周明：《歲寒知後凋——記老作家陳白塵》，《劇本》1979 年第 11 期。

〔註28〕徐春發：《戰鬥青春常駐筆，老樹新花更豔麗》，《文匯報》1979 年 1 月 6 日

〔註29〕顏振奮：《老當益壯的劇作家曹禺》，《劇本》1979 年第 10 期。

〔註30〕劉知俠：《粉碎四人幫，文藝老兵得解放》，《山東文藝》1977 年第 11 期。

〔註 31〕《奔馳在生命的延伸線上——記壯族詩人莎紅》〔註 32〕，文革的錯誤在霜葉修辭中全部被抹平擦除。年輕作者鄭義的訪問記和對老作家的描述無異。《霜重色愈濃——訪小說〈楓〉的作者鄭義同志》，訪問記認為動盪的歲月，激流般的生活，給鄭義年輕的臉上添上蛛絲，給他單純的心靈刻下印痕。他就像自己作品中描寫的那片楓葉一樣，把寒風冷霜，一點一滴凝聚在自己的血液中。〔註 33〕

在 1957 年反右中落馬的王蒙等人是除老作家外主要的敘述對象。與在 1949 年之前已經發表了經典作品的老作家相比，他們還沒來得及施展才華便淪為罪犯，一去二十年，所以更令人惋惜。但新時期初年的作家形象表述避免了惋惜式的表達。王蒙的受難生涯被描述為植根於肥田沃土之中，在新時期的創作則被表述為「嚴冬過盡綻春蕾」，「像一株經歷過風霜冰雹的花苗，植根於肥田沃土之中，重新沐浴在陽光雨露之下，定將開放出更加豐美多姿的鮮花。」〔註 34〕《寫在楓葉殷紅的時候——訪作家劉紹棠、王蒙、鄧友梅散記》記錄了他們的精神煥發：劉紹棠初步完成的三個長篇已經開始在刊物連載，逢春花木，怎不枝繁葉茂、馥郁芬芳？王蒙經過十幾年的磨練，則思想更成熟，目光更敏銳，感情更豐富，知識更廣博，腳跡更堅實。是沙漠裏的沙棗花。文化大革命中那幾年，他是和腳踩著堅實的土地的鄉親住一個屋，吃一鍋飯的，聽到的是真實的呼聲，感受到的是人民的憂患、喜樂。他苦悶、彷徨，於是埋頭到馬列書籍中去。鄧友梅右派錯案糾正，如今冰化雪消，再次開始寫作。〔註 35〕慘烈的文革十年被描述為一段鋪花的歧路，其實有太多作家並未等到楓葉殷紅，已經凋零。

文革與新時期關係還被表述為一個尋找丟失了的時間的緊張遊戲。「老劇作家吳祖光目前正當盛年，讓我們祝願他再寫出更多更好的戲劇來，……雖然歲月流逝，但是來日方長。吳祖光同志不久之後，一定會獻出自己的新作

〔註 31〕 周祖祐、丁雪萍：《滿目青山——訪老作家黃源、許欽文、陳學昭》，《杭州日報》1979 年 10 月 24 日第 4 版。

〔註 32〕 鄭盛豐：《奔馳在生命的延長線上——訪壯族詩人莎紅》，《廣西日報》1979 年 11 月 25 日第 3 版。

〔註 33〕 李芮：《霜重色愈濃——訪小說〈楓〉的作者鄭義同志》，《山西日報》1979 年 4 月 29 日第 4 版。

〔註 34〕 王素心：《植根於肥田沃土之中——訪王蒙》，《文匯報》1979 年 10 月 29 日第 3 版。

〔註 35〕 趙尊黨、劉孝存：《寫在楓葉殷紅的時候》，《北京日報》1979 年 12 月 17 日第 3 版。

品。」〔註36〕七十四歲的陳伯吹常把文代會發放的招待券讓給招待所服務員，自己抓緊時間整理札記趕寫作品。每一天深夜十一二點鐘，陳伯吹還在奮筆疾書。〔註37〕文代會期間草嬰翻譯《安娜卡列尼娜》、任溶溶翻譯兒童文學長篇、伍蠡甫整理西洋文學理論名著、王西彥和朱雯談論敘事人稱。〔註38〕「高玉寶精神枷鎖被砸爛，馬上向黨組織傾吐了心頭醞釀多年的創作心願，決心把林彪、『四人幫』耽誤的十幾年時間搶回來。目前，他正在寫作一部反映解放戰爭時期鬥爭的長篇小說，現已寫了六章，打算明年拿出草稿。」〔註39〕姚雪垠要與雲霞爭鋒，留住時間：「凝眸春日千潮湧，揮筆秋風萬馬來。願共雲霞爭馳騁，豈容杯酒持徘徊？」〔註40〕與失去的時間一起被搶奪回來的是創作激情：劉賓雁以《人妖之間》的回歸被描述為「沉默了二十多年之久的作家又重返戰場，投入戰鬥。」〔註41〕記者描述見到趙丹的情景：儘管已是六十多歲的人了，趙丹說起話來還是那麼洪亮有力，從他的話音裏，我彷彿看到了他那難以抑制的喜悅的心情。「那能不大幹快上呢，華主席為首的黨中央一舉粉碎了四人幫，不僅在政治上使我得到了第二次解放，也給了我新的藝術生命。最近，報上又連續揭批四人幫炮製的兩個估計，和文藝黑線專政論，砸爛了禁錮著我們思想的精神枷鎖，我感到渾身是勁。我生命的六分之一被四人幫奪走了，這回可要好好幹，把餘生奉獻給藝術。」〔註42〕其實，趙丹在1977年已經很虛弱了，不久之後，他留下「管得太具體，文藝沒希望」這一用生命換來的感言離開了人世。

　　新時期如同一場狂歡派對，第四次文代會把這場狂歡派對推向高潮。「握碎它吧，／那苦澀的記憶，／挽起手吧，／向著無限廣闊的天地！／」〔註43〕「可以使我們自豪的是，絕大多數文藝工作者頂住了反革命壓力，採取種種方式，對他們一夥進行了堅決和英勇的鬥爭。皮鞭和枷鎖、凌辱和迫害，沒有摧垮我們，反而把我們鍛鍊得更加堅強，更加成熟了。」〔註44〕「一碧雲

〔註36〕田莊：《歲月流逝來日方長》，《劇本》1979年第10期。
〔註37〕徐春發：《陳伯吹「以勤補拙」》，《文匯報》1979年11月16日第3版。
〔註38〕徐春發：《上海代表談外國作品》，《文匯報》1979年11月16日第3版。
〔註39〕包明廉：《筆筆辛勤吐新花——訪高玉寶》，《文匯報》1979年11月27日第2版。
〔註40〕徐民和：《是黨給我的藝術新生命——訪作家姚雪垠》，《文匯報》1977年11月27日第2版。
〔註41〕周明：《他仍然是一名闖將——記劉賓雁》，《文匯報》1979年11月17日第3版。
〔註42〕徐春發：《訪問趙丹》，《文匯報》1977年12月11日第2版。
〔註43〕孫友田：《握手——第四次文代會剪影》，《人民日報》1979年11月3日第6版。
〔註44〕茅盾：《中國文學藝術工作者代表大會開幕詞》，《人民日報》1979年10月31

天，遍山紅葉，喜賦歸去。」〔註45〕「出發！出發！出發！大膽地寫，放聲地唱，盡情地畫！」〔註46〕「誰曾經這樣說過，在風暴之中我們成長。」〔註47〕

以作家形象建構的新時期文革敘事雖以文革主流作家和文革被貶抑的作家為敘述對象，但卻分享了同樣的敘述邏輯：逃避對文化大革命製造者的反思，在對「四人幫」實施妖魔化策略的同時，逃向新時期的懷抱。在這樣的敘述中，文革與新時期達成了和解，十年文革與文革後的歷史以善惡有報的道德劇和冬去春來的情景劇被簡單圖解，喪失了的不僅是對過去歷史（文革）的反省，也喪失了對正在進行的歷史（新時期）的自省。

日第 2 版。

〔註45〕臧愷之：《永遇樂——贈出席文代會舊友》，《北京日報》1979 年 11 月 11 日第 3 版。

〔註46〕白雲海：《唱來一路報春花——寫在第四次文代會上》，《北京日報》1979 年 11 月 11 日第 3 版。

〔註47〕林庚：《曾經》，《北京日報》1979 年 11 月 11 日第 3 版。

結　論

　　論文從文革與新時期文藝刊物的生產，文革與新時期文學編輯機制的慣
性因素、無產階級文藝創作主體——工農兵業餘作者、無產階級群眾文藝的
代表形式——革命故事、文革與新時期對十七年文學傳統的接受與變異、文
革結束後作家形象塑造的意識形態性六個層面探討了 1976 年前後（1971～
1979）文革文學與新時期文學的異同演進。這屬於對文學期刊、文學出版、
文學現象和作家作品的研究。歐金尼奧‧加林討論中世紀與文藝復興的歷史
後得出的結論是：二者「既非連續，也非斷裂。……只有社會環境發生變化
之後，文藝復興才會發生。」〔註 1〕文革文學與新時期文學之間也具有類似
關聯，新時期文學脫胎於文革文學，同時它又是在社會思潮發生巨變之後具
有許多嶄新審美品格的文學。新時期文學具有文革文學以及十七年文學式
當代文學的制度遺傳，同時它由於文革後現代化意識形態的刺激而不斷發生
新變。

　　1949 年建國後社會形態的激世性是「中華帝國和農民形式的文化權力以
及西方馬克思主義話語，加上蘇聯的馬列主義和斯大林主義制度的綜合產
物。」〔註 2〕1949 年之後的文學是在這一具有強大話語規約性與震懾力的政治
制度及文學制度中開始的，文學總綱領《在延安文藝座談會上的講話》從解
放區變為向全國推行、貫徹。至 1966 年文革爆發，這一黨的文學綱領已經整
整貫徹執行了十七年，任何對此稍有異議的聲音已經全部被清除。文革文學

〔註 1〕〔意〕歐金尼奧‧加林：《中世紀與文藝復興》，李玉成、李進譯，商務印書
　　　　館 2012 年版，第 1 頁。
〔註 2〕〔美〕楊美惠：《禮物、關係學與國家：中國人際關係與主體性建構》，趙旭
　　　　東、孫珉合譯，張躍宏譯校，江蘇人民出版社 2009 年版，第 33 頁。

以推翻一切，創建無產階級文藝新紀元爲口號，但《在延安文藝座談會上的講話》的總綱位置並沒有變化。文革文學與十七年文學共享了同一個權力法則。對文革文學來說，1976 年是它的結束，對新時期文學來說，1976 年是它的開端。結束與開端源自毛澤東時代的結束、華國鋒時代的短暫過渡與鄧小平時代的開始。領袖政治隨著政治領袖的更換出現調整，但依託於政治話語之上的文學制度一以貫之，具有持久的統攝力與影響力。這是新時期文學與文革文學最大的相通、相同之處。

文革結束後，新時期文藝刊物的存在方式是對十七年時期的回歸，包括作者稿酬發放、向重新進入作協的專業作家根據計劃進行約稿、組稿。此外，新時期文藝期刊也以新的方式對文學再次制度化，進行全國範圍內的作品評選活動便是重要一項。自 1978 年《人民文學》全國優秀短篇小說評選開始，全國優秀中篇小說評選、全國優秀報告文學作品評選、全國優秀中青年詩人優秀詩歌評選等各種作品評選林林總總，包含各種體裁，持續時間長久，完整貫穿八十年代。這些由文藝刊物牽頭，作協支撐的作品評選構建了文革後的文學經典，構築了新時期文學的審美規範。沒有這些作品評選，就沒有新時期文學。與文學制度化同時發生的是商業因素對文學期刊生存的滲透影響，從以四化名義欲說還休的徵集廣告即可見出。隨著時間的推移，純文學刊物注重眼球經濟的傾向日趨明顯，這會對文學的存在形態發生反作用力，如《小說選刊》、《小說月報》引導的小說故事化與通俗化。文學研究期刊的話題式生存也是如此。

編輯機制的慣性因素在文革結束後繼續存在，比如以編輯與作家的私人關係來維持一份刊物、一家出版社與一個作家，一個地區作協、文聯的聯絡。這是 1949 年後以地區區隔作家分佈，加強作家管理、明確編輯責任的制度繼續發揮作用。這造就了新時期文學以及十七年文學擁有地域文學而沒有文學流派。依據一省、一區（以大軍區劃分爲藍本的地區劃分，不是指自治區）聯繫、督促、引導作家創作，容易形成具有當地地域文化特色的創作，但很難形成具有豐富審美特徵的創作潮流。當地某一位作家被推崇，具有作協背景的官方批評介入，其他作家也被鼓勵群起仿傚，這只會固化某一創作特徵而無益於流派產生。這不同於 1949 年前文學流派的形成語境，如鄉土小說派就由來自不同省份的作家組成，1949 年後的文學包括新時期文學限制了跨省文學流派的產生，各省文聯、作協擁有自己的機關刊物，與來自中國作協的

中央文藝刊物形成中央與地方的上下呼應關係、地方與地方的彼此觀望狀態，這是文學的「戶籍」制度，阻礙了各地作家的流通。作為文學制度重要一環的編輯機制，在社會外部結構處於紊亂之時，如文革時期，它以其穩固的連續性維持了文學生產，當社會政治結構趨於統一，它的穩固性會表現出僵硬的專制性。新時期初年這類現象不甚明晰，但愈到後來，文藝期刊編輯審美規範的專斷排外日益為人所詬病。

工農兵業餘作者是唯階級論時代的文學遺傳，隨著時代政治發生變化，它作為一種激進的文學實踐退出歷史是無法避免的。在作品未被文學場經典化之前，所有的文學寫作者都可以說是業餘作者。這一似乎是建立在文學史常識基礎上的判斷在工農兵業餘作者出現之後發生了嚴重錯誤。工農兵業餘作者成為具有專指性的詞語與人群。它以其階級身份的可靠性與深入生活的「先天性」對職業寫作進行了道德蔑視與律令消除。清末民初隨著現代出版、傳播興起的職業寫作在 1949 年之後遭到根本質疑，作家從印刷流水線上的一分子到黨的螺絲釘完成了體制化生存的最初步驟，而螺絲釘堅硬與否則需要遭遇「工農兵」與「業餘」這兩份政治試劑的第二次洗禮。文革結束後，工農兵業餘作者受到的衝擊很大，雖然它作為一種選拔、培養專業作家的渠道直到現在還依然存在，但唯工農兵業餘作者一尊的時代徹底結束。作為一種長達二十多年的政治優撫的產物，工農兵業餘作者在文革結束後的隱形影響沒有在短時間內消失，特別是八、九十年代。中國一定擁有世界上數量最龐大的業餘作者與文學愛好者，除了人口基數大之外，重要的原因還在於當代中國對意識形態的重視，使得具有寫作才能的人具有一夜成名天下知的機會與可能。當代中國的文學機構與輿論宣傳部門具有合二為一的同構性，寫作稍劣者進入基層文化部門，寫而優者則人生選擇更多。如果我們考察賈平凹寫作的心態演變，一定會震驚自卑激發出的變態心理與寫作激情是如此緊密糾纏在一起，但他確實由此實現了青年時期設定的目標，他是新時期獲得巨大文名與世俗成功的作家。文學的功名化會造就很多空頭文學家。

與工農兵業餘作者同時出現的是文學形式的群眾化與普及化，毛澤東所謂文藝形式的「喜聞樂見」適應了教育程度落後的現實語境，對自然存在於民間基層的文藝形式的改造易於短時間內取得上傳下達的傳播效果，形成全國統一、可控的意識形態網絡。文革後的文學表現出一種「去曲藝化」的趨向。文革時期刊物都冠以文藝之名，刊載的作品包括革命故事、三句半、快

板詞、小歌劇、獨幕劇、歌詞、木刻、攝影作品等。這些藝術形式具有易學易記或視覺效果強烈等特點。文革後，曲藝等藝術形式擁有了專門的發表刊物，開始與文學分離。藝術形式上的「去曲藝化」反映了新時期文學的去群眾化和精英化。革命故事去革命化回歸民間就是一例。

文革文學與新時期文學延續性最重要的原因之一是二者都受到十七年文學的覆蓋性影響。農村題材小說、民歌體敘事詩的貫穿性是非常明顯的例證。陳忠實、周克芹、古華、葉蔚林、孫健忠等在十七年時期已經開始寫作但默默無聞直到新時期獲得文名的現象說明，十七年農村題材小說名家迭出的局面，即使如古華在十七年時期藝術已經較為嫻熟的作者也不能在十七年農村題材小說領域獲得一席之地，他們新時期之後成為代表性作家說明了 1949 年後農村題材小說的審美規範影響長久，已經構成當代文學的審美傳統。民歌體敘事詩在五十年代出現熱潮、在文革時期不絕如縷以及在文革後尋根思潮中與地域文化的對接，說明了十七年文學在外部文學環境刺激下發生變形的多種可能性。

政治對文學的制約嚴重影響著作家的生存狀態。文革主流作家與文革被貶抑作家在新時期的遭遇是明顯例證。主流意識形態與文革主流作家的冰釋前嫌，文革被貶抑作家與主流意識形態的握手言和，都通向一個結果：作家人格的政治功利化。文革反思的付之闕如與新時期大團圓的歷史敘述加深了作家政治正確大於一切的身份體認。

論文中有所提及但有待繼續詳細討論的議題有：第一，知識青年上山下鄉創作叢書與新時期知青文學的關係，除上海人民出版社出版的知青創作叢書外，各地出版社也出版了類似叢書，這些叢書的出版與新時期的知青寫作有何關係？前者是對知識青年上山下鄉運動的回應之作，後者是知青運動破產之後的反思書寫。這二者有無關聯，後者是否實現了對前者的完全超越或有無完全超越的可能？1978 年後國家對知青的態度表現為兩個方面，一、各類媒體開始公開報導知青特別是女知青在插隊地受到迫害的情況，以及當地政府對施虐者的懲罰。二、與知青插隊的負面消息同時出現的是全國各地妥善解決知青就業問題的報導。新時期知青文學在一種「青春已經獲得補償」的話語規約中發生，這與「上山下鄉接受貧下中農再教育」對文革時期知青寫作的規定性有無相似之處？這都需要做出更為詳盡的回答。

第二，文革時期公開出版的文學翻譯對新時期文學的影響。上海人民出

版社出版的《摘譯（外國文藝）》雜誌在批判蘇修、美帝、日修和支持日共（左派）的態度下，翻譯了大量前蘇聯、美國和日本的文學作品，並且不間斷地介紹資本主義社會陣營的文學動態。《摘譯》介紹作品時雖常以編者按和文中夾批的形式進行消毒處理，打斷讀者的閱讀，但這些翻譯作品具有的藝術吸引力遠遠高於當時文革作家的創作。《摘譯》對托馬斯品欽（當時譯作托馬斯‧皮恩寵）《萬有引力之虹》〔註3〕、金斯博格等「垮掉的一代」作家的介紹，對前蘇聯文學第一時間的跟進翻譯，使得能夠讀到這份刊物的讀者可以瞭解中國以外的文學樣貌。這份注明內部發行的刊物在保密性上遠遜於白皮書和灰皮書，流通範圍也較之於白皮書和灰皮書更爲廣泛。目前學界多討論白皮書和灰皮書對新時期文學的影響，其實像《摘譯》這類公開出版的翻譯刊物也以扭曲的形式進入了渴望獲取文學素養的讀者的視野。

　　由於論文論述時段的限制，很多延伸的問題還沒有展開，知識青年陸天明在文革時期寫作多幕劇，文革後成爲知青文學的代表性作家，90年代之後，陸天明基本放棄了純文學意義上的寫作，主要進行主旋律小說創作。作家寫作姿態與國家意識形態之間的互動關係也是繼續觀察文學變與通的角度之一。

〔註3〕美國文藝動態：《授獎儀式怪事多》，《摘譯（外國文藝）》1974年第6期。美國文藝動態：《普利策小說獎發不出去了》，《摘譯（外國文藝）》1975年第2期。

參考文獻

報刊雜誌類

A

《安徽文藝》　　月刊　　《安徽文學》雙月刊

B

《寶雞文藝》　　不定期
《包頭文藝》　　雙月刊　　《鹿鳴》雙月刊
《北京文藝》　　雙月刊
《北京日報》
《福建文藝》　　雙月刊

G

《革命故事會》　不定期　　《故事會》雙月刊
《光明日報》
《甘肅文藝》　　不定期
《廣東文藝》　　雙月刊　　《作品》雙月刊
《廣西文藝》　　雙月刊
《貴州文藝》　　雙月刊

H

《河北文藝》　　雙月刊
《杭州文藝》　　月刊

《黑龍江文藝》　　月刊
《河南文藝》　　　雙月刊　《奔流》雙月刊
《湖北文藝》　　　雙月刊　《長江文藝》月刊
《湖南群眾文藝》雙月刊
《紅旗》
《紅岩》　　　　　雙月刊

J

《解放日報》
《解放軍文藝》　　月刊
《江蘇文藝》　　　雙月刊　《雨花》雙月刊
《吉林文藝》　　　月刊
《江西文藝》　　　雙月刊

L

《遼寧文藝》　　　月刊

N

《寧夏文藝》　　　雙月刊　《朔方》雙月刊
《南京文藝》　　　雙月刊　《青春》雙月刊
《內蒙古文藝》　　雙月刊

Q

《青海文藝》　　　雙月刊　《青海湖》雙月刊
《全國新書目》（1973 起改為月刊）
《全國報刊索引》（1973～1979）
《群眾文藝》　　　雙月刊

R

《人民文學》　　　雙月刊
《人民日報》

S

《上海文藝》　　　雙月刊　《上海文學》雙月刊
《上海少年》　　　月刊　　《少年文藝》雙月刊
《山西文藝》　　　雙月刊　《汾水》雙月刊

《山西群眾文藝》雙月刊

《山西日報》

《陝西文藝》　　雙月刊　《延河》雙月刊

《山東文藝》　　雙月刊　《山東文學》雙月刊

《四川文藝》　　月刊

T

《天津文藝》　　雙月刊　《新港》雙月刊

《天津日報》

《太湖文藝》　　雙月刊

W

《文匯報》

《武漢文藝》　　雙月刊

X

《西安晚報》

《廈門文藝》　　雙月刊

《湘江文藝》　　雙月刊

《新疆文藝》　　雙月刊

《昔陽文藝》　　雙月刊

Y

《雲南文藝》　　雙月刊

Z

《浙江文藝》　　雙月刊　《東海》雙月刊

《朝霞》　　　　月刊

《摘譯》（外國文藝）月刊

上海文藝叢刊

B

《碧空萬里》，朝霞叢刊，上海人民出版社 1974 年 10 月版。

《不滅的篝火》，朝霞叢刊，上海人民出版社 1975 年 8 月版。

G

《鋼鐵洪流》，上海文藝叢刊，上海人民出版社 1973 年 12 月版。

H

《火，通紅的火》，朝霞叢刊，上海人民出版社 1976 年 6 月版。

J

《金鐘長鳴》，上海文藝叢刊，上海人民出版社 1973 年 8 月版。

S

《閃光的工號》，朝霞叢刊，上海人民出版社 1975 年 12 月版。

X

《序曲》，朝霞叢刊，上海人民出版社 1975 年 6 月版。

Z

《朝霞》，上海文藝叢刊，上海人民出版社 1973 年 5 月版。

《珍泉》，上海文藝叢刊，上海人民出版社 1973 年 12 月版。

《戰地春秋》，朝霞叢刊，上海人民出版社 1975 年 3 月版。

文藝評論叢刊

W

《文藝評論叢刊（第一輯)》，上海人民出版社 1976 年 3 月版。

《文藝評論叢刊（第二輯)》，上海人民出版社 1976 年 9 月版。

浙江文藝叢刊

C

《春雨新苗》，文藝叢刊，浙江文藝出版社 1975 年 2 月版。

L

《凌霄》，文藝叢刊，浙江文藝出版社 1973 年 11 月版。

山西文藝叢書

C

《彩虹》，山西文藝叢書，山西人民出版社 1973 年 10 月版。

《烈火丹心》山西文藝叢書，山西人民出版社 1974 年
《青山翠柏》，山西文藝叢書，山西人民出版社 1974 年

D

《動力》，山西文藝叢書，山西人民出版社 1975 年 9 月版。

J

《決裂》，山西文藝叢書，山西人民出版社 1975 年 8 月版。
《巨浪》，山西文藝叢書，山西人民出版社 1975 年 12 月版。

百花文學叢刊

B

《白楊戰歌》，百花文學叢刊，陝西人民出版社 1976 年 3 月版。

H

《河畔紅梅》，百花文學叢刊，陝西人民出版社 1974 年 11 月版。
《荷花塘》，百花文學叢刊，陝西人民出版社 1975 年 8 月版。
《六月花》，百花文學叢刊，陝西人民出版社出版社 1978 年 1 月版。

鍾山文藝叢刊

F

《風華正茂》，鍾山文藝叢刊，江蘇人民出版社 1973 年 11 月版。

J

《激流勇進》，鍾山文藝叢刊，江蘇人民出版社 1974 年 10 月版。

天津文學叢刊

J

《今朝》，文學叢刊 1，天津人民出版社 1975 年 5 月版。
《今朝》，文學叢刊 2，天津人民出版社 1975 年 11 月版。
《今朝》，增刊，天津人民出版社 1976 年 1 月版。

革命文藝叢書

C

《長江之歌》，革命文藝叢書，江西人民出版社 1974 年 12 月版。

J

《決裂》，革命文藝叢書，江西人民出版社 1975 年 11 月版。

《踏遍青山》，革命文藝叢書，江西人民出版社 1972 年 3 月版。

《大寨路上》，革命文藝叢書，江西人民出版社 1972 年 5 月版。

《向陽人家》，革命文藝叢書，江西人民出版社 1972 年 12 月版。

《井岡鴻雁》，革命文藝叢書，江西人民出版社 1973 年 3 月版

《春雨江南》，革命文藝叢書，江西人民出版社 1973 年 3 月版。

《長江之歌》，革命文藝叢書，江西人民出版社 1974 年 12 月版。

《贛水高歌》，革命文藝叢書，江西人民出版社 1975 年 4 月。

《決裂》，革命文藝叢書，江西人民出版社 1975 年 11 月版。

《春之窗》，革命文藝叢書，江西人民出版社 1978 年 7 月版。

《信江潮》，革命文藝叢書，江西人民出版社 1978 年 12 月版。

《霹靂》，革命文藝叢書，江西人民出版社 1979 年 6 月版。

浙江文藝叢刊

C

《春雨新苗》，文藝叢刊，浙江人民出版社 1975 年 2 月版。

山東文藝叢刊

J

《濟南戰役》，戰地黃花文藝叢刊，山東人民出版社 1978 年 10 月版。

T

《同胞》，戰地黃花文藝叢刊，山東人民出版社 1978 年 8 月版。

《山城雪》，戰地黃花文藝叢刊，山東人民出版社 1979 年 4 月版。

《大慶行》，戰地黃花文藝叢刊，山東人民出版社 1978 年 12 月版。

《敖拉・一蘭》，戰地黃花文藝叢刊，山東人民出版社 1978 年 5 月版。

《革命軍中馬前卒》，戰地黃花文藝叢刊，山東人民出版社 1979 年 10 月版。

《黃河紅帆》戰地黃花文藝叢刊，山東人民出版社 1980 年 1 月版。

戰地黃花文藝叢刊 1976 年 1、2 期，1977 年 1～4 期，計 6 本；接下來，按次序出版了《敖拉·一蘭》、《同胞》、《濟南戰役》、《大慶行》、《山城雪》《革命軍中馬前卒》、《黃河紅帆》，計 7 本，全套共計 13 本。

Z

《戰地黃花》，文藝叢刊，山東人民出版社 1976 年 6 月版。

《戰地黃花》，文藝叢刊，山東人民出版社 1976 年 11 月版。

《戰地黃花》，文藝叢刊，山東人民出版社 1977 年 1 月版。

《戰地黃花》，文藝叢刊，山東人民出版社 1977 年 2 月版。

《戰地黃花》，文藝叢刊，山東人民出版社 1977 年 5 月版。

《戰地黃花》，文藝叢刊，山東人民出版社 1977 年 9 月版。

紅哨文藝叢刊

H

《火紅的邊防》，紅哨文藝叢刊，新疆人民出版社 1977 年 8 月版。

S

《十月的勝利》，紅哨文藝叢刊，新疆人民出版社 1977 年 1 月版。

T

《天山兒女永遠懷念毛主席》，紅哨文藝叢刊，新疆人民出版社 1976 年 10 月版。

《頂樑柱》，紅哨文藝叢刊，新疆人民出版社 1978 年 4 月版。

上山下鄉知識青年叢書

F

《飛吧，時代的鯤鵬》（上山下鄉知識青年創作叢書），上海人民出版社 1977 年版。

S

上海市屬國營農場三結合創作小組編：《農場的春天》（上山下鄉知識青年創作叢書），上海人民出版社 1974 年版。

W

汪雷：《劍河浪》（上山下鄉知識青年創作叢書），上海人民出版社 1974 年版。

X

《新苗集——「評〈上山下鄉知識青年創作叢書〉」》（上山下鄉知識青年創作叢書），上海人民出版社 1976 年版。

《新綠集》（上山下鄉知識青年創作叢書），上海人民出版社 1976 年版。

Z

章德益、龍彼德：《大汗歌》（上山下鄉知識青年創作叢書），上海人民出版社 1975 年版。

張抗抗：《分界線》（上山下鄉知識青年叢書），上海人民出版社 1975 年版。

作品類

C

諶容：《萬年青》，人民文學出版社 1975 年版。

諶容：《光明與黑暗》，人民文學出版社 1978 年版。

諶容：《諶容小說選》，北京出版社 1981 年版。

陳忠實：《鄉村》，陝西人民出版社 1982 年版

陳忠實：《陳忠實文集》，太白文藝出版社 1996 年版。

陳忠實：《俯仰關中》，江蘇人民出版社 2010 年版。

陳忠實：《我的讀書故事》，陝西人民出版社 2011 年版。

陳忠實：《憑什麼活著》，時代文藝出版社 2011 年版。

F

馮苓植：《阿力瑪斯之歌》，人民文學出版社 1977 年版。

G

古華：《山川呼嘯》，湖南人民出版社 1976 年版。

古華：《莽川歌》，湖南人民出版社 1978 年版。

古華：《芙蓉鎮》，人民文學出版社 1981 年版。

古華：《古華中短篇小說集》，湖南人民出版社 1982 年版。

郭先紅：《征途》，上海人民出版社 1973 年版。

H

浩然：《金光大道》，人民文學出版社 1972 年版。

浩然：《楊柳風》，人民出版社 1973 年版。

浩然：《春歌集》，人民出版社 1973 年版。

浩然：《幼苗集》，北京人民出版社 1973 年版。

浩然：《老支書的傳聞》，北京人民出版社 1973 年版。

浩然：《西沙兒女・正氣篇》，人民出版社 1974 年版。

浩然：《西沙兒女・奇志篇》，人民出版社 1974 年版。

浩然：《大地的翅膀》，人民文學出版社 1976 年版。

浩然：《山水情》，百花文藝出版社 1980 年版。

浩然：《浩然兒童故事選》，北京出版社 1980 年版。

浩然：《百花川》，天津人民出版社 1976 年版。

L

柳青：《柳青文集》，人民文學出版社 2005 年版。

黎汝清：《萬山紅遍》，人民文學出版社 1976 年版。

M

梅紹靜：《蘭珍子》，陝西人民出版社 1976 年版。

梅紹靜：《嗩吶聲聲》，湖南人民出版社 1983 年版。

梅紹靜：《她就是那個梅》，作家出版社 1983 年版。

梅紹靜：《女媧的天空》，北方文藝出版社 1990 年版。

Q

瞿秋白：《瞿秋白文集》，人民文學出版社 1985 年版。

S

孫健忠：《娜珠》，湖南人民出版社 1979 年版。

孫健忠：《甜甜的刺玫》，湖南人民出版社 1982 年版。

孫健忠：《五台山傳奇》，長江文藝出版社 1981 年版。

孫健忠：《醉鄉》，上海文藝出版社 1986 年版。

孫犁：《孫犁全集》，人民文學出版社 2004 年版。

W

王汶石：《王汶石文集》，陝西人民出版社 2004 年版。

Y

葉蔚林，馬中彬：《海濱散記》，廣東人民出版社 1957 年版。

葉蔚林：《邊疆潛伏哨》，上海文藝出版社 1959 年版。

葉蔚林：《藍藍的木蘭溪：短篇小說選》，廣東人民出版社 1980 年版。

葉蔚林：《中國當代作家選集叢書・葉蔚林卷》，人民文學出版社 2002 年版。

葉辛：《深夜馬蹄聲》，上海人民出版社 1977 年版。

葉辛、忻昀：《岩鷹》，上海文藝出版社 1978 年版。

葉辛：《高高的苗嶺》，少年兒童出版社 1979 年版。

Z

鄭直：《激戰無名川》，人民文學出版社 1972 年版。

鄭萬隆：《響水灣》，人民出版社 1976 年版。

竹林：《生活的路》，人民文學出版社 1979 年版。

周立波：《周立波文集》，上海文藝出版社 1981 年版。

周揚：《周揚文集》，人民文學出版社 1985 年版。

周克芹：《許茂和他的女兒們》，百花文藝出版社 1980 年版。

周克芹：《周克芹短篇小說集》，四川人民出版社 1983 年版。

周克芹：《周克芹文集》，四川文藝出版社 2000 年版。

趙樹理：《趙樹理全集》，北嶽文藝出版社 2000 年版。

紀實、回憶類

B

白嗣宏編選《無產階級文化派資料選編》，中國社會科學出版社 1983 年版。

白士弘編《暗流：文革手抄文存》，文化藝術出版社 2001 年版。

北島、李陀：《七十年代》，三聯書店 2009 年版。

巢峰主編：《「文化大革命」詞典》，港龍出版社 1993 年版。

陳伯達：《陳伯達遺稿：獄中自述及其他》，天地圖書有限公司 2000 年版。

陳冀德：《生逢其時：文革第一文藝刊物〈朝霞〉主編回憶錄》，時代國際出版有限公司 2008 年版。

陳白塵：《牛棚日記：一九六六～一九七二》，北京三聯書店 1995 年版。

陳白塵：《雲夢斷憶》，北京三聯書店 1984 年版。

陳白塵：《緘口日記：1966～1972，1974～1979》，大象出版社 2005 年版。

D

丁易編《大眾文藝論集》，北京師範大學出版社 1951 年版。

戴嘉枋：《樣板戲的風風雨雨：江青・樣板戲及內幕》，知識出版社 1995 年版。

段景禮：《戶縣農民畫沉浮錄》，河南大學出版社 2005 年版。

F

范小青：《走不遠的昨天》，吉林人民出版社 1998 年版。

G

高皋、嚴家其：《「文化大革命」十年史：1966～1976》，天津人民出版社 1986 年版。

顧保孜：《樣板戲出臺內幕》，中國工商聯合出版社 1994 年版。

高華：《身份和差異：1949～1965 年中國社會的政治分層》，中文大學出版社 2004 年版。

高洪波：《也是一段歌》，吉林人民出版社 1998 年版。

龔心翰等：《謝謝老謝》，上海文藝出版社 2012 年版。

H

胡績偉：《從華國鋒下臺到胡耀邦下臺》，明鏡出版社 1997 年版。

郝海彥主編：《中國知青詩抄》，中國文學出版社 1998 年版。

郝建：《文革四十年祭：2006·北京·文化大革命研討會全記錄》，溪流出版社 2006 年版。

J

江青：《江青同志講話選編》，人民出版社 1968 年版。

蔣子龍：《蔣子龍自述人生》，時代文藝出版社 2010 年版。

賈平凹：《我是農民：在鄉下的五年記憶》，吉林人民出版社 1998 年版。

L

《林彪同志委託江青同志召開的部隊文藝座談會紀要》，人民出版社 1967 年版。

李頻：《龍世輝的編輯生涯：從《林海雪原》到《芙蓉鎮》的編審過程》，河南大學出版社 1992 年版。

廖亦武主編：《沉淪的聖殿：文化大革命時期地下詩歌遺照》，新疆少年兒童出版社 1999 年版。

陸星兒：《生是真實的》，吉林人民出版社 1998 年版。

黎之：《文壇風雲錄》，河南人民出版社 1998 年版，

黎之：《文壇風雲續錄》，人民文學出版社 2010 年版。

劉福春：《中國當代新詩編年史：1966～1976》，河南大學出版社 2005 年版。

李松：《樣板戲編年史》，中央編譯出版社 2012 年版。

N

南京師範學院中文系：《浩然作品研究資料》，1974 年版。

聶元梓：《文革五大領袖：聶元梓回憶錄》，時代國際出版有限公司 2005 年版。

Q

《全國青年文學創作者會議報告、發言集》，中國青年出版社 1956 年版。

T

譚放、趙無眠選輯：《文革大字報精選》，明鏡出版社 1996 年版。

唐少傑：《一葉知秋：清華大學 1968 年「百日大武鬥」》，中文大學出版社 2003 年版。

涂光群：《五十年文壇親歷記 1949～1999》，遼寧教育出版社 2005 年版。

W

汪木蘭、鄧家琪編：《蘇區文藝運動資料》，上海文藝出版社 1985 年版。

文振庭：《文藝大眾化討論資料》，上海文藝出版社 1987 年版。

王年一：《大動亂的年代》，河南人民出版社 1988 年版。

《文化大革命研究資料》，中國人民解放軍國防大學黨史建政工教研室 1988 年版。

王林：《文革日記：1966 年 6 月 1 日～1968 年 5 月 19 日》，出版社不詳 2008 年版。

韋君宜：《思痛錄》，十月文藝出版社 1998 年版。

王紹光：《理性與瘋狂：文化大革命中的群眾》，牛津大學出版社 1993 年版。

王小鷹：《可憐無數山》，吉林人民出版社 1998 年版。

X

席宣、金春明：《「文化大革命」簡史》，中共黨史出版社 1996 年版。

徐光耀：《昨夜西風凋碧樹》，十月文藝出版社 2001 年版。

徐慶全：《文談撥亂反正實錄》，浙江人民出版社 2004 年版。

徐慶全：《風雨送春歸：新時期文談思想解放運動紀事》，河南大學出版社 2005 年版。

徐景賢：《十年一夢：前上海市委書記徐景賢文革回憶錄》，時代國際出版有限公司 2004 年版。

肖復興：《觸摸往事》，吉林人民出版社 1998 年版。

Y

楊健：《文化大革命中的地下文學》，朝華出版社 1993 年版。

楊健：《中國知青文學史》，中國工人出版社 2002 年版。

袁鷹：《風雲側記：我在〈人民日報〉副刊的歲月》，中國檔案出版社 2006 年版。

楊克林編著《文化大革命博物館》，東方出版有限公司 1995 年版。

葉廣芩：《沒有日記的羅敷河》，吉林人民出版社 1998 年版。

葉辛：《往日的情書》，吉林人民出版社 1998 年版。

Z

周一良：《畢竟是書生》，十月文藝出版社 1998 年版。

張光年：《惜春文談》，上海文藝出版社 1993 年版。

張光年：《向陽日記》，上海遠東出版社 1997 年版。

中國社會科學院文學研究所《左聯回憶錄》編輯組編：《左聯回憶錄》，中國社會科學出版社 1982 年版。

周孜仁：《紅衛兵小報主編自述：中國文革四十年祭》，溪流出版社 2006 年版。

趙無眠：《文革大年表：淵源‧革命‧餘波》，明鏡出版社 2006 年版。

鄭異凡編譯：《蘇聯「無產階級文化派」論證資料》，人民出版社 1980 年版。

趙麗宏：《在歲月的荒灘上》，吉林人民出版社 1998 年版。

張抗抗：《誰敢問問自己：我的人生筆記》，時代文藝出版社 2007 年版。

方志類

S

孫進舟主編《中國文化館志》，專利文獻出版社 1999 年版。

X

習文、季金安主編《上海群眾文化志》，上海文化出版社 1999 年版。

研究著作類：

A

〔美〕安敏成：《現實主義的限制：革命時代的中國小說》，姜濤譯，江蘇文藝出版社 2001 年版。

艾曉明：《中國左翼文學思潮探源》，北京大學出版社 2007 年版。

C

陳思和：《中國當代文學史教程》，復旦大學出版社 1999 年版。

陳建華：《革命的現代性：中國革命話語考論》，上海古籍出版社 2000 年版。

D

丁帆、王世誠：《十七年文學：「人」與「自我」的失落》，河南大學出版社 1999 年版。

丁帆：《中國鄉土小說史》，北京大學出版社 2007 年版。

戴清：《歷史與敘事：20 世紀中國文學與文化批評》，學苑出版社 2002 年版。

董之林：《舊夢新知「十七年」小說論稿》，廣西師範大學出版社 2004 年版。

董健、丁帆、王彬彬主編《中國當代文學史新稿》，人民文學出版社 2005 年版。

H

黃子平：《「灰闌」中的敘述》，上海文藝出版社 2001 年版。

何言宏：《中國書寫：當代知識分子寫作於現代性問題》，中央編譯出版社 2002 年版。

賀仲明：《中國心象：20 世紀末中國作家心態考察》，中央編譯出版社 2002 年版。

黃擎《廢墟上的狂歡——文革文學敘述研究》，作家出版社 2004 版。

洪子誠：《中國當代文學史》，北京大學出版社 1999 年版。

洪子誠：《問題與方法》，北京三聯書店 2002 年版。

L

劉守華：《談革命故事的寫作》，湖北人民出版社 1974 年版。

劉守華：《略談故事創作》，長江文藝出版社 1980 年版。

梁麗芳：《從紅衛兵到作家——覺醒一代的聲音》，萬象圖書股份有限公司 1993 年版。

藍愛國：《解構十七年》，華東師範大學出版社 2003 年版。

李建軍、邢小利編選《路遙評論集》，人民文學出版社 2007 年版。

O

〔意〕歐金尼奧·加林：《中世紀與文藝復興》，李玉成、李進譯，商務印書館 2012 年版。

P

潘旭瀾主編《新中國文學辭典》，江蘇文藝出版社 1993 年版。

S

孫蘭、周建江：《「文革文學」綜論》，遠方出版社 2001 年版。

W

王堯：《遲到的批判》，大象出版社 2000 年版。

王彬彬：《往事何堪哀》，長江文藝出版社 2005 年版。

吳迪：《中國電影的改造：1949～1966》，香港中華學術出版有限公司 2005 年版。

吳俊、郭戰濤：《國家文學的想像和實踐：以〈人民文學〉爲中心的考察》，上海古籍出版社 2007 年版。

王德威、陳思和、許子東主編《一九四九以後：當代文學六十年》，上海文藝出版社 2011 年版。

武善增：《文學話語的畸變與覆滅——「文革」主流文學話語研究》，河南大學出版社 2011 年版。

X

許志英、丁帆主編《新時期文學主潮》，人民文學出版社 2002 年版。

許子東：《爲了忘卻的集體記憶：解讀 50 篇文革小說》，北京三聯書店 2000 年版。

許子東：《許子東講稿（卷一）》，人民文學出版社 2011 年版。

許子東：《許子東講稿（卷二）》，人民文學出版社 2011 年版。

肖敏：《20 世紀 70 年代小說研究——「文化大革命」後期小說形態及其延伸》，中國社會科學出版社 2012 年版。

Y

姚新勇：《主體的塑造與變遷：1977～1995 年》，暨南大學出版社 2000 年版。

余岱宗：《被規訓的激情：1950、1960 年代的紅色小說》，上海三聯書店 2004 年版。

Z

周發祥等：《二十世紀中國翻譯文學史（十七年及「文革」卷）》百花文藝出版社 2009 年版。

〔日〕竹內實：《文化大革命觀察》，中國文聯出版社 2005 年版。

祝克懿：《語言學視野中的樣板戲》，河南大學出版社 2004 年版

張閎：《烏托邦文學狂歡》，廣東教育出版社 2009 年版。

學位論文類

L

廖述毅：《「文革」十年小說研究》，南京大學博士學位論文，2001 年。

Y

楊素秋：《「文革文學」與「新時期文學」的關聯研究》，蘇州大學博士學位論文，2010 年。

Z

張紅秋：《文革後期主流文學研究（1972～1976）》，北京大學博士學位論文，2005 年。

理論著作類

A

〔法〕埃斯·卡爾皮：《文學社會學》，符錦勇譯，上海譯文出版社 1988 年版。

〔英〕艾瑞克·霍布斯鮑姆：《革命的年代》，王章輝譯，錢進校，江蘇人民出版社 1999 年版。

〔德〕阿多諾等：《圖繪意識形態》，方傑譯，南京大學出版社 2006 年版。

B

卜偉華：《「砸爛舊世界」——文化大革命的動亂與浩劫（1966～1968）》，香港中文大學出版社 2008 年版。

F

〔美〕弗雷德里克·詹姆遜：《政治無意識：作為社會象徵行為的敘事》，王逢振、陳永國譯，中國社會科學出版社 1999 年版。

〔波蘭〕弗·茲納涅茨基：《知識人的社會角色》，郟斌祥譯，譯林出版社 2000 年版。

G

〔法〕古斯塔夫·勒龐：《革命心理學》，佟德志、劉訓練譯，吉林人民出版社 2003 年版。

H

〔美〕漢娜・阿倫特：《論革命》，陳周旺譯，譯林出版社 2011 年版。

K

〔德〕卡爾・曼海姆：《意識形態與烏托邦》，黎鳴，李書崇譯，商務印書館 2000 年版。

〔美〕卡爾・博格斯：《知識分子與現代性的危機》，李俊，蔡海榕譯，江蘇人民出版社 2002 年版。

L

〔德〕李博：《漢語中的馬克思主義術語的起源與作用》，趙倩等譯，中國社會科學出版社 2003 年版。

〔美〕羅伯特・達恩頓：《啟蒙運動的生意——〈百科全書〉出版史》，葉桐、顧杭譯，北京三聯書店 2005 年版。

M

〔美〕馬克・里拉：《當知識分子遇到政治》，鄧曉菁等譯，新星出版社 2005 年版。

Q

〔英〕喬治・奧威爾：《政治與文學》，李存捧譯，譯林出版社 2011 年版。

S

史雲、李丹慧：《難以繼續的「繼續革命」——從批林到批鄧（1972～1976）》，香港中文大學出版社 2008 年版。

T

〔蘇〕托洛茨基：《文學與革命》，劉文飛譯，外國文學出版社 1992 年版。

W

王風、〔日〕白井重範編：《左翼文學的時代——日本「中國三十年代文學研究會」論文選》，北京大學出版社 2011 年版。

X

〔美〕希爾斯：《知識分子與當權者》，傅鏗譯，臺灣桂冠圖書出版公司 2004 年版。

蕭冬連：《歷史的轉軌——從撥亂反正到改革開放（1979～1981）》，香港中文大學出版社 2008 年版。

Y

〔英〕以賽亞・伯林：《自由論》，胡傳勝譯，譯林出版社 2003 年版。

〔英〕以賽亞・伯林編著《啓蒙的時代——十八世紀哲學家》，孫尚揚等譯，譯林出版社 2005 年版。

〔美〕楊美惠：《禮物、關係學與國家：中國人際關係與主體建構》，江蘇人民出版社 2009 年版。

期刊論文類

L

劉光裕：《〈文史哲〉復刊的回憶》，《文史哲》2011 年第 3 期。

李頻：《〈組織部新來的青年人〉的編輯學案分析》，《清華大學學報》（哲學社會科學版）2012 年第 4 期。

李頻：《編輯家秦兆陽研究中的若干問題探析》，《陝西師範大學學報（哲學社會科學版）》，2012 第 41 卷第 4 期。

S

隋洛園：《向工農兵業餘作者學習》，《文學評論》1966 年第 1 期。

T

瀨戶宏：《試論劉心武——止於〈班主任〉》，王再清譯，《鍾山》1982 年第 3 期。

W

王雄：《試論彼埃爾・馬歇雷的「文學生產理論」》，《外國文學評論》1994 年第 2 期。

王姝：《故事會復刊後的新故事理論探討及其生產實踐——兼及當代民間文學研究範式的反思》，《文學評論》2012 年第 6 期。

英文文獻類

G

GuoJian Yongyi Song Yuan Zhou, *Historical Dictionary of Chinese Cultural Revolution*, The Scarecrow Press, Inc.Lanham, Maryland. Toronto. Oxford, 2006.

J

Julia F. Andrews, "*The Art of Cultural Revolution*", Art in Turmoil: The Chinese Cultural Revolution, 1966～1976, UBC Press, 2010.

K

King, Richard Oliver, *A Shattered Mirror: The Literature of The Cultural Revolution,* The University of British Columbia（Canada） ph.D, 1984.

P

Pierre Macherey, *A theory of literary Production,* London; Boston: Routledge & Kegan Paul, 1978.

X

Xing Fan, *Tradition and Innovation: The Artistry in JINGJU YANGBAN XI,* doctor philosophy 2010.

後　記

　　今年距離博士畢業已經是第五載了，時間的巨濤沖刷著湧流的日夜沒有稍許的停歇，南京三四月的明媚已經很久沒有重溫了。

　　這本書是我的博士論文，主要關注的是文革文學的發生與新時期文學的發生及其二者的異同與演進。是一種在文學制度視野下對1970年代文學場域的觀察與描述。目前的當代文學制度研究，集中在1949年到1966年的十七年文學時期，不論是觀點建樹還是史料呈現都有已經形成基本共識的研究，但作為當代文學重要組成部分的1970年代文學的研究，則零星片段，沒有形成系統。這對於當代文學制度研究是一個明顯的缺失。雖然有許多可見與不可見的研究難題，但作出最基本的文學現場的復原工作還是不可推遲的，這也是所有研究的基本前提。如果能夠描述出清晰的七十年代文學制度的圖景，那對於當代文學制度研究而言是很具有拓進意義的，這本書最初的目的及現在還在努力的方向就在於此。

　　這本書目前呈現出來的還是一個基本的輪廓，關注非常態歷史中非常態文學的發生及其破壞性，關注非常態歷史中常態的文學制度的建設性與限制，關注歷史轉折的契機如何給非常態的文學帶來活力。這些破壞性、建設性、限制與活力很多時候並非涇渭分明而是彼此糾纏。在這樣的文學體系背景上與過程內部，是七十年代文學的參與者們與介入者們，它們都是人本身，哪怕是政治人，也是人格、精神心態之一種，這是非常態歷史非常態政治常態化後人的生存形態。作家、編輯、讀者、文化官員及所有文學生產、傳播、閱讀環節中的個人，都是七十年代文學、當代文學的精神面孔。我試圖觀察他們進入時代的自覺如何被激發與被規定。這是當代知識階層的命運之一，

對當代知識分子困境的注視是我關注當代文學的重要原因。

博士期間是我學者自覺與學術熱情極高昂的階段，南京大學的讀書生涯也是我人生窗口被打開的階段，我對導師丁帆先生懷著永久的尊重與感謝。老師的思想批判鋒芒與英雄俠義氣概是我深深嚮往的。也謝謝老師在讀書、畢業後對我關心與幫助。王彬彬老師對論文某些章節的表揚鼓勵及畢業後對我的幫助也是我深謝的。南大中國現當代文學專業與南大文學院的空氣與學風是我一生的財富。在南京，也認識了難忘的同學好友，楊磊、王遜、孫偉、李有智、閆海田、苗露。碩導郭亞明教授是我學業的引路人，謝謝郭老師的嚴厲與對我家人般的照顧。

無法忘記的還有我與妻子在南京的美好時光。從戀愛到婚姻，我們相伴相隨。謝謝我的父母為我的求學生涯竭盡全力的付出，謝謝我的岳母對我的愛護。寫博士論文時自己還是學生，博士論文出版時，我親愛的兒子已經三周歲了。時間的玫瑰在成長。

謝謝花木蘭文化事業有限公司高效的工作並給予我論文出版的機會。

2018 年三月於呼和浩特